U0073698

nowledge. 知識工場
Knowledge is everything！

nowledge.
知識工場
Knowledge is everything！

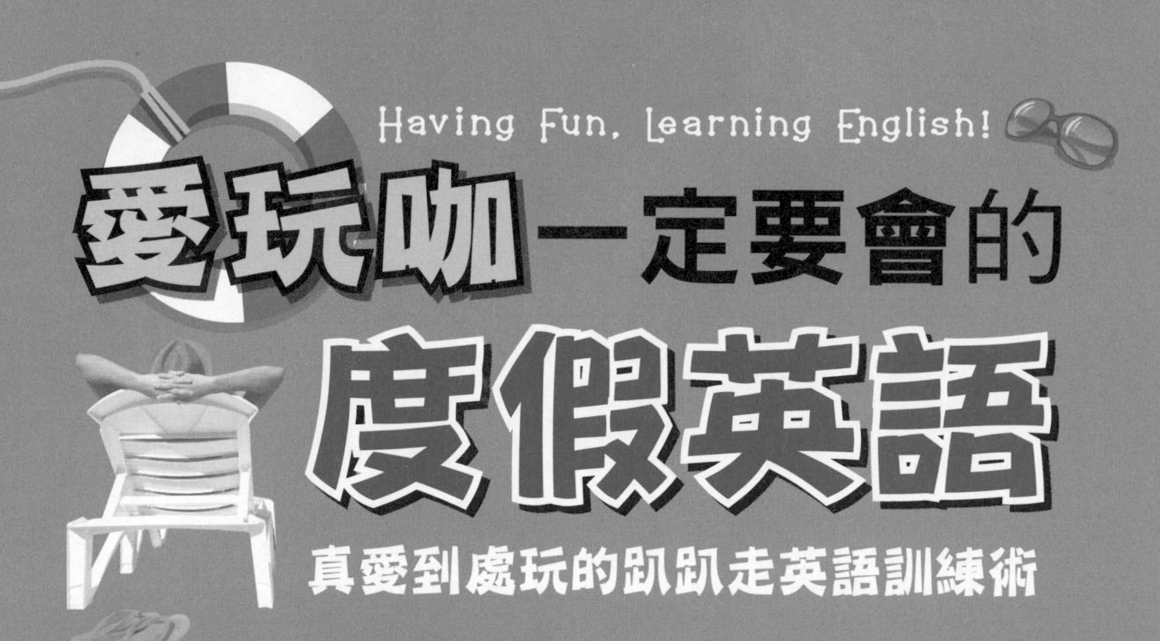

Having Fun, Learning English!

愛玩咖一定要會的度假英語

真愛到處玩的趴趴走英語訓練術

名師 **張翔、薛詩怡** 編著

就這樣用英文樂遊全世界！

你，是否已厭倦了制式化的聽、說、讀、寫英文學習方式呢？你是否也認為，從文化面去了解英文，吸收其底蘊，才能知其然也知其所以然地理解和內化英文，學習成效也才有提升之可能呢？英文不只是語言，不只是溝通的媒介；它更是文化的載體，是異文化間交流的依據。

本書的設計方式就是從文化去學習英文。然而，文化有其多面性。若以學好英文為目的，則應從最具代表性的文化面向：「節慶」切入，來學習英文。以中華文化為例，農曆春節、端午節以及中秋節，足以代表中華文化的一部分；世界主要英語使用國，則各有不同的代表節日。對加拿大而言，最為人所知的就是他們七月一日的國慶日；傳統英語使用國愛爾蘭，則有特別的宗教節慶「聖派翠克紀念日」；著眼美國，從獨立紀念日、馬丁路德日；到退伍軍人日、總統日等，在在展現著該國文化中所重視的自由、革命、平等、憲法等價值。

另外，基督教在西方扮演著舉足輕重的角色，而與基督教有關的節日亦所在多有。舉凡耶誕節、復活節、感恩節、萬聖節等，皆為不可忽視的重大節日。另外，全球共襄慶祝的跨年夜、新年日，代表著新的希望；而父親節、母親節、勞動節等，則代表著全人類所共同重視的家庭、工作、犧牲、付出等價值。

本書從介紹中外重大節慶與假日出發，期待能透過理解他國文化、以及學習自身文化的英語表現，促進文化交流，實踐「國際化」與「世界公民」。當然，文化的交流並不侷限於節慶假日，世上還有更多的文化面向等待讀者們去發掘。然而，不可諱言地，學好英文仍然是理解世界的重要一步。

張翔

用英文在全世界度假，遨遊天下說走就走！

每個人一輩子一定會有某個時刻，夢想自己能成為《環遊世界八十天》的故事主角，不受現實羈絆，隨心所欲地遊覽世界各國、體驗不同文化。隨著全球交通工具的發展，環遊世界早已不再是夢想，只要願意、有能力，人人都可以在時間有限的一生裡，看遍世界上無數奇景、體驗不同的人文風情。

而英文則是讓你環遊世界的夢想得以築夢踏實一大利器。在《我用英文在全世界度假：遨遊天下說走就走》一書中，筆者拋開制式化的學習枷鎖，突破以考試、文法為主的僵化學習法，而是整理了全年度的中外重點節慶，並介紹各節慶相關的實用單字跟例句，不再以文法為中心，改以生活實用性為出發點，讓每位讀者都能用最輕鬆的方式，快速而愉快地掌握日常生活實用英語。

此外，本書主題式的學習主軸更能讓讀者輕鬆上手日常生活英語會話，不論是在旅途中與同伴討論旅遊行程、各地文化，或者是在日常生活中與親友討論旅遊經驗、節慶見聞，都能以各主題所提供的表達句、對話練習，輕鬆地秀出一口流利英文。

《我用英文在全世界度假：遨遊天下說走就走》是一本與傳統英文學習方式不同的實用英語學習書，同時也是一本熱愛全球文化的實用工具書。放下手邊僵化的文法、片語書吧！跟著筆者，一起來用英文看世界、學英文吧！

薛詩怡

目 錄

CONTENTS

Chapter 7 七月去度假
July : Holiday around the World

Chapter 8 八月去度假
August : Holiday around the World

Chapter 9 九月去度假
September : Holiday around the World

CONTENTS

Chapter 10 十月去度假
October : Holiday around the World

Chapter 11 十一月去度假
November : Holiday around the World

Chapter 12 十二月去度假
December : Holiday around the World

USER'S GUIDE

巧奪天工的本書使用說明

讓英文成為紀錄假期的語言，用英文在全世界輕鬆度假。

中外重點假期簡介

特色假期小常識

以時間為順序，逐月介紹中外各大假期的由來、背景、意義、各地慶祝方式等假期小常識。

常用英語表現法

在假期簡介中，補充實用的英語表達法，供讀者在閱讀假期小常識時，同時學習相關英語表現方式。

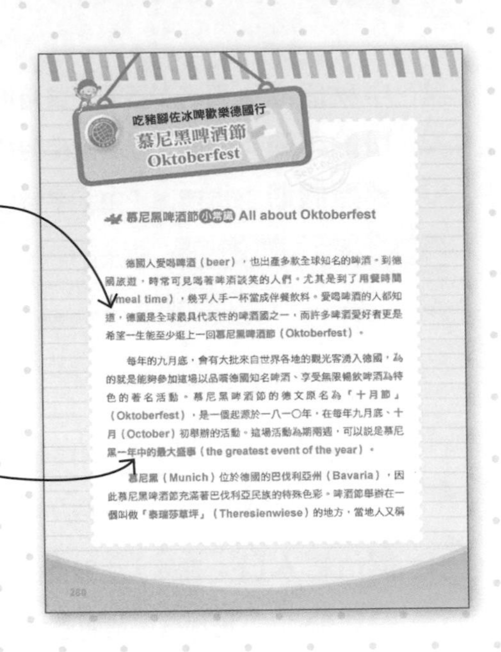

吃豬腳佐冰啤歡樂德國行
慕尼黑啤酒節
Oktoberfest

慕尼黑啤酒節小常識 All about Oktoberfest

德國人愛喝啤酒（beer），也出產多款全球知名的啤酒。到德國旅遊，時常可見喝著啤酒談笑的人們。尤其是到了用餐時間（meal time），幾乎人手一杯當成伴餐飲料。愛喝啤酒的人都知道，德國是全球最具代表性的啤酒國之一，而許多啤酒愛好者更是希望一生能至少逛上一回慕尼黑啤酒節（Oktoberfest）。

每年的九月底，會有大批來自世界各地的觀光客湧入德國，為的就是能夠參加這場以品嚐德國知名啤酒、享受無限暢飲啤酒為特色的著名活動。慕尼黑啤酒節的德文原名為「十月節」（Oktoberfest），是一個起源於一八一〇年，在每年九月底、十月（October）初舉辦的活動。這場活動為期兩週，可以說是慕尼黑一年中的最大盛事（the greatest event of the year）。

慕尼黑（Munich）位於德國的巴伐利亞州（Bavaria），因此慕尼黑啤酒節充滿著巴伐利亞民族的特殊色彩。啤酒節舉辦在一個叫做「泰瑞莎草坪」（Theresienwiese）的地方，當地人又稱

260

學習實用詞彙片語

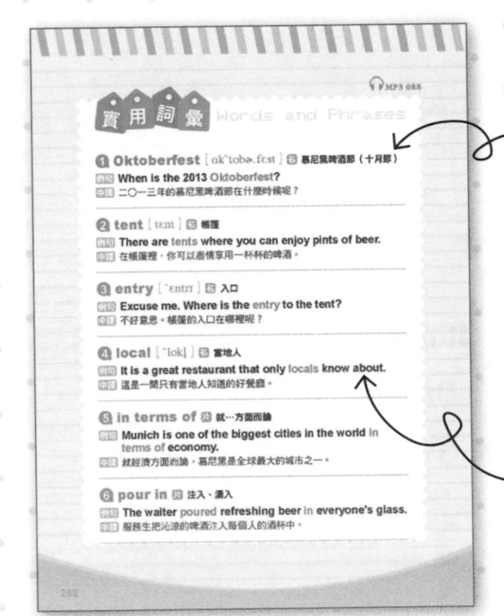

MP3 088

實用詞彙 Words and Phrases

1 Oktoberfest [ɑk`tobɚ.fɛst] 名 慕尼黑啤酒節（十月節）
例句 When is the 2013 Oktoberfest?
中譯 二〇一三年的慕尼黑啤酒節在什麼時候呢？

2 tent [tɛnt] 名 帳篷
例句 There are tents where you can enjoy pints of beer.
中譯 在帳篷裡，你可以盡情享用一杯杯的啤酒。

3 entry [`ɛntrɪ] 名 入口
例句 Excuse me. Where is the entry to the tent?
中譯 不好意思。帳篷的入口在哪裡呢？

4 local [`lok!] 名 當地人
例句 It is a great restaurant that only locals know about.
中譯 這是一間只有當地人知道的好餐廳。

5 in terms of 片 就…方面而論
例句 Munich is one of the biggest cities in the world in terms of economy.
中譯 就經濟方面而論，慕尼黑是全球最大的城市之一。

6 pour in 片 注入、湧入
例句 The waiter poured refreshing beer in everyone's glass.
中譯 服務生把沁涼的啤酒注入每個人的酒杯中。

262

相關詞彙全收錄

列舉假期相關詞彙及片語，附上音標、詞性與詞義，主題式學習法深化詞彙印象，可搭配MP3學習詞彙正確發音。

提供例句助學習

隨詞附上英文例句及中文翻譯，搭配學習提升詞彙使用精準度。MP3提供全句朗讀，藉此訓練聽力。

英語表達能力訓練

假期表達萬用句

逐條列舉假期相關英語表達句，逐句學習以提升英文閱讀力。

搭配音標念全句

各句附上完整KK音標，搭配MP3跟讀外籍老師正確發音，藉此學習口說表達力。

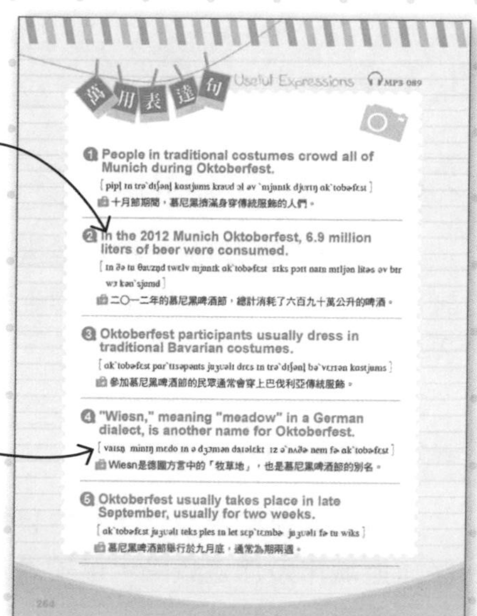

萬用表達句 Useful Expressions MP3 089

1. People in traditional costumes crowd all of Munich during Oktoberfest.
[pipl ɪn trə`dɪʃənl kɑstjums kraʊd ɔl əv `mjunɪk djʊrɪŋ ɑk`tobɚfɛst]
十月節期間，慕尼黑擠滿身穿傳統服飾的人們。

2. In the 2012 Munich Oktoberfest, 6.9 million liters of beer were consumed.
[ɪn ðə tu θaʊzṇd twɛlv mjunɪk ɑk`tobɚfɛst sɪks pɔɪnt naɪn mɪljən litɚs əv bɪr wɝ kən`sjumd]
二〇一二年的慕尼黑啤酒節，總計消耗了六百九十萬公升的啤酒。

3. Oktoberfest participants usually dress in traditional Bavarian costumes.
[ɑk`tobɚfɛst pɑr`tɪsəpənts juʒʊəlɪ drɛs ɪn trə`dɪʃənl bə`vɛrɪən kɑstjums]
參加慕尼黑啤酒節的民眾通常會穿上巴伐利亞傳統服飾。

4. "Wiesn," meaning "meadow" in a German dialect, is another name for Oktoberfest.
[vaɪsṇ minɪŋ mɛdo ɪn ə dʒɝmən daɪəlɛkt ɪz ə`nʌðɚ nem fɚ ɑk`tobɚfɛst]
Wiesn是德國方言中的「牧草地」，也是慕尼黑啤酒節的別名。

5. Oktoberfest usually takes place in late September, usually for two weeks.
[ɑk`tobɚfɛst juʒʊəlɪ teks ples ɪn let sɛp`tɛmbɚ juʒʊəlɪ fɚ tu wiks]
慕尼黑啤酒節舉行於九月底，通常為期兩週。

264

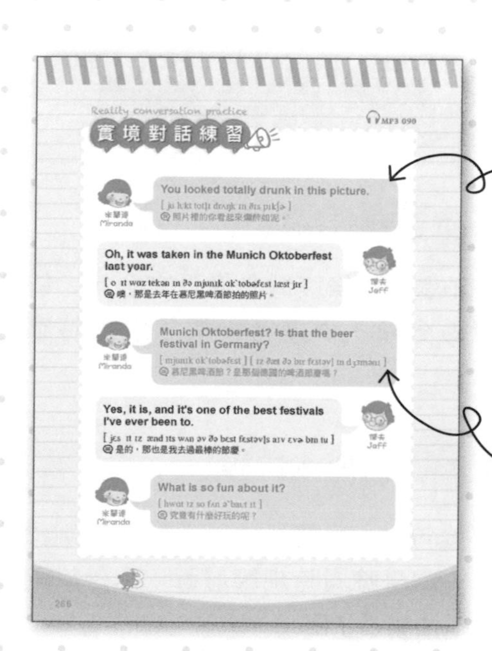

Reality conversation practice
實境對話練習 MP3 090

米蘭達 Miranda: You looked totally drunk in this picture.
[ju lʊkt totḷɪ drʌŋk ɪn ðɪs pɪktʃɚ]
照片裡的你看起來爛醉如泥。

傑夫 Jeff: Oh, it was taken in the Munich Oktoberfest last year.
[o ɪt wɑz tekən ɪn ðə mjunɪk ɑk`tobɚfɛst læst jɪr]
噢，那是去年在慕尼黑啤酒節拍的照片。

米蘭達 Miranda: Munich Oktoberfest? Is that the beer festival in Germany?
[mjunɪk ɑk`tobɚfɛst] [ɪz ðæt ðə bɪr fɛstəvḷ ɪn dʒɝmənɪ]
慕尼黑啤酒節？是那個德國的啤酒節慶嗎？

傑夫 Jeff: Yes, it is, and it's one of the best festivals I've ever been to.
[jɛs ɪt ɪz ænd ɪts wʌn əv ðə bɛst fɛstəvḷs aɪv ɛvɚ bɪn tu]
是的，那也是我去過最棒的節慶。

米蘭達 Miranda: What is so fun about it?
[hwɑt ɪz so fʌn ə`baʊt ɪt]
究竟有什麼好玩的呢？

266

雙人實境對話範例

這樣開口聊英文

提供假期為主題的雙人實境對話範例，說到假期，該跟朋友聊什麼？開口聊天不怕沒話題。

抑揚頓挫這樣練

每段對話皆附上KK音標，搭配MP3聆聽跟讀，培養聊不停的英文會話力。

推薦當月度假去處

這個月想去哪裡

一年十二個月分，按月推選一個建議旅遊國度，用一年份的時間走透全世界。

國家城市全簡介

逐段介紹國家概況、特色景觀、建議旅遊城市及旅遊景點，供讀者規劃假期時參考。

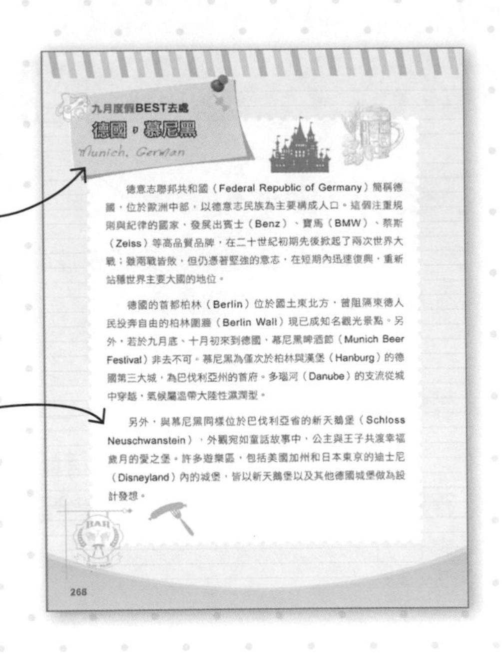

九月度假BEST去處

德國，慕尼黑

Munich, German

德意志聯邦共和國（Federal Republic of Germany）簡稱德國，位於歐洲中部，以德意志民族為主要構成人口。這個注重規則與紀律的國家，發展出賓士（Benz）、寶馬（BMW）、蔡斯（Zeiss）等高品質品牌，在二十世紀初期先後掀起了兩次世界大戰；雖兩戰皆敗，但仍憑著堅強的意志，在短期內迅速復興，重新站穩世界主要大國的地位。

德國的首都柏林（Berlin）位於國土東北方，曾阻隔東德人民投奔自由的柏林圍牆（Berlin Wall）現已成知名觀光景點。另外，若於九月底、十月初來到德國，慕尼黑啤酒節（Munich Beer Festival）非去不可。慕尼黑為僅次於柏林與漢堡（Hanburg）的德國第三大城，為巴伐利亞州的首府。多瑙河（Danube）的支流從城中穿越，氣候屬溫帶大陸性濕潤型。

另外，與慕尼黑同樣位於巴伐利亞省的新天鵝堡（Schloss Neuschwanstein），外觀宛如童話故事中，公主與王子共渡幸福歲月的愛之堡。許多遊樂園，包括美國加州和日本東京的迪士尼（Disneyland）內的城堡，皆以新天鵝堡以及其他德國城堡做為設計發想。

268

救急脫困168英文金句

字字關鍵，句句救急，出外旅遊，隨時應用，永保平安。

行前準備英文金句 MP3 115

機票與劃位

我想訂一月三十日飛往洛杉磯的機票。
I'd like to book a flight ticket to Los Angeles on January 30.
[aɪd laɪk tə bʊk ə flaɪt tɪkɪt tə lɔs ˈændʒələs ɑn dʒænjʊɛrɪ θɜtɪθ]

機票多少錢？
How much is the flight ticket?
[haʊ mʌtʃ ɪz ðə flaɪt tɪkɪt]

飛行資訊

中華航空435號班機何時起飛？
When is the departure time for CI-435?
[hwɛn ɪz ðə dɪˈpɑrtʃɚ taɪm fɚ si aɪ for θɜrɪ faɪv]

需要轉機嗎？
Do I need to transfer?
[du aɪ nid tə trænsfɝ]

確定航班

我想再確認下週五去舊金山的機位。
I want to reconfirm my flight to San Francisco for next Friday.
[aɪ wɑnt tə rikənˈfɝm maɪ flaɪt tə sæn frænˈsɪsko fɚ nɛkst fraɪde]

您的機位確認已完成無誤。
Your ticket is confirmed.
[jʊr tɪkɪt ɪz kənˈfɝmd]

變更預約

我想把出發日延到下週三。
I'd like to postpone my departure until next Wednesday.
[aɪd laɪk tə postˈpon maɪ dɪˈpɑrtʃɚ ʌnˈtɪl nɛkst wɛnzde]

我要取消機位。
I would like to cancel my flight.
[aɪ wʊd laɪk tə kænsḷ maɪ flaɪt]

在機場英文金句 MP3 116

詢問機場內的場所

長榮航空的登機櫃台在哪裡？
Where's the check-in counter for EVA Airways?
[hwɛrz ðə ˈtʃɛkɪn kaʊntɚ fɚ ivie ɛrwez]

8號登機門在哪裡？
Where is Gate 8?
[hwɛr ɪz get et]

說明座位喜好及行李托運

請給我一個靠窗的位子。
Please give me a window seat.
[pliz gɪv mi ə wɪndo sit]

我的行李麻煩直掛東京。
Please check my luggage all the way through to Tokyo.
[pliz tʃɛk maɪ lʌgɪdʒ ɔl ðə we θru tə ˈtokɪo]

詢問其他飛行資訊

登機時間是幾點？
What is the boarding time?
[hwɑt ɪz ðə bordɪŋ taɪm]

339

度假必備英文金句

旅遊救急情境句

精選168條度假必備英文金句，依情境做分類，供讀者度假旅遊隨時應用。

搭配音標學口說

逐句附上完整音標，搭配MP3訓練聽力、跟著唸同時訓練發音，出外旅遊再也不怕開不了口。

Chapter 1

一月去度假

January

Holiday around the World

1 **元旦假期**～我用度假開啟新的一年 New Year's Day

2 **馬丁路德日**～找自由是我度假的目的 Martin Luther King Day

3 **農曆春節假期**～用度假啟動早春新活力 Chinese New Year

一月度假BEST去處～澳大利亞，雪梨 Sydney, Australia

元旦假期小常識 All about New Year's Day

每年的**一月一日（January 1）**是新年的第一天，也是嶄新的一年的開始，對許多人來說，就像**中國新年（Chinese New Year）**一樣，象徵著送舊迎新、**新的開始及新的希望（fresh start with new hope）**。

全世界從**跨年夜（New Year's Eve）**開始便積極準備迎接這個嶄新的開始，在象徵辭舊迎新鐘響的那一刻，點燃了各地活動的高潮。所有人在跨年夜的倒數計時後都高聲歡呼，歡慶新年的來到。

等到太陽升起後，在各地舉辦更多精彩的慶祝活動，整個世界歡欣鼓舞地迎接新的一年到來。在美國，一月一日當天傳統上會舉行**大學季後橄欖球賽（post-season college football game）**。此外，各地也都會有許多**遊行（parade）**慶祝活動，例如像是**紐約（New York）**知名的大型百貨公司── **梅西百貨（Macy's Department Store）**每年都會舉行特別的新年**花車遊行（flower**

parade），沿街的人們會做特殊裝扮，並揮舞著國旗，與遊行隊伍同樂。

在台灣，新年這天又叫做「元旦」，象徵新的開始。每年的元旦，在凱達格蘭大道的總統府前都會舉行**升旗儀式（raise the national flag）**，許多民間及政府單位的團體都會湧入總統府前廣場一同唱國歌，看著國旗在新年中的第一天飄揚在空中。近幾年，台灣的各民間單位也會在元旦這天舉辦各式慶祝活動，像是新年晨跑等，藉由**慢跑（jogging）**這項健康的活動，為新的一年帶來新的意義。

在臨近台灣的日本，民眾會在新年這天，穿上傳統的**和服（kimono）**，前往神社進行**新年參拜（New Year Worshiping）**。除了到神社祈求新的一年諸事順遂，也會在家門口插上「門松」（新年在門前裝飾的松樹或松枝），吃傳統的**年糕（rice cake）**，象徵年年高升。

無論是透過什麼樣的活動慶祝，新年的這一天，對全世界來説都是一個新的開始。而這些慶祝活動，也都代表著每個人歡欣期待新的一年和新的希望。

Words and Phrases

① New Year's resolution 片 新年新希望

例句 Mary's New Year's resolution is to save money for a new digital camera.

中譯 瑪麗的新年新希望就是要存錢買新的數位相機。

② whole new 片 嶄新的

例句 I am going to embrace the whole new year with a big smile.

中譯 我要用大大的微笑迎接這嶄新的一年。

③ reflect on 片 反省

例句 Reflecting on oneself is the best way to be a better person.

中譯 自我反省是讓自己變成一個更好的人的最棒方法。

④ calendar [ˋkæləndɚ] 名 日曆

例句 January 1 is the first day of the calendar year, a meaningful start to a year.

中譯 一月一日是日曆裡一年的第一天，是一年中極具意義的開始。

⑤ spectacular [spɛkˋtækjəlɚ] 形 壯麗的

例句 The New Year's fireworks are so spectacular that I could never forget them.

中譯 新年的煙火是如此壯麗，我永遠不可能會忘記。

6 worldwide [`wɜrld,waɪd] 形 / 副 遍佈全世界的（地）

例句 New Year's Day is joyfully celebrated worldwide.

中譯 全世界歡欣鼓舞地慶祝著新年。

7 beginning [bɪ`gɪnɪŋ] 名 開始

例句 New Year's Day is the meaningful beginning of a brand-new year.

中譯 元旦是全新的一年中極具意義的開始。

8 event [ɪ`vɛnt] 名 事件、大事

例句 There will be a great New Year's Day event in the park.

中譯 在公園會有場盛大的新年慶祝活動。

9 first-footer [,fɜst`futə] 名 第一個拜訪者（在新年）

例句 We couldn't be happier to have Jason as the first-footer.

中譯 傑森是我們新年裡的第一個拜訪者，讓我們開心不已。

10 confetti [kən`fɛtɪ] 名 五彩碎紙

例句 There was confetti everywhere right at the first ring of the New Year.

中譯 伴隨著新年的第一聲鐘響，到處可見五彩碎紙噴散。

萬用表達句 Useful Expressions

MP3 002

1 What is your New Year's resolution?

[hwɑt ɪz juɚ `nju `jɪrs rɛzə`luʃən]

你的新年願望是什麼呢？

2 New Year's Day is the beginning of a whole new year.

[`nju `jɪrs `de ɪz ðə bɪ`gɪnɪŋ əv ə hol `nju jɪr]

元旦是嶄新的一年的開始。

3 The Taipei 101 fireworks kick off noisy celebrations for a whole new year.

[ðə `taɪ`pe wʌnowʌn `faɪr͵wɝks kɪk ɔf `nɔɪzɪ sɛlə`breʃəns fɔr ə hol `nju jɪr]

台北一〇一的煙火點燃了熱鬧的新年慶祝活動。

4 The New Year is a time to reflect on the past and envision the future.

[ðə `nju jɪr ɪz ə taɪm tu rɪ`flɛkt ɑn ðə pæst ænd ɪn`vɪʒən ðə `fjutʃɚ]

新年是反省過去、展望未來的時刻。

5 There will be a great celebration in Central Park on New Year's Day.

[ðɛr wɪl bi ə gret sɛlə`breʃən ɪn `sɛntrəl pɑrk ɑn nju jɪrz de]

元旦當天在中央公園會有盛大的慶祝活動。

6 Jason and his band will welcome a whole new year with graceful music.

[dʒesn̩ ænd hɪz bænd wɪl `wɛlkəm ə `wol `nju jɪr wɪð gresfəl `mjuzɪk]

傑森和他的樂團要用優美的音樂迎接嶄新的一年。

7 New Year's Day falls on January 1 and marks the start of a new year.

[`nju jɪrs de fɔls ɑn `dʒænjʊˏɛrɪ fɝst ænd mɑrks ðə stɑrt əv ə `nju jɪr]

元旦就在一月一日，標示著嶄新一年的開始。

8 What do you think is the best way to start a new year?

[hwɑt du ju θɪŋk ɪz ðə `bɛst we tu stɑrt ə nju jɪr]

你覺得開始新的一年最棒的方式是什麼呢？

9 Getting up early might be a good way to celebrate the beginning of a new year.

[gɛtɪŋ ʌp `ɝlɪ maɪt bi ə gʊd we tə sɛləbret ðə bɪ`gɪnɪŋ əv ə nju jɪr]

早起也許是個慶祝新年開始的好方法。

10 Tradition has it that the first-footer to your place on New Year's Day can give you good luck.

[trə`dɪʃən hæz ɪt ðæt ðə `fɝst`futɚ tu jʊr ples ɑn nju jɪrs de kæn gɪv ju gʊd lʌk]

傳統上，新年的第一位拜訪者會為你帶來好運。

Reality conversation practice

實境對話練習

MP3 003

Happy New Year!

[hæpɪ nju jɪr]

新年快樂！

Happy New Year! It's so nice to see you here!

[hæpɪ nju jɪr] [ɪts so naɪs tu si ju hɪr]

新年快樂！真高興能在這裡看到你。

It's nice to see you here, too. I want to start the whole new year with something special.

[ɪts naɪs tu si ju hɪr tu] [aɪ wɑnt tu stɑrt ðə \`hol \`nju jɪr wɪð \`sʌmθɪŋ \`spɛʃəl]

我也很高興見到你。我想用特別的方式開始新的一年。

Jogging in the morning is indeed special.

[dʒɑgɪŋ ɪn ðə mɔrnɪŋ ɪz ɪn\`did \`spɛʃəl]

在早晨慢跑的確很特別。

Yes, and I am planning to do this every day this year.

[jɛs ænd aɪ æm \`plænɪŋ tə du ðɪs \`ɛvrɪ de ðɪs jɪr]

是的，而且我打算今年天天都要這樣做。

Cool! Then we can be jogging buddies.

[kul] [ðɛn wi kæn bi `dʒɑgɪŋ bʌdɪz]

酷耶！那我們可以當慢跑夥伴。

It will be so much fun.

[ɪt `wɪl bi so mʌtʃ `fʌn]

一定會很好玩的。

It definitely will! By the way, you do get up early.

[ɪt dɛfənɪtlɪ `wɪl ] [ `baɪ ðə we ju `du gɛt ʌp ɝlɪ]

一定會的！順道一提，你真的很早起。

If you say so. Actually, I just got back from a New Year's Party.

[ɪf ju `se so ] [ `æktʃʊəlɪ aɪ dʒʌst gɑt bæk frɑm ə `nju jɪrz pɑrtɪ]

你要這樣說的話也沒錯。事實上，我剛從一場跨年派對上離開。

Do you mean you haven't been to sleep for the whole night?

[du ju min ju `hævn̩t bɪn tə slip fɚ ðə hol naɪt]

你是說你一整晚都沒睡嗎？

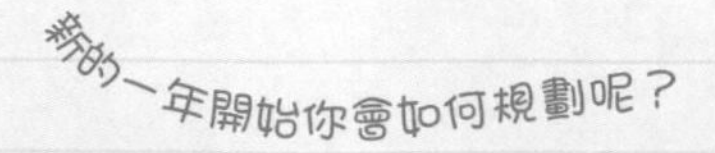

找自由是我度假的目的

馬丁路德日 Martin Luther King Day

January

馬丁路德日小常識 About Martin Luther King Day

為了紀念這位美國史上最重要的**自由民權鬥士（freedom fighter）**，美國政府於一九八六年起，在馬丁路德金的生日（一月十五日）五天後，將一月二十日正式定為**馬丁路德日（Martin Luther King Day）**，讓這位偉大的民權鬥士與**亞伯拉罕林肯（Abraham Lincoln）**和**喬治華盛頓（George Washington）**，成為美國史上唯三位擁有屬於自己節日的偉人。

馬丁路德金採用**非暴力激進的方式（nonviolent movement）**推展美國的民權運動，受到全世界矚目，也獲得一九六四年的**諾貝爾和平獎（Nobel Peace Prize）**，成為當代美國自由主義的象徵人物。在二〇〇五年舉辦的**「最偉大的美國人」（The Greatest American）**票選活動中，馬丁路德金也被選為美國最偉大的人物第三名。

在美國**南北戰爭（Civil War）**解放黑奴後，**種族隔離（racial segregation）**與**種族歧視（racial discrimination）**依舊可見。

一九五五年，蒙哥馬利州的公車實行黑白分座。一位黑人婦女因為拒絕在公車上讓座給白人，被以藐視種族隔離相關州法的罪名逮捕。四天後，馬丁路德金組織五萬五千名黑人舉行罷乘運動。經過一年多的努力，聯邦法庭最終裁定種族隔離相關法令違憲，也為美國的民權運動開啟新的一章。

由馬丁路德金所發表的**《我有一個夢》（I have a dream）**，被認為是美國最重要的公開演說之一。這場由馬丁路德金於華盛頓特區林肯紀念堂發表的演説，極力呼籲大眾正視種族平等議題，並齊力扭轉當時的種族隔離與歧視。這篇激勵人心的演説，即使是在半百年後的今天，依舊感動著每一顆心。

「我夢想有一天，這個國家會站立起來，真正實現其信條的真諦：『我們認為真理是不言而喻的：人人生而平等』。我夢想有一天，我的四個孩子能在一個不是以他們的膚色，而是以他們的**品格（content of character）**優劣來評價他人的國度裡生活。」

這一天，不僅是紀念馬丁路德金以及他對美國民權運動的貢獻，更是讓每個人都能記得**「人人生而平等」（All men are created equal.）**。

實用詞彙 Words and Phrases

1 racial discrimination 片 種族歧視

例句 There were many appeals to stop racial discrimination after the Civil War in the U.S.

中譯 在美國內戰後，有許多要求停止種族歧視的議題被提出。

2 influential [ˌɪnflʊˋɛnʃəl] 形 具影響力的

例句 Martin Luther King, Jr. was undoubtedly an influential American civil rights leader.

中譯 馬丁路德金無疑是一位極具影響力的美國民權領袖。

3 civil rights movement 片 民權運動

例句 Martin Luther King, Jr. is famous for his dedication to the civil rights movement.

中譯 馬丁路德金以對民權運動的重大貢獻聞名。

4 vote [vot] 動 投票給…

例句 Who do you want to vote for in the election for class leader?

中譯 班長遴選你想要投給誰呢？

5 dedicate [ˋdɛdəˏket] 動 獻身於…、奉獻時間給…

例句 Martin Luther King, Jr. dedicated himself to putting an end to racial discrimination.

中譯 馬丁路德金獻身於停止種族歧視的工作。

6. statue [`stætʃʊ] 名 雕像

例句 **Where did you get this beautiful statue?**

中譯 你從哪裡得到這座美麗的雕像呢？

7. in memory of 片 為了紀念…

例句 **Martin Luther King Day is in memory of this great freedom fighter.**

中譯 馬丁路德日是為了紀念這位偉大的自由鬥士。

8. envision [ɪn`vɪʒən] 動 想像、展望

例句 **Mike is a sci-fi fan and always envisions a future where people can travel to Mars.**

中譯 麥克是個科幻小說迷，他總是想像著未來人們可以漫遊火星。

9. be observed 片 被遵守

例句 **Martin Luther King Day is observed on the third Monday of January, around his birthday.**

中譯 馬丁路德日在每年一月的第三個星期一，大約是他生日的前後舉行。

10. challenge [`tʃælɪndʒ] 動 對…提出挑戰

例句 **Peter challenged the school's policy against boys with long hair.**

中譯 彼得針對學校禁止男學生留長髮的規定提出挑戰。

萬用表達句 Useful Expressions

MP3 005

1 Martin Luther King's famous speech "I have a dream" touches every heart.

[mɑrtɪn luθɚ kɪŋs feməs spitʃ aɪ hæv ə drim tʌtʃɪs ɛvrɪ hɑrt]

馬丁路德金的著名演說《我有一個夢》感動了每個人。

2 He is one of only three persons who have national holidays named after them in the U.S.

[hi ɪz wʌn əv onlɪ θri pɜsn̩s hu hæv næʃənl̩ hɑlədez nemd æftɚ ðɛm ɪn ðə juɛs]

他是美國唯三位擁有紀念自己的國定假日的偉人之一。

3 There is also a Martin Luther King statue at Westminster Abbey in London.

[ðɛr ɪz ɔlso ə mɑrtɪn luθɚ kɪŋ stætʃu æt wɛstmɪnstɚ æbɪ ɪn lʌndən]

倫敦的西敏寺也有馬丁路德金的雕像。

4 He envisioned a world without racial discrimination and fought for it.

[hi ɪn`vɪʒənd ə wɜld wɪðaut reʃəl dɪskrɪmə`neʃən ænd fɔt fɚ ɪt]

他想像一個沒有種族歧視的世界，並為了它奮鬥。

5 He is said to have been a freedom fighter for mankind.

[hi ɪz sɛd tu hæv bɪn ə `fridəm `faɪtɚ fɔr mæn`kaɪnd]

普遍認為他是全人類的自由鬥士。

6 What do you know about Martin Luther King, Jr. and his campaign?

[hwɑt du ju no ə`baʊt mɑrtɪn luθɚ kɪŋ dʒunjɚ ænd hɪz kem`pen]

關於馬丁路德金和他的民主運動，你知道多少呢？

7 He is most known for his campaign to end racial segregation.

[hi ɪz most non fɚ hɪz kem`pen tu ɛnd reʃəl sɛgrə`geʃən]

他最為人知的是他終止種族隔離的運動。

8 The "I have a dream" speech is one of the most famous public speeches.

[θɪ aɪ hæv ə drim spitʃ ɪz wʌn əv ðə most feməs pʌblɪk spitʃɪs]

《我有一個夢》是最著名的公開演說之一。

9 Martin Luther King, Jr. called for racial equality with all his heart.

[mɑrtɪn luθɚ kɪŋ dʒunjɚ kɔld fɚ reʃəl i`kwɑlətɪ wɪð ɔl hɪz hɑrt]

馬丁路德金全心呼籲種族平等。

10 "I have a dream" is ranked as one of the top American speeches.

[aɪ hæv ə drim ɪz ræŋkt æz wʌn əv ðə tɑp ə`mɛrɪkən spitʃɪs]

《我有一個夢》排名美國演說的第一名。

Reality conversation practice

MP3 006

實境對話練習

Are you all right? Why are you crying?

[ɑr ju ɔl raɪt] [hwaɪ ɑr ju kraɪɪŋ]

你還好吧？為什麼在哭呢？

I'm watching a video for my midterm report.

[aɪm wɑtʃɪŋ ə `vɪdɪo fɚ maɪ mɪdtɝm rɪ`port]

我正在看期中報告需要的影片。

And you are crying? This must be a very hard report for you.

[ænd ju ɑr kraɪɪŋ] [ðɪs mʌst bi ə vɛrɪ hɑrd rɪ`port fɔr ju]

然後就哭了？你一定覺得這份報告很難。

No, it's the speech. It's the most touching and motivating I've ever heard.

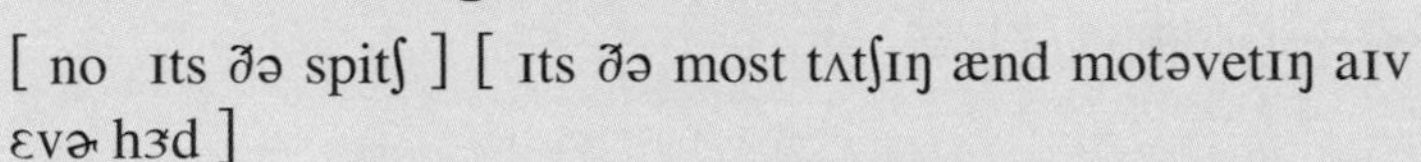

[no ɪts ðə spitʃ] [ɪts ðə most tʌtʃɪŋ ænd motəvetɪŋ aɪv ɛvɚ hɝd]

不是的，是這場演說。這是我聽過最感動也最激勵人心的演說。

What is it?

[hwɑt ɪz ɪt]

是什麼樣的演說呢？

大衛
David

Have you ever heard of "I have a dream?"

[hæv ju ɛvɚ hɝd əv aɪ hæv ə drim]

你聽過《我有一個夢》嗎？

潔西卡
Jessica

Of course I have. It's a speech by Martin Luther King, Jr., isn't it?

[əv kors aɪ hæv] [ɪts ə spitʃ baɪ mɑrtɪn luθɚ kɪŋ dʒunjɚ ɪzn̩t ɪt]

當然有聽過。這是馬丁路德金的演說，對吧？

大衛
David

Exactly. Mr. Watson asked us to do a report about freedom.

[ɪgˋzæktlɪ] [mɪstɚ wɑtsən æskt ʌs tu du ə rɪˋport əbaʊt fridəm]

沒錯。華生先生要我們寫一篇關於自由的報告。

潔西卡
Jessica

It's the best speech ever made about freedom!

[ɪts ðə bɛst spitʃ ɛvɚ med əbaʊt fridəm]

這是一場有史以來關於自由最棒的演說。

大衛
David

I couldn't agree more.

[aɪ ˋkʊdn̩t əˋgri mor]

我非常同意你。（我再同意不過了。）

爭取來的自由，最值得被珍惜！

農曆春節小常識 All about Chinese New Year

農曆春節（**Chinese New Year**），這個在中華文化裡可說是最重要的節日，一般是指農曆十二月二十九日，又稱**除夕**（**Chinese New Year's Eve**）；以及農曆一月一日，又稱**正月初一**（**Chinese New Year's Day**）。然而，傳統上在民間，春節指的是從十二月二十三日的**祭灶**（**kitchen god worshiping**）那天起，一直到一月十五日的**元宵節**（**Lantern Festival**）為止。

在這段期間，充斥著許許多多與傳統中華文化相關的慶祝活動及習俗，這些活動大部分以**祭祀神佛**（**worship God**）、**祭奠祖先**（**worship ancestors**）、**除舊佈新**（**cleaning**）、**迎禧接福**（**greet the good fortune**）、**祈求豐年**（**pray for great harvest**）等為主要內容，深具中華民族傳統色彩。

春節期間慶祝活動的最高潮，莫過於除夕夜的**圍爐**（**reunion dinner**）了。圍爐又稱年夜飯、團圓飯，在除夕這天的晚餐時間，所有離鄉的遊子都會攜家帶眷回到老家，和許久不見的家族親友聚

餐。這天夜晚，闔家透過**守歲（staying-up）**，祈求來年平安順遂。守歲過午夜，兒童們可獲得期待已久的**壓歲錢（lucky money）**；大人們則互道恭喜，同迎新年。

一首台灣童謠，唱出華人們從正月初一至正月十五一連串的慶祝活動：

「初一早，初二早，初三睏到飽，初四接神，初五隔開，初六舀肥，初七七元，初八完全，初九天公生，初十有食席，十一請子婿，十二請諸婦子返來食泔糜配芥菜，十三關老爺生，十四月光，十五是上元暝。」

意思是說，初一要早起四處**拜年走春（pay New Year visits）**，祈求好運；初二則要早起回娘家；初三因為是「赤狗日」，諸事不宜，所以大多不出門求好運。初四要接神拜神，初五祭財神開張營業，初六清理家中**穢物（filth）**，初七兒女要替父母準備豬腳麵線，延年益壽。初八後，過年期間一切**圓滿（consummate）**；初九是玉皇大帝的生日，要「拜天公」。初十可以好好享受前一天拜拜的祭品，初十一要請女婿吃飯，初十二請女兒回家吃家常菜，初十三是關公生日，初十四近月中，月亮皎潔。初十五是元宵節，家家戶戶提燈籠、吃湯圓。直到這天，才算是一連串農曆春節活動的圓滿句點。

1 red envelope 片 紅包

例句 Parents will give children red envelopes with lucky money on Chinese New Year's Eve.

中譯 父母親會在除夕夜給孩子們裝有壓歲錢的紅包。

2 reunion dinner 片 團圓飯

例句 Families will have reunion dinners on Chinese New Year's Eve.

中譯 家家戶戶會在除夕夜吃團圓飯。

3 firecracker [`faɪr͵krækɚ] 名 鞭炮

例句 I used to play with firecrackers with my cousins during Chinese New Year.

中譯 我以前過年時，會和堂哥一起放鞭炮。

4 couplet [`kʌplɪt] 名 春聯

例句 Mom asked me to put up the couplets on each side of the front door this afternoon.

中譯 媽媽要我今天下午在大門兩側貼春聯。

5 Chinese New Year's Eve 片 除夕夜

例句 What are you going to do on Chinese New Year's Eve?

中譯 你除夕夜有什麼計劃呢？

6 Chinese zodiac 片 中國生肖

例句 The Chinese zodiac features twelve different animals, including rats, tigers and dragons.

中譯 中國生肖包含十二種不同的動物，如老鼠、老虎和龍。

7 traditional [trəˋdɪʃənḷ] 形 傳統的

例句 Red is the traditional color for Chinese New Year, symbolizing good luck.

中譯 紅色是農曆新年的傳統顏色，象徵好運。

8 sweep away the bad luck 片 除舊

例句 My family will clean the house and sweep away the bad luck before Chinese New Year.

中譯 我的家人會在農曆春節前，打掃房子以除舊。

9 paper cutout 片 剪紙

例句 People used to put paper cutouts on windows to add to the festive atmosphere.

中譯 人們以前會把剪紙貼在窗戶上，增添節慶氣氛。

10 lion dance 片 舞獅

例句 The lion dance is also a traditional way to greet the Chinese New Year festively.

中譯 舞獅也是迎接農曆新年的一種傳統方式。

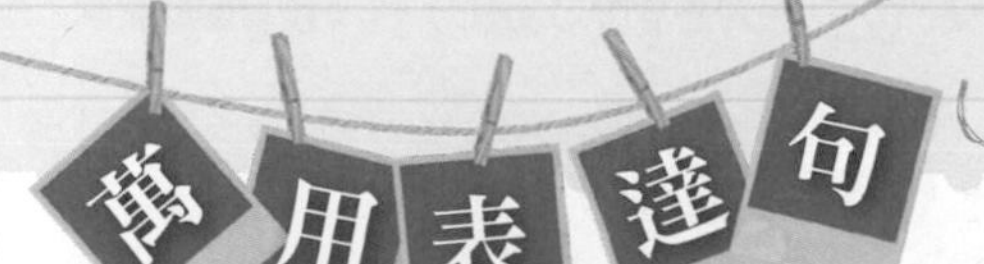

Useful Expressions MP3 008

1 Chinese New Year is the most important festivity in Chinese culture.

[tʃaɪˋniz nju jɪr ɪz ðə most ɪmˋpɔrtn̩t fɛsˋtɪvətɪ ɪn tʃaɪˋniz kʌltʃɚ]

農曆新年是中華文化裡最重要的節慶。

2 The lion dance is traditionally used to scare away Nian, the monster.

[ðə ˋlaɪən dæns ɪz trəˋdɪʃənl̩ɪ just tə skɛr əwe njæn ðə mɑnstɚ]

舞獅是傳統上用來嚇跑年獸的方法。

3 There are twelve Chinese zodiac signs, each of which represents a year.

[ðɛr ɑr twɛlv tʃaɪˋniz zodɪæk saɪns itʃ əv hwɪtʃ rɛprɪˋzɛnts ə jɪr]

中國生肖共有十二種，每一種代表一年。

4 According to tales, Chinese New Year begins with a fight against the monster Nian.

[əˋkɔrdɪŋ tə telz tʃaɪˋniz nju jɪr bɪɡɪns wɪð ə faɪt aɡɛnst ðə mɑnstɚ njæn]

根據傳說，農曆新年起源於對抗年獸。

5 People serve dumplings, which symbolize wealth, during Chinese New Year.

[pipl̩ sɝv dʌmplɪŋs hwɪtʃ sɪmbl̩aɪz wɛlθ djʊrɪŋ tʃaɪˋniz nju jɪr]

人們會在農曆新年食用象徵財富的餃子。

6 It is the year of the Snake this year.

[ɪt ɪz ðɪ jɪr əv ðə snek ðɪs jɪr]

今年是蛇年（小龍年）。

7 It is customary to leave some fish during the reunion dinner for good luck and wealth.

[ɪt ɪz `kʌstəmɛrɪ tə liv sʌm fɪʃ djʊrɪŋ ðə ri`junjən dɪnɚ fɔr gʊd lʌk ænd wɛlθ]

習俗上，團圓飯要留下一些魚肉，以祈求富貴好運（年年有餘）。

8 During the Chinese New Year, sweeping is considered bad luck.

[djʊrɪŋ ðə tʃaɪ`niz nju jɪr swipɪŋ ɪz kən`sɪdɚd bæd lʌk]

農曆新年期間，掃地被認為會帶來厄運。

9 Many businesses will reopen and set off firecrackers to welcome the god of wealth.

[mɛnɪ `bɪznɪsɪs wɪl ri`opən ænd sɛt ɔf `faɪrkrækɚs tə `wɛlkʌm ðə gɑd ɑv wɛlθ]

許多公司會重新開張，並且放鞭炮以迎接財神。

10 Turnip cakes are one of the traditional snacks for good luck during Chinese New Year.

[tɝnɪp keks ɑr wʌn əv ðə trə`dɪʃənḷ snæks fɚ gʊd lʌk djʊrɪŋ tʃaɪ`niz nju jɪr]

蘿蔔糕是農曆新年期間，能帶來好運的傳統小吃。

Reality conversation practice

實境對話練習

What are you doing this afternoon?

[hwɑt ɑr ju duɪŋ ðɪs æftənun]

你今天下午要做什麼呢？

I have to help my mom with the year-end cleaning.

[aɪ hæv tə hɛlp maɪ mɑm wɪð ðɪ `jɪrɛnd klinɪŋ]

我得幫媽媽做年終大掃除。

Year-end cleaning? What is that?

[jɪrɛnd klinɪŋ] [hwɑt ɪz ðæt]

年終大掃除是什麼啊？

As you know, Chinese New Year is coming. Cleaning brings good luck.

[æz ju no tʃaɪ`niz nju jɪr ɪz kʌmɪŋ] [klinɪŋ brɪŋs gud lʌk]

你知道，農曆新年馬上就到了。打掃能求得好運。

Then, what about those red stickers on the wall?

[ðɛn hwɑt əbaut ðoz rɛd stɪkəs ɑn ðə wɔl]

那麼，那些牆上的紅色貼紙又是怎麼一回事呢？

阿華
A-Hua

Oh, you mean couplets. They are for good luck, too.
[o ju min `kʌplɪts] [ðe ɑr fɚ gud lʌk tu]
噢，你說的是春聯。那些也是求好運的。

Why are they red, rather than any other color?
[`hwaɪ ɑr ðe rɛd ræðɚ ðən ɛnɪ ʌðɚ `kʌlɚ]
為什麼它們是紅色的，而不是其他顏色呢？

約翰
John

阿華
A-Hua

Red is the color for good luck and celebrations in Chinese culture.
[`rɛd ɪz ðə kʌlɚ fɔr gud lʌk ænd sɛlə`breʃəns ɪn tʃaɪ`niz `kʌltʃɚ]
紅色在中華文化裡代表好運和喜慶。

Just like during a traditional wedding?
[dʒʌst laɪk djurɪŋ a trə`dɪʃənl̩ wɛdɪŋ]
就像傳統婚禮的顏色一樣嗎？

約翰
John

阿華
A-Hua

Exactly! You are such a smart student.
[ɪg`zæktlɪ ] [ ju ɑr `sʌtʃ ə smɑrt stjudn̩t]
沒錯！你真是個聰明的學生。

大掃除結束後再一起出去玩吧！

一月度假BEST去處

澳大利亞，雪梨

Sydney, Australia

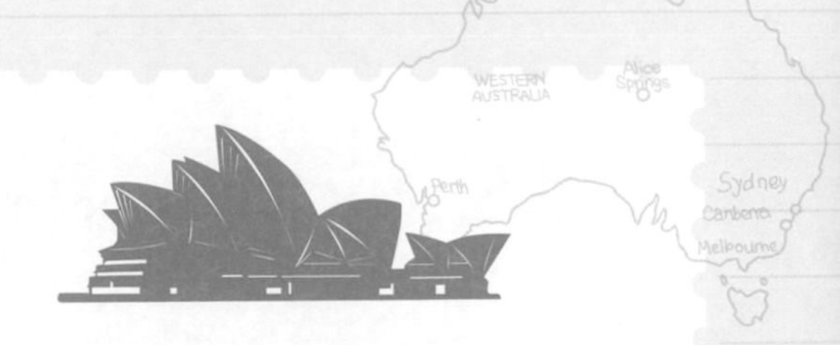

澳大利亞（Australia）又稱澳洲，位於南半球，是地球上最小的大陸板塊、大洋洲最大的國家。澳大利亞一詞源於拉丁語，表「未知的南方大陸」（terra australis incognita）。

澳洲擁有多元的自然景觀，包括位於昆士蘭州凱恩斯（Cairns, Queensland）的熱帶雨林（Tropical Rainforest）與大堡礁（Great Barrier Reef），和位於紅土中心烏魯魯國家公園（Uluru National Park）的艾爾斯岩（Ayers Rock）與愛麗絲泉（Alice Springs）等，都是旅澳客難以錯過的景點。

澳洲的第一大城雪梨（Sydney）位於澳洲東南岸，是新南威爾斯州（New South Wales）的首都、全澳人口最多的城市。這個城市的居民被稱做「雪梨人」（Sydneysiders），由來自世界各地的人種共同構成這座都市的人口。

一月份到澳洲，可參加網球界首場年度盛事「澳洲網球公開賽」（Australian Open），瞧瞧澳洲人（Aussies）如何替地主選手休威特（Lleyton Hewitt）和史托瑟（Samantha Stosur）搖旗吶喊。雪梨歌劇院（Sydney Opera House）與港灣大橋（Sydney Harbour Bridge）更是不容錯過的必逛景點。健行愛好者，可預約參加港灣大橋攀爬團，體驗從不同角度俯瞰雪梨港的樂趣。

二月去度假

February

Holiday around the World

1. 元宵假期～張燈結綵喜洋洋歡樂度假 Lantern Festival
2. 情人假期～甜蜜雙人行，幸福度假去 Valentine's Day
3. 總統假期～跟著特級元首一起度假 Presidents' Day
4. 嘉年華假期～熱情森巴舞動全世界 Brazilian Carnival

二月度假BEST去處～巴西，里約熱內盧 Rio de Janeiro, Brazil

元宵節小常識 All about Lantern Festival

每年**農曆正月十五日（January 15 on the lunar calendar）**的**元宵節（Lantern Festival）**，是華人的傳統節日，也是習俗中一系列春節紀念活動的尾聲。這個節日早在兩千多年前的西漢就已開始慶祝，相傳是西漢文帝為了紀念諸呂之亂的**平定（quell）**而設置的。在這天，文帝會展現親民風範，出宮與民同歡。

元宵節賞燈則始於東漢明帝時期。明帝聽說佛教有正月十五日僧人觀佛**舍利（Buddhist relics）**、點燈敬佛的儀式，極力提倡佛教的明帝便命令在這天夜晚，皇宮和寺廟裡都必須點燈敬佛，並令各**士族（aristocrat）**、**庶民（civilian）**都掛燈。自此爾後，元宵節便逐漸成為民間的盛大節日。每到這天，處處張燈結綵，民眾上街賞燈，滿街人聲鼎沸。

關於元宵節的民間傳說有很多。其中最知名的，是相傳很久以前，由於到處都有兇禽猛獸威脅人類與牲畜的性命，因此也有專門

獵殺惡禽的**獵人（hunter）**，保衛人畜安危。有天，一隻來自天上的神鳥迷路至人間，遭射禽獵人誤殺。天神之王玉皇大帝知道後震怒，便立刻傳旨令天兵於正月十五日至人間放火，企圖毀滅全人類。玉皇大帝的女兒不忍見人間百姓受苦受難，便冒險至人間傳遞玉帝的訊息。人們聞訊後，想到可在這段時間張燈結綵、**點響爆竹（fire the crackers）**、**燃放煙火（set the fireworks）**，讓玉皇大帝以為大家都死了。這項應變措施成功地讓大家逃過一劫，從此每到正月十五日，家家戶戶都會**懸掛燈籠（hang the lanterns）**、施放煙火以茲紀念，便成為元宵節點燈放煙火的由來。

時至今日，元宵節依舊是十分重要且受歡迎的節日。除了有**花燈展示（lantern display）**、**花燈遊行（lantern parade）**以外，各地會分頭舉辦煙火施放的活動，各大廟宇也會在這天舉行元宵祈福活動。最值得一提的，是令大人小孩都熱血沸騰的**猜燈謎（riddle-guessing）**。主辦單位會將謎語寫在燈籠上，讓民眾來猜，猜中的就可以得到獎品。而好吃的**元宵（glutinous rice ball）**，不僅象徵新的一年正式開始，年紀又增長一歲，還代表著**圓圓滿滿（fullness）**、**健康長壽（health and longevity）**等意義。

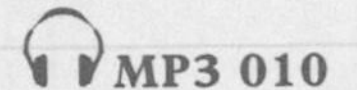

1 lantern [`læntən] 名 燈籠

例句 **There are many beautiful lanterns along the street.**

中譯 街道兩旁有許多漂亮的燈籠。

2 riddle [`rɪdḷ] 名 謎語

例句 **What is the answer to the riddle?**

中譯 這個謎語的答案是什麼呢？

3 carry [`kærɪ] 動 拿、攜帶

例句 **Children carry their handmade lanterns around joyfully.**

中譯 孩子們開心地提著自己做的燈籠到處逛。

4 symbolize [`sɪmbḷ͵aɪz] 動 象徵

例句 **Glutinous rice balls during the Lantern Festival symbolize longevity and health.**

中譯 湯圓在元宵節象徵著長壽和健康。

5 bright [braɪt] 形 明亮的

例句 **The streets were lit with bright, beautiful lanterns during Lantern Festival.**

中譯 元宵節期間，街道被美麗又明亮的燈籠點亮。

❻ glutinous rice ball 片 元宵

例句 Do you like glutinous rice balls?

中譯 你喜歡吃元宵嗎？

❼ for good fortune 片 祈求好運

例句 People will have glutinous rice balls on Lantern Festival for good fortune.

中譯 人們會在元宵節吃元宵祈求好運。

❽ eye-catching [ˋaɪˏkætʃɪŋ] 形 吸引人的、吸睛的

例句 The beautiful eye-catching lanterns along the streets make the city look extraordinary.

中譯 街道兩旁美麗又吸睛的燈籠讓這座城市變得特別不一樣。

❾ display [dɪˋsple] 名 展示

例句 There is a display of various lanterns in the Cultural Exhibition Center.

中譯 文化展覽中心有各式各樣燈籠的展示。

❿ attractive [əˋtræktɪv] 形 吸引人的、富吸引力的

例句 The prize for the Lantern Festival Riddle Game is 100,000 dollars, which is very attractive.

中譯 元宵燈謎大賽的獎金是十萬元，非常吸引人。

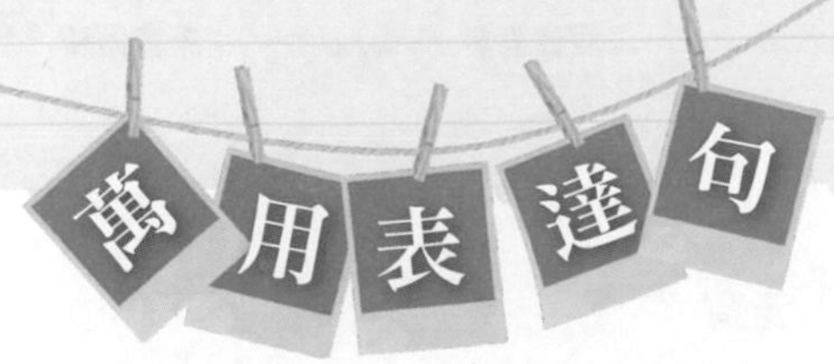

Useful Expressions MP3 011

1 Lanterns of various shapes are hung in the streets during the Lantern Festival.

[læntəns əv vɛrɪəs ʃeps ɑr hʌŋ ɪn ðə strits djʊrɪŋ ðə læntən fɛstəvḷ]

元宵節期間，街上掛滿各種形狀的燈籠。

2 Riddle-guessing is the highlight of Lantern Festival activities.

[rɪdḷ gɛsɪŋ ɪz ðə haɪlaɪt əv læntən fɛstəvḷ æk`tɪvətɪz]

猜燈謎是元宵節的高潮活動。

3 The Lantern Festival falls on the 15th day of the first lunar month.

[ðə `læntən fɛstəvḷ fɔls ɑn ðə fɪftinθ de əv ðə fɝst lunə mʌnθ]

元宵節落在農曆的一月十五日。

4 There is a lantern design competition with a prize of 10,000 dollars.

[ðɛr ɪz ə læntən dɪ`zaɪn kɑmpə`tɪʃən wɪð ə praɪz əv tɛn θaʊzṇd dɑləs]

有一場燈籠設計比賽，獎金是一萬元。

5 My mother always makes delicious glutinous rice balls with sweet potatoes.

[maɪ `mʌðə ɔlwez meks dɪ`lɪʃəs glutɪnəs raɪs bɔls wɪð swit pətetos]

我媽媽總是做出好吃的地瓜元宵。

6 Ms. Lin taught us how to make lanterns on our own during Lantern Festival.

[mɪz lɪn tɔt ʌs hau tə mek læntəns ɑn aur on djurɪŋ læntən fɛstəvḷ]

元宵節期間，林小姐教我們自已做燈籠。

7 It is said the round shape of glutinous rice balls symbolizes family togetherness.

[ɪt ɪz sɛd ðə raund ʃep əv glutɪnəs raɪs bɔls sɪmbḷaɪzɪs fæməlɪ tə`gɛðənɪs]

據說元宵的圓球形狀象徵著家庭圓滿。

8 Why not go to the Lantern Festival Show downtown with me tonight?

[hwaɪ nɑt go tu ðə læntən fɛstəvḷ ʃo dauntaun wɪð mi tə`naɪt]

今晚和我一起去逛逛市區的元宵燈節吧？

9 Some believe that people can help the dead to find their way by hanging up lanterns.

[sʌm bə`liv ðæt pipḷ kæn hɛlp ðə dɛd tə faɪnd ðɛr we baɪ hæŋɪŋ ʌp læntəns]

有人相信懸掛燈籠可以幫助亡者找到去路。

10 The Lantern Festival is also a time for family gatherings in Chinese culture.

[ðə `læntən fɛstəvḷ ɪz ɔlso ə taɪm fə fæməlɪ gæðərɪŋs ɪn tʃaɪ`niz kʌltʃə]

在中華文化裡，元宵節也是家庭團聚的時刻。

Reality conversation practice

實境對話練習

Mom, do we have bamboo sticks?

[mɑm du wi hæv bæmbu stɪks]

媽，我們家有竹籤嗎？

Sorry, I dont think so. What do you need them for?

[sɑrɪ aɪ dont θɪŋk so] [hwɑt du ju nid ðɛm fɔr]

抱歉，我想沒有。你要竹籤做什麼呢？

Mrs. Chen asked us to bring some to school tomorrow.

[mɪsɪz tʃɛn æskt ʌs tə brɪŋ sʌm tu skul tə`mɔro]

陳老師要我們明天帶些竹籤去學校。

Are you going to do some experiment?

[ɑr ju ɡoɪŋ tə du sʌm ɪk`spɛrəmənt]

是要做實驗用的嗎？

No, she is going to teach us how to make a traditional lantern.

[no ʃi ɪz ɡoɪŋ tə titʃ ʌs haʊ tə mek ə trə`dɪʃənl̩ læntən]

不是的，她要教我們製作傳統燈籠。

媽
Mom

That reminds me that Lantern Festival is coming.

[ðæt rɪmaɪnds mi ðæt læntən fɛstəvl̩ ɪz kʌmɪŋ]

這倒提醒了我元宵節快到了。

喬許
Josh

Yes, and we will all make one of our own and take part in a competition.

[jɛs ænd wi wɪl ɔl mek wʌn əv aʊr on ænd tek part ɪn ə kampə`tɪʃən]

沒錯，我們會自己做燈籠，然後參加比賽。

媽
Mom

Sounds fun. What's the prize for the winner?

[saʊnds fʌn] [hwats ðə praɪz fɔr ðə wɪnɚ]

聽起來很有趣。比賽的獎品是什麼呢？

喬許
Josh

His or her lantern will be in the Lantern Festival Exhibition in the Cultural Center.

[hɪz ɚ hɝ læntən wɪl bi ɪn ðə læntən fɛstəvl̩ ɛksə`bɪʃən ɪn ðə kʌltʃərəl sɛntɚ]

得獎的燈籠可以參加文化中心的元宵節特展。

媽
Mom

That's big. Come on. Let's go to the bookstore and get you some bamboo sticks.

[ðæts bɪg] [kʌm an] [lɛts go tu ðə bʊkstor ænd gɛt ju sʌm bæmbu stɪks]

這可是件大事。快。我們去書局幫你買些竹籤吧。

元宵和湯圓究竟有什麼不同呢？

情人節小常識 All about Valentine's Day

情人節（Valentine's Day），這個被認為是**全年最浪漫的節日（the most romantic holiday of the year）**，又叫做**聖瓦倫丁節（Saint Valentine's Day）**。有關於這個節日的起源，充滿著浪漫的情懷。

相傳在古羅馬時代，青年基督教傳教士**瓦倫丁（Valentine）**，在冒險傳播基督教教義時被捕入獄。他為宗教瀝心奉獻的英勇行為感動了獄卒以及獄卒失明的女兒，並與女孩**墜入愛河（fall in love）**。在上行刑台前，瓦倫丁寫了封信向獄卒失明的女兒**示愛（confess his love）**。在行刑後當天，也就是二月十四日，女孩在瓦倫丁的墓前種下一棵杏樹寄托相思，就成為情人節的由來。

另一個既浪漫又最廣為流傳的故事也要追溯到古羅馬時期。當時羅馬**皇帝（emperor）克勞帝爾斯（Claudius）**強迫境內所有適齡男子必須加入羅馬軍隊作戰。為了要讓軍人們專心戰鬥，克勞帝爾斯甚至下令全國**不得舉行婚禮（marriage ban）**，即便是已

經**訂親（engagement）**的婚事都要立即取消。但是瓦倫丁教士因不忍見到許多**有情人（lovebirds）**因暴政緣故被迫分離，決定冒險為大家秘密證婚，主持上帝應許的婚禮。

然而，這個消息很快就走漏到克勞帝爾斯耳裡，便立即下令逮捕瓦倫丁教士，並處以死刑。瓦倫丁教士逝世於西元二七〇年二月十四日，人們為了感念瓦倫丁教士不畏強權、勇於抵抗暴政以實踐真理的精神，將這天定為情人節，象徵著鼓勵每個人都該**勇敢追愛（fight for your love）**。

流傳至今，每年的情人節都是情人們相互依偎、示愛的日子。男女會送**鮮花（flower）**、**禮物（present）**給心儀的對象示愛。而甜甜的**巧克力（chocolate）**，也成為這個節日最具代表性的食物，象徵愛情的**甜蜜（sweetness）**與**醉人（charm）**。而這麼濃情蜜意的節日，也衍生出許多相關的其他節日，像是三月十四日的**白色情人節（White Valentine's Day）**，以及七月十四日的**銀色情人節（Silver Day）**等。

1 chocolate [`tʃɑkəlɪt] 名 巧克力

例句 Sweet chocolate is considered to be a symbol of love.

中譯 甜甜的巧克力被視為愛情的象徵。

2 bouquet [bu`ke] 名 花束

例句 Why not show your love by sending a beautiful bouquet on Valentine's Day?

中譯 何不在情人節送上美麗的花束表達愛意呢？

3 lovebird [`lʌv,bɝd] 名 情侶、愛侶

例句 This park is so romantic that many lovebirds like to have dates here.

中譯 這座公園十分浪漫，因此許多情侶喜歡來這裡約會。

4 admire [əd`maɪr] 動 愛慕

例句 Jason admires Tina and has asked her out for dinner on Valentine's Day.

中譯 傑森愛慕緹娜，已邀她於情人節一同晚餐。

5 have a crush on 片 迷上…、愛上…

例句 Charlotte seems to have a crush on Kevin.

中譯 夏洛特似乎迷上凱文了。

6 candlelight dinner 片 燭光晚餐

例句 A romantic candlelight dinner is a highlight of Valentine's Day celebrations.

中譯 一頓浪漫的燭光晚餐是情人節慶祝活動的重頭戲。

7 Cupid [`kjupɪd] 名 邱比特、愛神

例句 In Roman mythology, Cupid is the son of Venus and the god of love as well.

中譯 在羅馬神話裡，邱比特是維納斯的兒子，同時也是愛神。

8 fall in love 片 墜入愛河

例句 Jeff and Cindy fell in love at first sight.

中譯 傑夫和辛蒂一見鍾情。

9 heart-shaped [`hɑrt͵ʃept] 形 心形的

例句 Maria sent a heart-shaped card to Ken on Valentine's Day.

中譯 瑪麗亞在情人節送給肯一張心形的卡片。

10 kiss [kɪs] 動 / 名 親吻

例句 Diana gave Frank a kiss, which left Frank in ecstasy.

中譯 黛安娜親了法蘭克一口，讓法蘭克狂喜不已。

11 romantic [ro`mæntɪk] 形 羅曼蒂克的、浪漫的

例句 This is the most romantic holiday of the year.

中譯 這是一年中最浪漫的節日。

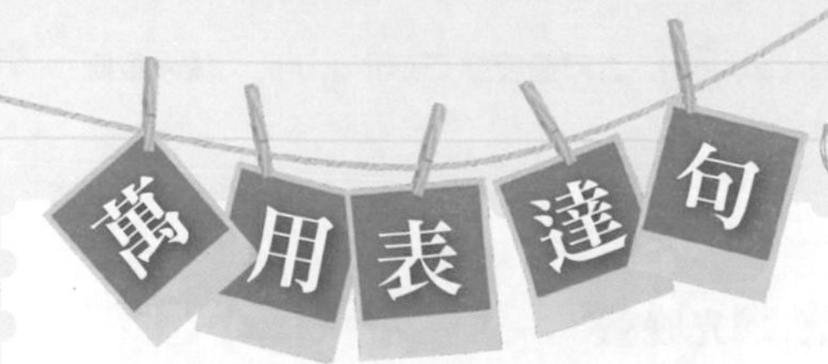

Useful Expressions MP3 014

1 Jeff took his girlfriend to a nice French restaurant on Valentine's Day.

[dʒɛf tʊk hɪz gɜlfrɛnd tə ə naɪs frɛntʃ rɛstərənt ɑn væləntaɪns de]

情人節當天，傑夫帶女友去吃一家不錯的法式餐廳。

2 Ken gets a lot of chocolate from his admirers on Valentine's Day.

[kɛn gɛts ə lɑt əv tʃɑkəlɪt frəm hɪz əd`maɪrɚz ɑn væləntaɪns de]

情人節那天，肯收到許多愛慕者送的巧克力。

3 The heart-shaped balloons fill the room with a romantic atmosphere.

[ðə hɑrtʃept bə`luns fɪl ðə rum wɪð ə ro`mæntɪk ætməsfɪr]

心形的氣球讓房間充滿浪漫的氛圍。

4 Valentine's Day is a holiday celebrating love.

[`væləntaɪns de ɪz ə hɑləde sɛləbretɪŋ lʌv]

情人節是個慶祝愛情的節日。

5 The florist decorated his stall with hearts of various sizes on Valentine's Day.

[ðə `florɪst dɛkəretɪd hɪz stɔl wɪð hɑrts əf vɛrɪəs saɪzɪs ɑn væləntaɪns de]

這個花商在情人節當天用各種不同尺寸的心形裝飾他的攤位。

6 How are you going to celebrate Valentine's Day?

[haʊ ɑr ju goɪŋ tə sɛləbret væləntaɪns de]

你要怎麼慶祝情人節呢？

7 On White Valentine's Day in Japan, boys will send girls white chocolate.

[ɑn hwaɪt væləntaɪns de ɪn dʒə`pæn bɔɪz wɪl sɛnd gɝls hwaɪt tʃɑkəlɪt]

在日本，男孩們會在白色情人節這天送女孩們白巧克力。

8 Do you know the origin of Valentine's Day?

[du ju no ðɪ `ɔrədʒɪn əv væləntaɪns de]

你知道情人節的由來嗎？

9 It is said that Cupid, the god of love, can compel people to fall in love.

[ɪt ɪz sɛd ðæt `kjupɪd ðə gɑd əv lʌv kæn kəmpɛl pipl̩ tə fɔl ɪn lʌv]

據說愛神邱比特有讓人墜入愛河的力量。

10 A lot of lovebirds will spend Valentine's Day together and send each other presents of love.

[ə lɑt əf `lʌvbɝds wɪl spɛnd væləntaɪns de tə`gɛðɚ ænd sɛnd itʃ `ʌðɚ prɛzənts əv lʌv]

許多愛侶們會共度情人節，並互贈愛的小禮物。

Reality conversation practice

實境對話練習

I am wondering if you can give me some suggestions about dating.

[aɪ æm `wʌndərɪŋ ɪf ju kən gɪv mi sʌm sʌ`dʒɛstʃəns əbaʊt detɪŋ]

我在想，你能不能給我一些關於約會的建議呢？

Sure. What do you need to know?

[ʃʊr] [hwɑt du ju nid tə no]

當然可以。你想知道些什麼？

It's my first Valentine's Day with Tina. I want to do something special.

[ɪts maɪ fɝst væləntaɪns de wɪð tinə] [aɪ wɑnt tu du sʌmθɪŋ spɛʃəl]

這是我和緹娜共度的第一個情人節。我想做些特別的事。

That's good. Maybe you can take her to a fancy restaurant.

[ðæts gʊd] [mebɪ ju kæn tek hɝ tu ə fænsɪ rɛstərənt]

這個想法不錯。或許你可以帶她去吃頓大餐。

What else? How about after the dinner?

[hwɑt ɛls] [haʊ ə`baʊt æftɚ ðə dɪnɚ]

還有呢？吃完晚餐以後怎麼辦呢？

吉娜 Gina

There will be a fireworks show at the dock at Dadaocheng.

[ðɛr wɪl bi ə `faɪr͵ wɝks ʃo æt ðə dɑk æt `dɑ`daʊtʃʌŋ]

在大稻埕碼頭會有場煙火秀。

凱文 Kevin

Sounds great! It should be super romantic.

[saʊnds ɡret] [ɪt ʃʊd bi supɚ ro`mæntɪk]

聽起來很棒！應該會超級浪漫的。

吉娜 Gina

Definitely, and the event also features great live music.

[`dɛfənɪtlɪ ænd ðɪ ɪ`vɛnt ɔlso fitʃɚs ɡret laɪv mjuzɪk]

絕對會，而且那場活動還會有現場音樂演奏。

凱文 Kevin

Music and fireworks. Tina will be thrilled! Thank you so much.

[mjuzɪk ænd faɪrwɝks] [tinə wɪl bi θrɪld] [θæŋk ju so mʌtʃ]

音樂伴隨著煙火。緹娜會開心極了！真的很謝謝你。

吉娜 Gina

You're welcome. May you have a sweet Valentine's Day.

[juɚ `wɛlkʌm] [me ju hæv ə swit væləntaɪns de]

別客氣。希望你能過個甜蜜的情人節。

今年的情人節想和誰共度呢？

總統日小常識 All about Presidents' Day

二月雖然是一年中日數最少、**時間最短的一個月份（the shortest month of the year）**，但對於美國人民而言，本月份的意義格外重大。因為在這短短的二十八天中，包含了兩位對美國歷史而言十分重要的總統的生日。分別是二月二十二日，**美國的第一任總統（the first president of United States）——喬治華盛頓（George Washington）**的生日，以及二月十二日，結束**內戰（Civil War）**的**亞伯拉罕林肯（Abraham Lincoln）**的生日。

每年**二月第三個週一（the third Monday of February）**的總統日，雖然是為了美國歷任總統所設立的節日，但是這個節日一開始，是為了慶祝第一位總統喬治華盛頓的生日，因此這天又被稱作**華盛頓誕辰（Washington's Birthday）**。一直到後來，因為喬治華盛頓以及亞伯拉罕林肯都是十分值得尊敬的總統，於是在一九六八年，美國國會通過了一項「星期一節日法案」，將華盛頓誕辰紀念日改到二月的第三個週一。後來，美國國會又通過了「統一假日法案」，取這兩位總統生日的中間值，並研議將這個節日擴

大為追思與紀念每一位總統，以及他們對國家的貢獻。自此，二月的第三個週一，便成為總統日。

總統日是美國的**國定假日（federal holiday）**，學校及公司行號都會放假。每年的這一天，美國人都會用一些特殊的方式來重溫歷史、緬懷人們心中尊敬的偉大總統。學校會介紹喬治華盛頓、亞伯拉罕林肯以及其他總統的**生平（lifetime story）**和**貢獻（contribution）**，並教學生用紙卡做出櫻桃樹，介紹華盛頓總統**砍倒櫻桃樹（chopping down the cherry tree）**的誠實楷模故事。另外，也會介紹美國內戰，以及林肯總統**結束內戰（end the Civil War）**、**解放黑奴（free the blacks）**等歷史，和重要的**「解放宣言」（The Emancipation Proclamation）**等。

一連串的歷史介紹，讓總統日不僅是個紀念歷任總統的節日，同時也是個具有歷史傳承意義的重要節日。放假期間若無特殊規劃，不妨把歷任總統的優點，列成自我成長的目標，讓這個「總統假期」過得更加有意義。

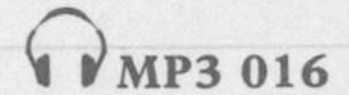

1 significant [sɪgˋnɪfəkənt] 形 有意義的、重大的

例句 George Washington is of significant importance in American history.

中譯 喬治華盛頓在美國歷史上具重大意義。

2 get one day off 片 放假一天

例句 Many people get one day off on Presidents' Day.

中譯 許多人在總統日會放一天假。

3 honor [ˋɑnɚ] 動 紀念、尊敬

例句 Presidents' Day is to honor all the American presidents.

中譯 總統日是為了紀念所有的美國總統。

4 recognition [ˏrɛkəgˋnɪʃən] 名 認可、表彰

例句 Presidents' Day is undoubtedly a special day of recognition for all the great leaders.

中譯 總統日無疑是對這些偉大領袖致上敬意的一天。

5 commemorate [kəˋmɛməˏret] 動 慶祝、紀念

例句 Activities will be held to commemorate Abraham Lincoln's birthday on Presidents' Day.

中譯 總統日當天會有慶祝亞伯拉罕林肯生日的活動。

6. be known as 片 被以…身分所熟知

例句 Abraham Lincoln is known as one of the greatest presidents in American history.

中譯 亞伯拉罕林肯被認為是美國史上最偉大的總統之一。

7. accomplishment [ə`kɑmplɪʃmənt] 名 成就

例句 Presidents' Day also honors the accomplishments of the "Fathers of the Country."

中譯 總統日同時也讚揚這些「一國之父」的偉大成就。

8. patriotic [ˏpetrɪ`ɑtɪk] 形 愛國的、富愛國心的

例句 John is such a patriotic man that he always celebrates Presidents' Day the best he can.

中譯 約翰是個很愛國的人，他總是以最高規格慶祝總統日。

9. White House 片 白宮（總統府）

例句 The White House is the political center of the United States of America.

中譯 白宮是美國的政治中心。

10. leader [`lidɚ] 名 領袖

例句 A president is the leader of the whole country.

中譯 總統是全國人民的領袖。

Useful Expressions MP3 017

1 What are we celebrating on Presidents' Day?

[hwɑt ɑr wi sɛləbretɪŋ ɑn prɛzədənts de]

總統日當天，我們要慶祝那些事物呢？

2 Though February is the shortest month, it contains two great presidents' birthdays.

[ðo fɛbrʊɛrɪ ɪz ðə ʃɔrtɪst mʌnθ ɪt kən`tens tu gret prɛzədənts bɜθdes]

雖然二月是最短的月份，卻包含了兩位偉大總統的生日。

3 Presidents' Day is also commonly referred to as Washington's Birthday.

[prɛzədənts de ɪz ɔlso kɑmənlɪ rɪfɜd tu æz wɑʃɪŋtəns bɜθde]

總統日一般也稱為華盛頓誕辰。

4 Actually, the purpose of Presidents' Day is to honor the office of the Presidency.

[æktʃʊəlɪ ðə pɜpəs əv prɛzədənts de ɪz tu ɑnɚ ðɪ ɔfɪs ɑv ðə prɛzədənsɪ]

事實上，總統日的目的在於向總統職權致敬。

5 Some students will put up cherry tree decorations in memory of George Washington.

[sʌm stjudn̩ts wɪl put ʌp tʃɛrɪ tri dɛkə`reʃəns ɪn mɛmərɪ əv dʒɔrdʒ wɑʃɪŋtən]

為了紀念喬治華盛頓，有些學生會擺設櫻桃樹的裝飾品。

6 Mr. Wang wore Lincoln's stovepipe hat to class on Presidents' Day.

[mɪstɚ wɑŋ wor lɪŋkəns stovpaɪp hæt tə klæs ɑn prɛzədənts de]

王老師在總統日戴著林肯大禮帽去班上。

7 George Washington established a great model of honesty by confessing to chopping down the cherry tree.

[dʒɔrdʒ wɑʃɪŋtən ə`stæblɪʃt ə ɡret mɑdḷ əv ɑnɪstɪ baɪ kən`fɛsɪŋ tə tʃɑpɪŋ daʊn ðə tʃɛrɪ tri]

喬治華盛頓承認砍倒櫻桃樹，樹立了誠實的楷模。

8 Abraham Lincoln is also considered the greatest president ever.

[ebrəhæm lɪŋkən ɪz ɔlso kənsɪdɚd ðə ɡretɪst prɛzədənt ɛvɚ]

亞伯拉罕林肯也被認為是有史以來最偉大的總統。

9 Which president do you think contributed the most to the country?

[hwɪtʃ prɛzədənt du ju θɪŋk kən`trɪbjutɪd ðə most tu ðə `kʌntrɪ]

你覺得哪位總統對國家的貢獻最多呢？

10 President Lincoln put an end to Civil War and freed the blacks from slavery.

[prɛzədənt lɪŋkən pʊt æn ɛnd tə sɪvḷ wɔr ænd frid ðə blæks frɑm slevərɪ]

林肯總統結束內戰，並且解放黑奴。

Reality conversation practice

實境對話練習

MP3 018

Oh, yeah!

[o jɛə]

哦，耶！

Why are you so happy?

[hwaɪ ɑr ju so hæpɪ]

你為什麼這麼高興啊？

We don't have to go to school next Monday! One day off!

[wi dont hæv tə go tu skul nɛkst mʌnde] [wʌn de ɔf]

下週一不用上學！放假一天！

Really? Why is that?

[rɪəlɪ] [hwaɪ ɪz ðæt]

真的嗎？為什麼？

It's Presidents' Day. To honor all the great leaders, we have one day off!

[ɪtz prɛzədənts de] [tə ɑnɚ ɔl ðə gret lidɚs wi hæv wʌn de ɔf]

因為是總統日啊。為了紀念這些偉大的領袖，我們放假一天！

提姆
Tim

Wait! I thought we have to attend a memorial service.

[wet] [aɪ θɔt wi hæv tu ə`tɛnd ə mə`morɪəl sɝvɪs]

等一下！我以為我們要去參加一場紀念儀式。

吉娜
Gina

What are you talking about? What service?

[hwɑt ɑr ju tɔkɪŋ ə`baʊt] [hwɑt sɝvɪs]

你在說什麼？什麼儀式啊？

提姆
Tim

Mr. Wang told us to go to the service in the city plaza. It's like a field trip.

[mɪstɚ wɑŋ told ʌs tə go tu ðə sɝvɪs ɪn ðə sɪtɪ plæzə] [ɪts laɪk ə fild trɪp]

王老師要我們去市政府廣場參加紀念儀式。就像戶外教學一樣。

吉娜
Gina

Oh, no! I thought I could sleep the whole day away.

[o no] [aɪ θɔt aɪ kʊd slip ðə hol de ə`we]

噢，不！我還以為可以睡上一整天。

提姆
Tim

Come on. Let's try to get up early, and be as great as these presidents.

[kʌ`mɑn] [lɛts traɪ tə gɛt ʌp ɝlɪ ænd bi əz gret əz ðiz prɛzədənts]

來啦。我們試著早起，努力像這些總統們一樣優秀吧。

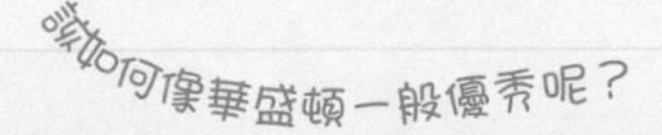

巴西嘉年華小常識 All about Brazilian Carnival

說到巴西，許多人會立刻想到**足球（soccer）**，和一身華麗裝扮的**森巴舞（samba）**女郎。足球迷只能四年一次在**世界盃足球賽（World Cup）**感受巴西足球的魅力；相較之下，喜好熱鬧、節慶的遊客可就幸運多了。因為每年二月舉辦的**巴西嘉年華會（Brazilian Carnival）**，可以滿足視覺和聽覺等多重感官。

每年一來到二月，在巴西的**里約熱內盧（Rio de Janeiro）**，不絕於耳的森巴舞曲充斥全城；人們隨著舞曲節奏大跳森巴，氣氛好不歡愉。這，就是讓眾多遊客決心一生一定要來參加一次的巴西嘉年華會。

在巴西嘉年華會上，每年都會有多達數百個森巴舞團齊聚一堂。他們搭乘絢麗的造型花車，身著色彩繽紛、樣式多變的舞衣參加遊行及熱情地秀出舞技，讓觀賞遊行的民眾大飽眼福。而遊行隊伍裡令人驚艷的除了熱情動感的森巴舞團外，造型各異、栩栩如生的大型**遊行花車（decorated float）**更是令人看得目瞪口呆。

這場長達四到五天的熱情**狂歡節**（carnival），讓整座城市**彩旗**（colored flag）飛揚，充滿著**活躍的**（bustling）慶典氣氛。嘉年華會期間會舉辦各種活動，包括露天**派對**（party）和**森巴舞競賽**（samba contest）等。在森巴舞競賽中會選出「**國王**」（king）和「**王后**」（queen），由他們來為接下來的花車遊行揭開序幕。

花車遊行可說是整場嘉年華會的**活動高潮**（highlight of the event）。眾多裝扮清涼火辣的森巴舞女郎，讓整座里約城徹底燃燒起來。女郎們熱情擺動、揮舞著的雙手，將巴西嘉年華會推上每年必去的全球觀光景點之冠。

巴西嘉年華會為該國帶來龐大的**觀光收入**（tourism income）和**經濟效益**（economic benefit）。據估計，這場全球數一數二的嘉年華會龍頭，每年可為巴西創造高達數百萬美金的收益，令人嘆為觀止。

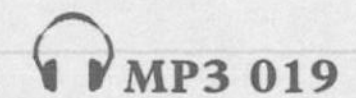

1 stream onto 片 湧入

例句 Millions of people streamed onto Brazilian streets to enjoy the greatest event of the year.

中譯 數百萬人湧入巴西街頭，享受年度最大盛典。

2 annual [`ænjʊəl] 形 每年的、年度的

例句 The annual harvest celebration is on September 30.

中譯 每年的豐年祭在九月三十號。

3 participate in 片 參與、參加

例句 It's been estimated that more than two million people will participate in the event.

中譯 預計將有超過兩百萬人參加這次的活動。

4 samba [`sæmbə] 名 森巴舞

例句 Samba is a famous energetic dance, featuring sexy moves and hot outfits.

中譯 森巴舞是知名的活力舞蹈，特色在於性感的舞步和火辣的服飾。

5 celebratory [`sɛləbrə,torɪ] 形 值得慶祝的

例句 The Brazilian Carnival is one of the most celebratory events in Brazil.

中譯 巴西嘉年華會是巴西最值得慶祝的活動之一。

❻ masquerade party 片 化妝舞會

例句 The Brazilian Carnival turns Brazil into the biggest masquerade party in the world.

中譯 巴西因為嘉年華會，幻化為一場世上最盛大的化妝舞會。

❼ immigrant [ˋɪməgrənt] 名 移民者

例句 Immigrants display their culture through their makeup and costumes.

中譯 透過化妝和服飾打扮，移民者展示他們的文化。

❽ incorporate [ɪnˋkɔrpə͵ret] 動 包含、加上

例句 Both locals and immigrants incorporate their culture into Brazilian Carnival to make it shine.

中譯 當地人和移民者將各自的文化融入巴西嘉年華會，使它光彩奪目。

❾ characteristic [͵kærəktəˋrɪstɪk] 名 特色

例句 The Brazilian Carnival has the characteristics of a masquerade party and samba dance party.

中譯 巴西嘉年華會以化妝舞會和森巴舞派對為特色。

❿ in the spotlight 片 眾所矚目的

例句 With her hot moves and mini-skirt, Jessica had been in the spotlight for the whole night.

中譯 潔西卡的性感舞步和迷你裙，使她成為整晚的焦點。

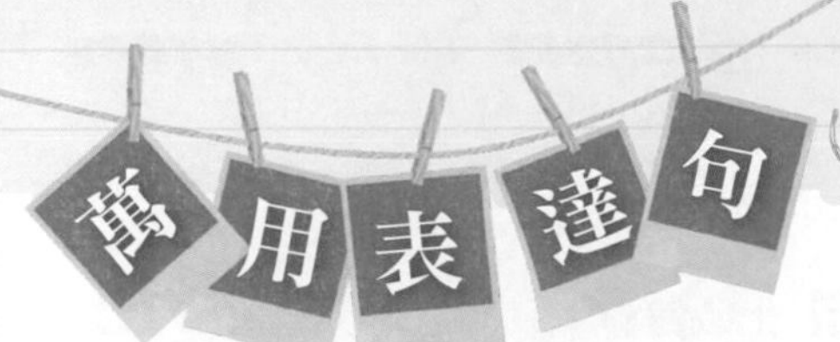

Useful Expressions

MP3 020

1 Millions of people gather and dance the night away listening to samba music.

[mɪljəns əv pipḷ gæðɚ ænd dæns ðə naɪt ə`we lɪsənɪŋ tə sæmbə mjuzɪk]

數百萬人一同隨著森巴樂聲舞動一整晚。

2 The Brazilian Carnival is an annual celebration in Brazil before Easter.

[ðə brə`zɪljən `kɑrnəvḷ ɪz æn ænjʊəl sɛlə`breʃən ɪn brə`zɪl bɪfor istɚ]

巴西嘉年華會是巴西在復活節前舉辦的年度慶祝活動。

3 The Carnival manifests the abundance of different cultures in the area.

[ðə `kɑrnəvḷ `mænə͵fɛsts ðɪ ə`bʌndəns əv dɪfərənt kʌltʃɚs ɪn ðɪ ɛrɪə]

這場嘉年華會展現了該地區的文化豐富性。

4 Groups of people parade through streets playing music and dancing.

[grups əv pipḷ pə`red θru strits pleɪŋ mjuzɪk ænd dænsɪŋ]

不同團體的人會在街上遊行，邊演奏音樂邊跳舞。

5 The masquerade party is the focus of the entire Brazilian Carnival.

[ðə mæskə`red pɑrtɪ ɪz ðə fokəs əv ðɪ ɪn`taɪr brə`zɪljən kɑrnəvḷ]

化妝舞會是整場巴西嘉年華會的注目焦點。

6 There are samba schools for people interested in preparing for the coming carnival.

[ðɛr ɑr sæmbə skuls fɚ pipḷ ɪntərɪstɪd ɪn prɪ`pɛrɪŋ fɚ ðə kʌmɪŋ kɑrnəvḷ]

有意為即將來臨的嘉年華會做準備的人，可參加森巴舞學校。

7 During the Brazilian Carnival, all of Brazil turns into a big ball.

[djʊrɪŋ ðə brə`zɪljən kɑrnəvḷ ɔl əv brə`zɪl tɝns ɪntu ə bɪg bɔl]

巴西嘉年華會期間，整個巴西幻化成一場盛大的舞會。

8 The Brazilian Carnival lasts from Friday to Tuesday.

[ðə brə`zɪljən kɑrnəvḷ læsts frɑm fraɪde tu `tjuzde]

巴西嘉年華會從週五持續到週二。

9 The Brazilian Carnival is one of the world's major tourist attractions.

[ðə brə`zɪljən kɑrnəvḷ ɪz wʌn əv ðə wɝlds medʒɚ turɪst ə`trækʃəns]

巴西嘉年華會是全球最主要的觀光活動之一。

10 A fat man is elected to represent the "king" of the carnival during the event.

[ə `fæt mæn ɪz ɪ`lɛktɪd tə rɛrpɪ`zɛnt ðə kɪŋ əv ðə kɑrnəvḷ djʊrɪŋ ðɪ ɪ`vɛnt]

節慶期間，一名身材福態的男子獲選代表國王。

Reality conversation practice

實境對話練習

Why do you look so tired?

[hwaɪ du ju lʊk so taɪrd]

你為何看起來這麼累啊？

I just got back from my dance class. I am so exhausted.

[aɪ dʒʌst gɑt bæk frɑm maɪ dæns klæs] [aɪ æm so ɪgˋzɔstɪd]

我舞蹈課剛下課。我累翻了。

Dance class? I didn't know you were even learning dancing.

[dæns klæs] [aɪ dɪdn̩t no ju wɝ ivən lɝnɪŋ dænsɪŋ]

舞蹈課？我不知道你還有學跳舞。

Yes, I am. I am learning Latin dance and samba.

[jɛs aɪ æm] [aɪ æm lɝnɪŋ lætɪn dæns ænd ˋsæmbə]

我有啊。我正在學拉丁舞跟森巴舞。

Samba? The carnival dance?

[sæmbə] [ðə kɑrnəvl̩ dæns]

森巴舞？嘉年華會那種舞嗎？

艾麗西亞
Alicia

Yes, and I am going to impress everyone in the coming Brazilian Carnival.

[jɛs ænd aɪ æm goɪŋ tə ɪm`prɛs ɛvrɪwʌn ɪn ðə kʌmɪŋ brə`zɪljən kɑrnəvḷ]

沒錯，而且我要在接下來的巴西嘉年華會驚艷全場。

彼得
Pete

Wow. When are you leaving for the carnival?

[waʊ] [hwɛn ɑr ju livɪŋ fɚ ðə kɑrnəvḷ]

哇嗚。你什麼時候要出發參加嘉年華呢？

艾麗西亞
Alicia

The festival is at the end of February, and I am going two weeks in advance.

[ðə fɛstəvḷ ɪz æt ðɪ ɛnd əv `fɛbrʊɛrɪ ænd aɪ æm goɪŋ `tu wiks ɪn əd`væns]

嘉年華會是在二月底，我會提前兩週過去。

彼得
Pete

Can I join you? I've been longing to attend this event.

[kæn aɪ dʒɔɪn ju] [aɪv bɪn lɔŋɪŋ tu ə`tɛnd ðɪs ɪ`vɛnt]

我可以跟你一起去嗎？我一向渴望參加這個活動。

艾麗西亞
Alicia

Sure, and you can be my personal photographer!

[ʃʊr ænd ju kæn bi maɪ pɝsṇḷ fə`tɑgrəfɚ]

當然可以，你還可以當我的專屬攝影師呢！

二月度假BEST去處

巴西，里約熱內盧

Rio de Janeiro, Brazil

巴西為南美洲第一大國，也是唯一使用葡萄牙語（Portuguese）的南美國家，其餘南美國家皆使用西班牙語（Spanish）。語言使用之歧異源於殖民時期，巴西為南美唯一遭葡萄牙殖民之國。

巴西國境內，北部是亞馬遜河（Amazon River）流域，覆蓋著廣闊的熱帶雨林，也是多數人口居住之處。亞馬遜河流量位居世界之冠，而亞馬遜河雨林（Amazon Rainforest）也是全球物種最豐富的熱帶雨林，它橫亙南美八個國家，擁有「世界之肺」（Lungs of the Earth）美名。

巴西的第二大城里約熱內盧（Rio de Jeneiro）為觀光重鎮，同時也是二〇一六年八月的夏季奧林匹克運動會（Olympic Games）舉行地。二〇一四年六月的世界盃足球賽（FIFA World Cup）亦由巴西主辦，屆時比賽將於十個城市分頭進行。

二月份來到巴西，千萬不能錯過一年一度的巴西嘉年華會（Brazilian Carnival），享受全城一同跳起森巴舞（Samba）的熱情氣氛。此外，曾入選世界新七大奇蹟的里約熱內盧救世基督像（Cristo Redentor）亦是不容錯過的景點，欣賞展開雙臂的基督，以寬廣的胸襟接納來自世界各地的遊客。

March

Holiday around the World

1 婦女假期～三八佳節歡樂度假去 Women's Day

2 聖派翠克日～出外度假中，幸運不可少 St. Patrick's Day

3 青年節～我用英文壯遊全世界 Youth's Day

三月度假BEST去處～愛爾蘭，都柏林 Dublin, Ireland

婦女節小常識 All about Women's Day

婦女節（Women's Day），從字面上即可看出，是個專屬於女性的節日。不同於**母親節（Mother's Day）**讚揚母親對於家庭、子女的付出，婦女節著重於讚揚每位女性在社會上的角色，並且鼓勵女性及社會大眾正視**婦女角色在各個社會中的重要性（women's importance in every society）**。

近年來，婦女節已成為女性運動的代言節日，許多提倡**婦權（women's rights）**及婦女**自主意識（self-awareness）**的活動都選在這一天舉辦，希望藉此增加大眾對議題的關注。

每年的三月八號是**國際婦女節（International Women's Day）**。國際婦女節源起於十九世紀中期，當時西方各國正值**工業化（Industrialization）**以及**經濟起飛（economic recovery）**時期，眼前盡是一片繁榮光景。然而當時**惡劣的工作環境（terrible working environment）**以及**低廉的工資（low wage）**，也迫使許多勞工發起**抗議活動（protest）**。

一八五七年三月八日，美國紐約市的製衣及紡織女工走上街頭，抗議惡劣的工作環境以及低廉的工資。雖然這次的抗議行動遭警方驅趕，並未成功，但這卻是美國**勞工運動（labor movement）**以及**婦權運動（women's rights movement）**的起點。兩年後的三月，美國成立了第一個**工會（union）**，開始進行**勞資雙方的溝通（communication between the employers and the employees）**，以保障勞工的福利。往後的數年裡，幾乎每年的三月八日都有類似的抗議活動。

在一九〇八年，將近一萬五千名婦女走上街頭，要求**縮短工時（cut down working hours）**、**提昇工資（salary raise）**，並提出婦女應享有**投票權（the right to vote）**的訴求。在這次的抗議活動中，**「麵包加玫瑰」（Bread and Rose）**的口號，清楚地傳達出婦女捍衛自身經濟權以及尋求更好生活品質的訴求。

到了一九一〇年，在丹麥哥本哈根舉行的首屆國際婦女會議上，提出設定一天為國際婦女節的提案，並且獲得與會代表的積極響應。自此爾後，各國紛紛開始慶祝婦女節，並藉此傳達**對婦女的尊敬與愛意（respect and love for women）**。

1 appreciation [ə͵priʃɪˋeʃən] 名 欣賞、感謝

例句 **Women's Day is mostly a celebration of appreciation towards women.**

中譯 婦女節的主目的是頌揚並表達對女性的感謝。

2 social status 片 社會地位

例句 **For the past many centuries, women's social status has been far lower than men.**

中譯 以往的幾個世紀，婦女的社會地位遠較男性低微。

3 counterpart [ˋkaʊntɚ͵pɑrt] 名 互為補充的人（或物）

例句 **Women should receive as much respect as their male counterparts.**

中譯 女性應該要和男性一樣，受到同等的尊重。

4 region [ˋridʒən] 名 地區

例句 **Women's Day is celebrated in many regions of the world.**

中譯 婦女節在世界上的許多地區被慶祝著。

5 worldwide [ˋwɝld͵waɪd] 副 全世界地、世界上地

例句 **Women's Day is celebrated worldwide.**

中譯 婦女節是全球慶祝的節日。

6 equal [`ikwəl] 形 平等的

例句 One key point of Women's Day is to promote the equal rights of women.

中譯 婦女節的重點之一是要促進男女平權。

7 debate [dɪ`bet] 名 / 動 辯論

例句 Whether women should be given the right to vote used to be debated.

中譯 婦女是否應擁有投票權，過去曾受到辯論。

8 inspire [ɪn`spaɪr] 動 鼓舞、激勵

例句 Women's Day is also a time to inspire women to speak for themselves.

中譯 婦女節同時也是鼓勵婦女為自己發聲的時機。

9 feminist [`fɛmənɪst] 名 女權運動者 / 形 女權運動的

例句 In some countries, Women's Day is also the date for feminist protests.

中譯 在某些國家，婦女節也是女權運動者進行抗議的日子。

10 gender [`dʒɛndɚ] 名 性別

例句 The issue of gender equity has been under discussion ever since the 19th century.

中譯 自十九世紀以來，性別平等議題一向備受討論。

Useful Expressions MP3 023

1 The first Women's Day was on February 28, 1909 in the U.S.

[ðə fɝst wɪmɪns de wɑz ɑn fɛbrʊɛrɪ twɛntɪ etθ naɪntin o naɪn ɪn ðɪ `ju`ɛs]

第一個婦女節發生在一九〇九年二月二十八日的美國。

2 March 8 is International Women's Day, which started in the early 1900s.

[mɑrtʃ etθ ɪz ɪntɚ`næʃənḷ wɪmɪns de hwɪtʃ stɑrtɪd ɪn ðɪ ɝlɪ naɪntin hʌndrəds]

三月八號是國際婦女節，這個節日始於十九世紀初期。

3 Some children will give their mothers presents on Women's Day.

[sʌm tʃɪldrən wɪl gɪv ðɛr mʌðɚs prɛzṇts ɑn wɪmɪns de]

有些兒童會在婦女節送媽媽禮物。

4 Maggie and Judy are joining the Women's Day Marathon in Taipei.

[mægɪ ænd judɪ ɑr dʒɔɪnɪŋ ðə wɪmɪns de mærəθɑn ɪn taɪpe]

瑪姬和茱蒂要參加台北的婦女節馬拉松活動。

5 Events are held to both inspire and celebrate women's achievement.

[ɪ`vɛnts ɑr hɛld tu boθ ɪn`spaɪr ænd sɛləbret wɪmɪns ə`tʃivmənt]

為了鼓勵並慶祝婦女的成就，舉辦了許多活動。

6 People from different countries celebrate Women's Day in different ways.

[pipḷ frɑm dɪfərənt kʌntrɪs sɛləbret wɪmɪns de ɪn dɪfərənt wez]

不同國家的人民以不同的方式慶祝婦女節。

7 Women's Day is also a day to advocate gender equality.

[wɪmɪns de ɪz ɔlso ə de tu ædvəket dʒɛndɚ i`kwɑlətɪ]

婦女節也是提倡性別平等的日子。

8 It is definitely fascinating to have a special day for women, such as Women's Day.

[ɪt ɪz dɛfənɪtlɪ `fæsṇetɪŋ tu hæv ə spɛʃəl de fɚ wɪmɪn sʌtʃ əz wɪmɪns de]

能夠有像婦女節這種專為婦女設立的特別節日，真是好極了。

9 Some restaurants will give away free cupcakes on Women's Day in the U.S.

[sʌm rɛstərənts wɪl gɪv əwe fri kʌpkeks ɑn wɪmɪns de ɪn ðɪ `ju`ɛs]

在美國，有些餐廳會在婦女節免費發送杯子蛋糕。

10 Women's Day is also a time to give thanks to the special women in our lives.

[wɪmɪns de ɪz ɔlso ə taɪm tə gɪv θæŋks tə ðə spɛʃəl wɪmɪn ɪn aur laɪvz]

婦女節同時也是個讓我們感謝生命中具特殊意義女性的日子。

Reality conversation practice

實境對話練習

店員
Clerk

Good afternoon, Sir. May I help you?

[gʊd æftənun sɝ] [me aɪ hɛlp ju]

午安，先生。有什麼我可以效勞的嗎？

傑克
Jack

Yes, I am looking for something for my mom.

[jɛs aɪ æm lʊkɪŋ fɚ sʌmθɪŋ fɔr maɪ mʌm]

有的，我在幫我媽媽找份禮物。

店員
Clerk

Is this for the coming Women's Day?

[ɪz ðɪs fɚ ðə kʌmɪŋ wɪmɪns de]

是為了即將來臨的婦女節而準備的嗎？

傑克
Jack

Yes, exactly. Can you recommend something she might like?

[jɛs ɪg`zæktlɪ ] [ kæn ju rɛkə`mɛnd sʌmθɪŋ ʃi maɪt laɪk]

是的，沒錯。你可以推薦一些她可能會喜歡的東西嗎？

店員
Clerk

Sure. How old is she?

[ʃʊr] [haʊ old ɪz ʃi]

當然可以。她幾歲呢？

傑克
Jack

She is turning sixty next month. She is a housewife.

[ʃi ɪz tɜnɪŋ sɪkstɪ nɛkst mʌnθ] [ʃi ɪz ə `haʊswaɪf]

她下個月就要六十歲了。她是個家庭主婦。

店員
Clerk

How about this set of cast iron pots? It's our Women's Day's steal!

[haʊ ə`baʊt ðɪs sɛt əv kæst aɪən pɑts] [ɪts aʊr wɪmɪns des stil]

那這組鑄鐵鍋如何？這是我們的婦女節特惠商品！

Sounds great! How much is it?

[saʊnds ɡret] [haʊ mʌtʃ ɪz ɪt]

聽起來不錯！怎麼賣呢？

店員
Clerk

It was 599 dollars, but now it's only 200 dollars.

[ɪt wɑz faɪv hʌndrəd naɪtɪ naɪn dɑləs bʌt naʊ ɪts onlɪ tu hʌndrəd dɑləs]

原價五百九十九元美金，現在只要兩百美金。

傑克
Jack

Excellent! I'll take it. Do you provide gift-wrapping service?

[`ɛksələnt] [aɪl tek ɪt] [du ju prəvaɪd ɡɪftræpɪŋ sɜvɪs]

太好了！那我就買這個。你們提供禮物包裝服務嗎？

女孩們，來趟婦女節小旅行吧！

聖派翠克日小常識 All about St. Patrick's Day

聖派翠克日（St. Partick's Day）是傳統的愛爾蘭節日，原本為紀念在西元第五世紀將基督教帶入愛爾蘭的聖派翠克，現今普遍延伸為慶祝並發揚愛爾蘭文化與傳統的節日。每年到了三月十七日，愛爾蘭人會舉辦盛大的遊行活動，人人穿上綠色的服飾，舉國歡騰，慶祝聖派翠克節。

聖派翠克並非**愛爾蘭人（Irish）**。他出生於**威爾斯（Wales）**，但在十六歲時被賣去愛爾蘭當奴隸；六年後逃到蘇格蘭，並在當地的修道院學習。他後來前往愛爾蘭進行宣教，並在愛爾蘭各地建立了許多的修道院、教會和學校。他的努力與貢獻，逐漸將愛爾蘭轉變成一個基督教國家。聖派翠克逝世於西元四六一年的三月十七日，自那天起，愛爾蘭人便開始紀念聖派翠克。

關於聖派翠克的神話故事不勝枚舉。例如，他曾經讓人死而復生、將愛爾蘭所有的蛇都驅逐入海等。此外，他借用**三葉酢漿草（shamrock）**來闡述基督教教義中「神、耶穌、聖靈」三位一體

的概念，也因此讓三葉酢漿草成為聖派翠克日的象徵。

關於聖派翠克日，還有**綠色小精靈（leprechaun）**的傳説值得一提。據説他們是替仙子製鞋的鞋匠，喜愛金幣以及對人類惡作劇。他們在夜晚出沒，把路人們雙腳的鞋帶綁在一起，害人們跌倒。為了誘捕綠色小精靈，學校老師會教學生製作**妖精陷阱（leprechaun trap）**，為這個節日增添些許逗趣氣氛。

在聖派翠克日這天的遊行裡，許多愛爾蘭人會穿上綠色服飾、配戴三葉酢漿草造型的裝飾品；店家、餐廳、酒吧也會佈置成綠色，甚至販售當日限定的**綠啤酒（green beer）**，替愛爾蘭染上一片翠綠。

要説聖派翠克日是愛爾蘭文化裡最重要的節日，一點也不為過。這個節日讓綠色成為了愛爾蘭的代表色，讓三葉酢漿草成為了幸運的象徵。下一個三月，不妨也穿上翠綠的服飾、別上象徵幸運的三葉酢漿草，喝杯特別的綠啤酒，和遊行隊伍一同歡慶這個屬於愛爾蘭和基督教的盛大節日。

MP3 025

1 Irish [`aɪrɪʃ] 名 / 形 愛爾蘭人、愛爾蘭的

例句 St. Patrick's Day is an Irish holiday.

中譯 聖派翠克日是愛爾蘭節日。

2 good luck 片 好運

例句 I wish you good luck during the trip.

中譯 祝你旅途中一切好運。

3 jig [dʒɪg] 名 吉格舞（三拍子快步舞）

例句 A jig is an Irish traditional dance.

中譯 吉格舞是愛爾蘭傳統舞蹈。

4 center around 片 以…為中心

例句 Many St. Patrick's Day parties center around everything green.

中譯 許多聖派翠克日的派對都以綠色為主題。

5 emerald [`ɛmərəld] 形 翡翠綠的

例句 The emerald lake reflects the mountains all around.

中譯 翠綠的湖水映照出四周的山丘。

6 pin [pɪn] 名 胸針

例句 Peggy wears a shamrock pin on St. Patrick's Day.

中譯 佩姬在聖派翠克日別上三葉酢漿草的胸針。

7 shamrock [`ʃæmrɑk] 名 三葉酢漿草

例句 A shamrock, a three-leaf clover, is the symbol of St. Patrick's Day.

中譯 三葉酢漿草是只有三片葉子的酢漿草，為聖派翠克日的象徵。

8 customary [`kʌstəm͵ɛrɪ] 形 習慣上的、合乎習俗的

例句 It is customary for people to wear green clothes on St. Patrick's Day.

中譯 人們習慣在聖派翠克日穿上綠色的衣服。

9 Celtic [`kɛltɪk] 形 凱爾特族的

例句 Celtic culture is an important part of Irish culture.

中譯 凱爾特族文化是愛爾蘭文化中重要的一部分。

10 rainbow [`ren͵bo] 名 彩虹

例句 It is said that you can find a pot of gold at the end of a rainbow.

中譯 據說可在彩虹的盡頭發現一桶金子。

11 leprechaun [`lɛprə͵kɔn] 名 綠色小精靈

例句 Mr. Fox taught us how to make a leprechaun trap on St. Patrick's Day.

中譯 聖派翠克日那天，福克斯先生教我們製作妖精陷阱。

萬用表達句 Useful Expressions

MP3 026

1 Shamrocks are symbols of good luck.

[ʃæmrɑks ɑr sɪmbl̩s əv gʊd lʌk]

三葉酢漿草是幸運的象徵。

2 There will be great parades in Dublin on St. Patrick's Day.

[ðɛr wɪl bi gret pə`reds ɪn `dʌblɪn ɑn sent pætrɪks de]

聖派翠克日在都柏林會有盛大的遊行。

3 The city will be painted green on St. Patrick's Day with people dressed in green.

[ðə sɪtɪ wɪl bi pentɪd grin ɑn sent pætrɪks de wɪð pipl̩ drɛst ɪn grin]

整座城市在聖派翠克日會被穿著綠色的人們染成翠綠色。

4 Green represents the coming of spring, and it is also the color of the country.

[grin rɛprɪ`zɛnts ðə kʌmɪŋ əv sprɪŋ ænd ɪt ɪz ɔlso ðə kʌlɚ əv ðə kʌntrɪ]

綠色代表著春天的來臨，同時也是這個國家的代表色。

5 Legend has it that green can attract leprechauns, who can show you pots of gold.

[`lɛdʒənd hæz ɪt ðæt grin kæn ə`trækt lɛprəkɔns hu kæn ʃo ju pɑts əv gold]

傳說綠色能吸引小精靈，他們會帶你找到裝滿黃金的罐子。

6 St. Patrick's Day falls on March 17, which is also the day St. Patrick passed away.

[sent pætrɪks de fɔls ɑn mɑrtʃ sɛvən`tinθ hwɪtʃ ɪz ɔlso ðə de sent pætrɪk pæst ə`we]

三月十七日是聖派翠克日，也是聖派翠克逝世的日子。

7 St. Patrick's Day is the most important holiday in Irish culture.

[sent pætrɪks de ɪz ðə most ɪm`pɔrtn̩t `hɑləde ɪn `aɪrɪʃ kʌltʃɚ]

聖派翠克日是愛爾蘭文化裡最重要的節日。

8 Jessica tied an emerald ribbon on her ponytail and went towards the parade.

[dʒɛsɪkə taɪd æn ɛmərəld `rɪbən ɑn hɝ `ponɪtel ænd wɛnt tə`wɔrds ðə pə`red]

潔西卡在馬尾綁上翠綠色的緞帶，並走向遊行隊伍。

9 The St. Patrick's Day celebrations usually last for the whole day.

[ðə sent pætrɪks de sɛləbreʃəns `juʒuəlɪ læst fɔr ðə hol de]

聖派翠克日的慶祝活動通常會持續一整天。

10 Would you like some St. Patrick's Day special green beer?

[wʊd ju laɪk sʌm sent pætrɪks de spɛʃəl ɡrin bɪr]

你想要來些聖派翠克日限定的綠啤酒嗎？

Reality conversation practice

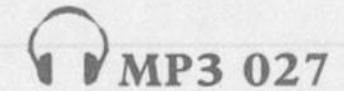

實境對話練習

St. Patrick's Day is just around the corner. How are you going to celebrate it?

[sent pætrɪks de ɪz dʒʌst əˋraund ðə kɔrnɚ] [hau ɑr ju goɪŋ tə ˋsɛləbret ɪt]

聖派翠克日馬上就要到了。你打算怎麼慶祝呢？

Back at home in Ireland, we would dress in green and join the parade.

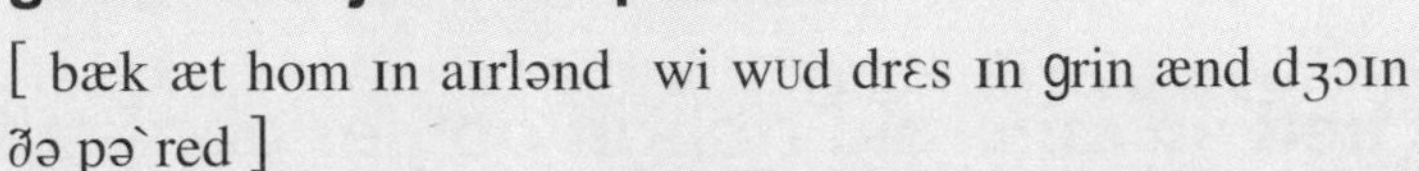

[bæk æt hom ɪn aɪrlənd wi wʊd drɛs ɪn grin ænd dʒɔɪn ðə pəˋred]

在我的家鄉愛爾蘭，我們會穿上綠色服飾參加遊行。

Sounds cool! But why green?

[saʊnds kul] [bʌt hwaɪ grin]

聽起來很酷！但為什麼是綠色呢？

Green is the color for our country, and the shamrocks are green, too.

[grin ɪz ðə kʌlɚ fɚ aʊr kʌntrɪ ænd ðə ʃæmrɑks ɑr grin tu]

綠色是屬於愛爾蘭的顏色，而三葉酢漿草也是綠色的。

Shamrocks? What are they?

[ʃæmrɑks] [hwɑt ɑr ðe]

三葉酢漿草是什麼啊？

Shamrocks are three-leaf clovers, which are also a symbol of good luck.

[ʃæmrɑks ɑr θri lif `klovɚs hwɪtʃ ɑr ɔlso ə sɪmbl̩ əv gʊd lʌk]

三葉酢漿草是只有三片葉子的酢漿草，也是好運的象徵。

傑夫 Jeff

愛尼塔 Anita

That's right. That does ring a bell.

[ðæts raɪt] [ðæt dʌz rɪŋ ə bɛl]

沒錯！我想起來了。

So, are you joining me for the parade? It will be fun.

[so ɑr ju dʒɔɪnɪŋ mi fɚ ðə pə`red] [ɪt wɪl bi fʌn]

那你要跟我一起去參加遊行嗎？會很好玩的。

傑夫 Jeff

愛尼塔 Anita

But I thought you only have parades in Ireland.

[bʌt aɪ θɔt ju onlɪ hæv pə`reds ɪn `aɪrlənd]

但是我以為只有在愛爾蘭才有遊行。

No, wherever you can find the Irish, you can find parades and parties on this day!

[no hwɛr`ɛvɚ ju kæn faɪnd ðɪ aɪrɪʃ ju kæn faɪnd pə`reds ænd pɑrtɪs ɑn ðɪs de]

不是的，只要是有愛爾蘭人的地方，這天就一定會看到遊行和派對！

傑夫 Jeff

趕緊翻出衣櫃裡的綠色服飾吧！

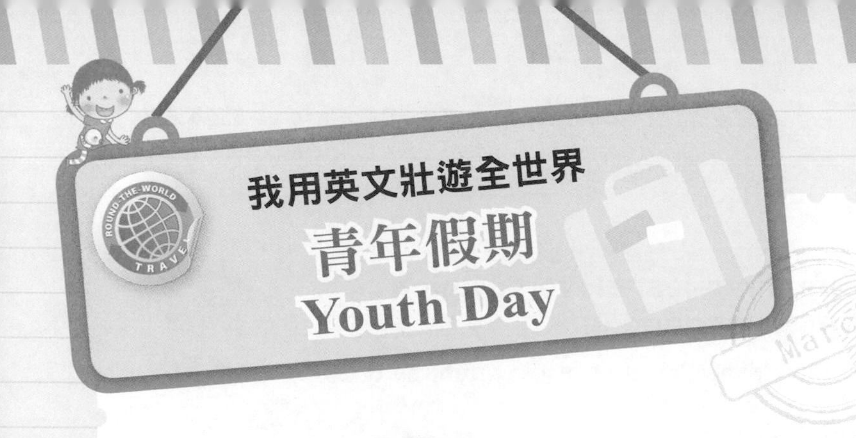

青年節小常識 All about Youth Day

青年節（Youth Day）是個聽起來簡單，但實際上卻**意義深遠（meaningful）**的不簡單節日。在台灣，青年節又被稱作「革命先烈紀念日」，是落在每年的三月二十九日，據説是為了紀念建立中華民國的前一年，在廣州黃花崗起義時壯烈犧牲的七十二位烈士。因為他們的鮮血以及滿腔的雄心壯志，才成就了現今自由開放的社會。

然而，青年節在世界各地也都被廣為慶祝，一些全球性的組織也會訂定國際性的青年日，希望能藉由這個節日，喚起全世界青年對社會、國家、世界，以及對自己的**人生規劃（life planning）**的熱情。

世界青年日（World Youth Day），起源於**天主教教會（Catholic church）**，由前教宗聖若望保祿二世於西元一九八五年發起，發起的緣由是為了扭轉擁有天主教信仰的青年，在社會的影響下日益遠離教會的傾向。每年在羅馬都會舉行「教區級慶

典」，而每兩到三年也會在不同國家舉辦「國際級慶典」。在世界青年日，天主教廷的**教宗（Pope）**會**進行公開演說（deliver a public speech）**，鼓勵青年採取實際行動，**對社會、國家做出貢獻（contribute to society and the country）**。二〇一三年的世界青年日，將於七月在巴西的里約熱內盧舉行。

與世界青年日有別的**國際青年節（International Youth Day）**，則是由聯合國所發起，定於每年的八月十二日慶祝，依據每年不同的主題，舉辦相關的活動，例如二〇一二年的國際青年節，就以**「與青年結盟：打造一個更好的世界」（Building a Better World: Partnering with Youth）**為主題，希望讓全世界的青年一同參與國際社會的成長與進步。

回到台灣，每年的青年節也會有慶祝活動，像是**健康路跑（marathon）**、**植樹（tree-planting）**等象徵健康、希望的活動，在在鼓勵著青年積極拓展自己的**人生閱歷（life experience）**及**視野（vision）**，培養**樂觀（optimistic）**、**進取（aggressive）**的性格，從而成為國家社會的中堅分子。

Words and Phrases

1 concern [kən`sɝn] 名 關心、擔心

例句 It is a time for the youth to speak out about their concerns for the world.

中譯 這是個讓青年表達關懷世界的時機。

2 youth [juθ] 名 青年、小伙子

例句 It is undeniable that the youth are the mainstay of a country.

中譯 不可否認地，青年是國家的中堅分子。

3 take place 片 發生

例句 Where will the fund-raising event take place on Youth Day?

中譯 青年節的募款活動將在哪裡舉辦呢？

4 draw attention to 片 吸引注意力

例句 Youth Day is also to draw attention to the empowerment of the youth.

中譯 青年節也讓大家注意到青年族群的賦能。

5 participate [pɑr`tɪsə͵pet] 動 參與

例句 The youth are encouraged to participate in various charity operations.

中譯 青年被鼓勵參加各種慈善活動。

6 partner [`pɑrtnɚ] 動 與…成為拍檔、協力

例句 The United Nation's appeal is to partner with the youth and build a better world.

中譯 聯合國的訴求是和青年協力打造一個更美好的世界。

7 theme [θim] 名 主題

例句 There is a different theme of International Youth Day each year.

中譯 每年的國際青年節都有不同的主題。

8 Catholic [`kæθəlɪk] 形 天主教的

例句 There is a Catholic church in our neighborhood.

中譯 我們家附近有一間天主教教堂。

9 Pope [pop] 名 教宗

例句 The Pope always makes a public appearance on World Youth Day.

中譯 教宗總會在世界青年日公開露面。

10 youth-oriented [`juθ`orɪɛntɪd] 形 以青年為中心的

例句 There will be many youth-oriented activities on World Youth Day.

中譯 在世界青年日裡會舉辦許多以青年為主軸的活動。

Useful Expressions MP3 029

1 International Youth Day is on August 12 each year.

[ɪntə`næʃənl̩ juθ de ɪz ɑn ɔgʌst twɛlfθ itʃ jɪr]

每年的八月十二號是國際青年節。

2 The United Nations declared August 12 as International Youth Day.

[ðɪ junaɪtɪd neʃəns dɪ`klɛrd ɔgʌst twɛlfθ əz ɪntə`næʃənl̩ juθ de]

聯合國宣佈八月十二日為國際青年節。

3 What is the theme of International Youth Day this year?

[hwɑt ɪz ðə θim əv ɪntə`næʃənl̩ juθ de ðɪs jɪr]

今年的國際青年節以什麼為主題呢？

4 Most people might not know Taiwan Youth Day is also a Catholic Church event.

[most pipl̩ maɪt nɑt no taɪwɑn juθ de ɪz ɔlso ə kæθəlɪk tʃɝtʃ ɪ`vɛnt]

大多數人可能不知道台灣青年節也是個天主教教會活動。

5 Youth Day is a time to encourage the youth to work together and enrich the world.

[juθ de ɪz ə taɪm tu ɪn`kɝɪdʒ ðə juθ tə wɝk tə`gɛðə ænd ɪn`rɪtʃ ðə wɝld]

青年節鼓勵青年齊心合作，使世界更豐富。

6 Some organizations kick off volunteer campaigns on World Youth Day.

[sʌm ɔrgənə`zeʃəns kɪk ɔf vɑlʌn`tɪr kæm`pen ɑn wɝld juθ de]

有些組織會在世界青年日開始舉辦志工活動。

7 To celebrate Youth Day, the city government has planned a number of activities.

[tu `sɛləbret juθ de ðə sɪtɪ gʌvɚnmənt hæs plænd ə nʌmbɚ əv æk`tɪvətɪs]

為了慶祝青年節，市政府已規劃一系列的活動。

8 Like many other holidays, Youth Day is widely observed all over the world.

[laɪk mɛnɪ ʌðɚ hɑlədes juθ de ɪz waɪdlɪ əb`zɝvd ɔl ovɚ ðə wɝld]

就像許多其他的節日一樣，青年節在世界各地被慶祝著。

9 Youth Day is the best time to commemorate the power of the youth.

[juθ de ɪz ðə bɛst taɪm tu kə`mɛməret ðə paʊɚ əv ðə juθ]

青年節是頌揚青年力量的最佳時機。

10 Kevin's class is going to volunteer at a charity hospital on Youth Day.

[`kɛvɪns klæs ɪz goɪŋ tə vɑlən`tɪr æt ə `tʃærətɪ hɑspɪtḷ ɑn juθ de]

凱文的班級會在青年節到慈善醫院志願服務。

Reality conversation practice

實境對話練習

I love your sticker. Where did you get that?

[aɪ lʌv juɚ stɪkɚ] [hwɛr dɪd ju gɛt ðæt]

我喜歡你的貼紙。你在哪裡拿的呢？

提姆 Tim

茱莉亞 Julia

If you sign up for Youth Speak Out, you can have one, too.

[ɪf ju saɪn ʌp fɔr juθ spik aʊt ju kæn hæv wʌn tu]

只要報名青年大聲說活動，就可以得到一張。

Youth Speak Out? Isn't that the special in the cafeteria?

[juθ spik aʊt] [ɪzn̩t ðæt ðə `spɛʃəl ɪn ðə kæfətɪrɪə]

青年大聲說活動？不就是在自助餐廳的特別活動嗎？

提姆 Tim

茱莉亞 Julia

No, it's a fund-raising activity organized by city council.

[no ɪts ə `fʌndrezɪŋ æk`tɪvətɪ ɔrgənaɪzd baɪ sɪtɪ kaʊnsl̩]

不是的，那是市政府舉辦的一場募款活動。

What is it about?

[hwɑt ɪz ɪt ə`baʊt]

是什麼樣的活動呢？

提姆 Tim

茱莉亞
Julia

City council invited the youth to raise funds for charity as volunteers.

[sɪtɪ kaʊnsḷ ɪn`vaɪtɪd ðə juθ tu rez fʌnds fɚ `tʃærətɪ æz vɑlʌn`tɪrs]

市政府邀請青年擔任義工，為慈善單位募款。

Cool! Sounds like a meaningful activity for Youth Day.

[kul] [saʊnds laɪk ə `minɪŋfəl æk`tɪvətɪ fɔr juθ de]

酷！聽起來是個有意義的青年節活動。

提姆
Tim

茱莉亞
Julia

It is, and that's why I am joining in. I will be on duty today. Do you want to come?

[ɪt ɪz ænd ðæts hwaɪ aɪ æm dʒɔɪnɪŋ ɪn] [aɪ wɪl bi ɑn djutɪ tə`de] [du ju wɑnt tə kʌm]

沒錯，所以我才會參加。我今天會值勤。你要一起來嗎？

Sure, I'd love to help.

[ʃʊr aɪd lʌv tə hɛlp]

好啊，我很樂意幫忙。

提姆
Tim

茱莉亞
Julia

And you can get this beautiful sticker as a souvenir, too!

[ænd ju kæn gɛt ðɪs `bjutəfəl stɪkɚ əz ə suvənɪr tu]

那麼你也可以獲得這張美麗的貼紙當做紀念品！

今年過個別具意義的青年節吧！

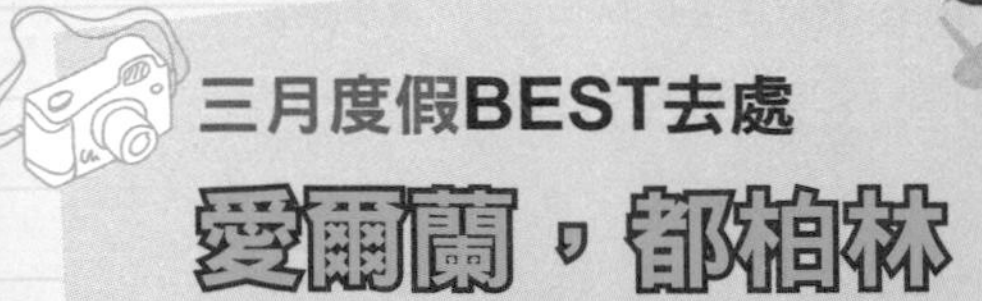

三月度假BEST去處

愛爾蘭，都柏林

Dublin, Ireland

愛爾蘭（Ireland）位於歐洲大陸西北方，西臨太平洋，東鄰愛爾蘭海與英格蘭遙望。氣候受北大西洋暖流影響，屬溫帶海洋性氣候，冬暖夏涼，雨水較歐洲大陸豐沛。

愛爾蘭是個文化成就極高的地區，知名音樂團體U2、小紅莓（The Cranberries）、男孩特區（Boyzone）、西城男孩（Westlife）等，和國寶級空靈歌手恩雅（Enya）、全球知名踢踏舞團火焰之舞（Feet of Flames）等，皆出於愛爾蘭這座迷人島嶼。

三月份到愛爾蘭，剛好可趕上三月十七日為紀念愛爾蘭守護神聖派翠克所設立的節日——聖派翠克節的遊行慶祝活動，浸淫在以幸運草為主題的綠油油遊行隊伍裡。共和國首都都柏林市區內的健力士啤酒廠（Guinness Storehouse）、都柏林大學（University College Dublin, UCD）以及酒吧街（Templebar）等，都很值得參觀。

此外，傳説由巨人芬麥庫爾（Finn McCool）所建造的壯麗美景——巨人堤道（Giant's Causeway）也是不容錯過的景點。北愛首府貝爾法斯特（Belfast）的鐵達尼號造船廠（Titanic Belfast）、獨立運動紀念遺跡及塗鴉等，都是可列入愛爾蘭之旅的走逛（out and about）之處。

1 愚人假期～用傻人的傻福開心度假 April Fools' Day

2 清明假期～一邊敬愛祖先一邊度假 Tomb Sweeping Day

3 復活假期～復活兔與彩蛋陪我度假 Easter Sunday

愚人節小常識 All about April Fools' Day

在西方文化裡，每年到了四月一號，人人警覺自危，因為這天就是號稱所有節日裡最令人心驚膽顫的——**愚人節（April Fools' Day）**。

愚人節又被稱作**萬愚節（All Fools' Day）**，這個節日據說是源自法國。早期的法國是從三月二十五日開始慶祝新年，一連進行八天，持續到四月一日。後來，國王查理九世改革曆法，將新年移至一月一日。此舉遭到守舊派的反對，甚至堅持繼續在四月一日慶祝新年、互送禮品。支持新曆法的改革派因此嘲笑守舊派，並贈送假禮物愚弄他們，還稱他們為「四月傻瓜」、「上鉤的魚」。愚人節的法文**Possion d'Avril**翻成中文就是「四月的魚」，而在法文裡，這個片語也用來趣稱傻蛋和蠢蛋。

根據習俗，人們會在愚人節當天組織家庭聚會舉辦「魚宴」。宴會請帖會用紙板做成可愛的小魚形狀，餐桌上則擺放**魚缸（fish tank）**和小型**釣魚竿（fishing pod）**做裝飾，而菜色則是魚類大

餐，以求應景。

不過，愚人節最典型的活動還是親朋好友間無傷大雅的**惡作劇（practical joke）**。人們會對朋友、家人、同學甚至是同事惡作劇，從請人幫忙找不存在的物品，到各式各樣精心設計的大型惡作劇都有。有人會把錢包綁上線、放在大街上，從遠處拉著線的另一頭；一旦有人撿起錢包，便用力**拉繩（pull the string）**，讓想撿錢包的人一輩子都撿不到。還有人會將電扇的開關換成假的，或把廚房裡的鹽和糖調換位置等，令被開玩笑的人哭笑不得。

不過玩笑可不止於此。在美國，包括報紙、電視、網路新聞台等傳播媒體都會加入以惡作劇歡慶愚人節的行列，也就是在四月一日當天發佈**假新聞（fake news）**來娛樂大眾。其中最經典的，莫過於**英國國家廣播公司（BBC）**在愚人節的兩篇經典報導。一次報導電視即將能傳播氣味，後來真的有人聲稱可以聞到電視中傳來的香味。而另一次則是在一九五七年，報導瑞士有一棵能長出義大利麵的樹，而也真有民眾致電詢問麵條樹的栽植法。

無論如何，在愚人節開些小玩笑，調劑平凡的日常生活並無傷大雅；而被開玩笑的人也能保持風度，優雅地接受，也算是有達到這個節日既溫馨、又開心的愚人精神了。

MP3 031

1 monkey business 片 惡作劇

例句 Kevin is notorious for his monkey business in the kindergarten.

中譯 凱文在幼稚園裡以愛惡作劇出名。

2 April Fool 名 在愚人節被惡作劇整的人

例句 Jack is an April Fool and he is the only one who believes Allen's story.

中譯 傑克是愚人節笨蛋，只有他相信艾倫的故事。

3 hoax [hoks] 動 欺騙 名 騙局、惡作劇

例句 It took Ms. Chen a long while to find out everything was nothing but a hoax.

中譯 陳小姐花了好一段時間才發現一切不過是場騙局。

4 gullible [`gʌləbḷ] 形 易受騙的

例句 Gina is so gullible that she falls for Kevin's lies every time.

中譯 吉娜很容易受騙，所以每次都會上凱文的當。

5 practical joke 片 惡作劇

例句 A practical joke like that might be very insulting.

中譯 類似那樣的惡作劇可能會很無禮。

6 amusing [əˋmjuzɪŋ] 形 好笑的

例句 Kevin told the class an amusing joke, which made everyone laugh so hard they cried.

中譯 凱文跟全班說了個好笑的笑話，讓每個人都笑到流淚。

7 play pranks 片 惡作劇

例句 Larry played pranks on his friends on April Fools' Day.

中譯 賴瑞在愚人節對朋友惡作劇。

8 spoof [spuf] 動 欺騙、愚弄

例句 Jason tried to spoof all his friends with a story he made up on April Fools' Day.

中譯 傑森試著在愚人節用胡謅的故事欺騙他的朋友們。

9 prankster [ˋpræŋkstɚ] 名 惡作劇的人

例句 Hank is a notorious prankster who is known for his practical jokes.

中譯 漢克跟他的惡作劇，十分惡名昭彰。

10 dopey [ˋdopɪ] 形 愚蠢的

例句 I have never heard such a dopey story.

中譯 我從來沒聽過這麼蠢的故事。

11 make fun of 片 開…玩笑

例句 Jenny made fun of her sister on April Fools' Day.

中譯 珍妮在愚人節當天開了她妹妹一個玩笑。

Useful Expressions MP3 032

1 April Fools' Day is sometimes called All Fools' Day.

[eprəl `fuls de ɪz sʌmtaɪmz kɔld ɔl fuls de]

愚人節有時也被稱為萬愚節。

2 April Fools' Day is considered to be one of the most light-hearted holidays.

[eprəl `fuls de ɪz kən`sɪdɚd tə bi wʌn əv ðə most laɪthartɪd hɑlədez]

愚人節被認為是最輕鬆愉快的節日之一。

3 A fool's errand is sending people to look for things that don't exist.

[ə fuls `ɛrənd ɪz sɛndɪŋ pipḷ tə lʊk fɔr θɪŋs ðæt dont ɪg`zɪst]

呆瓜差事是派人跑去找根本不存在的東西。

4 Do you know the origin of April Fool's Day?

[du ju no ðɪ `ɔrədʒɪn əv eprəl fuls de]

你知道愚人節的由來嗎？

5 Children might play pranks on each other on April Fools' Day.

[tʃɪldrən maɪt ple præŋks ɑn itʃ ʌðɚ ɑn eprəl fuls de]

兒童們可能會在愚人節當天對彼此惡作劇。

6 Playing pranks is a tradition on April Fools' Day in the West.

[pleɪŋ præŋks ɪz ə trə`dɪʃən ɑn eprəl `fuls de ɪn ðə wɛst]

在西方國家，愚人節當天惡作劇是一項傳統。

7 Practical jokes are a common practice on April Fools' Day.

[`præktɪkḷ dʒoks ɑr ə `kɑmən præktɪs ɑn eprəl `fuls de]

惡作劇在愚人節是很常見的。

8 Both Joey and Ross fell victim to Kevin's pranks.

[boθ dʒoɪ ænd rɑs fɛl vɪktɪm tu kɛvəns præŋks]

喬伊和羅斯都成為凱文惡作劇的受害者。

9 Peter tricked his parents by substituting a fake pull cord for the real one on the fan.

[pitɚ trɪkt hɪs pɛrənts baɪ sʌbstətjutɪŋ ə fek pul kɔrd fɔr ðə ril wʌn ɑn ðə fæn]

彼得把風扇的線換成一條假的，捉弄他的父母。

10 Some people also pull pranks on their co-workers at the office.

[sʌm pipḷ ɔlso pul præŋks ɑn ðɛr `kowɝkɚs æt ðɪ ɔfɪs]

有些人也會對辦公室同事惡作劇。

Reality conversation practice

MP3 033

實境對話練習

亞曼達 Amanda

Can you give me the papada sauce over there?

[kæn ju gɪv mi ðə papada sɔs ovɚ ðɛr]

你可以幫我拿那邊的啪啪達醬嗎？

傑夫 Jeff

Papada sauce? Sorry, I don't see it.

[papada sɔs] [sarɪ aɪ dont si ɪt]

啪啪達醬？對不起，我沒看到在哪。

亞曼達 Amanda

Ha! Got you!

[ha] [gat ju]

哈！你被我騙了！

傑夫 Jeff

What do you mean?

[hwat du ju min]

什麼意思啊？

亞曼達 Amanda

It's nothing but a joke! Happy April Fools' Day!

[ɪts nʌθɪŋ bʌt ə dʒok] [hæpɪ eprəl `fuls de]

這只是個玩笑！愚人節快樂！

Oh, I forgot it's April 1 today.

[o aɪ fɚgɑt ɪts eprəl fɝst təde]

噢，我都忘了今天是四月一號。

傑夫 Jeff

亞曼達 Amanda

It is! And it's just eight in the morning. You'd better watch out.

[ɪt ɪz] [ænd ɪts dʒʌst et ɪn ðə mɔrnɪŋ] [jud bɛtɚ wɑtʃ aʊt]

是的！而且現在才早上八點。你得小心點了。

I think I should. There might be a lot of pranksters like you.

[aɪ θɪŋk aɪ ʃʊd] [ðɛr maɪt bi ə lɑt əv præŋkstɚs laɪk ju]

我想我是得小心點。可能還會有很多像你一樣的惡作劇鬼。

傑夫 Jeff

亞曼達 Amanda

Ha-ha, I am just warming you up!

[hɑhɑ aɪ æm dʒʌst wɔrmɪŋ ju ʌp]

哈哈，我只是幫你暖身而已！

I will certainly need to be very careful to get through the day.

[aɪ wɪl sɝtənlɪ nid tu bi vɛrɪ kɛrfəl tə gɛt θru ðə de]

我一定得很小心，才能安然度過這一天。

傑夫 Jeff

開些有趣的小玩笑輕鬆度假吧！

清明節小常識 All about Tomb Sweeping Day

清明節（Tomb Sweeping Day）是中華文化中，最具體也最具代表性的**「慎終追遠」**（pay respect to the dead）節日。傳統上，清明節是指**農曆二十四節氣**（24 divisions of the lunar calendar）中，春分後的第十五天，也就是**清明**（clear and bright）。在民國二十四年，政府將清明節正式納為國定假日，又稱作「民族掃墓日」。

關於清明節的由來眾説紛紜，其中一説與漢高祖劉邦有關。相傳在秦朝末年，劉邦擊敗西楚霸王項羽贏得天下後，前往父母親墳前祭拜，卻因為連年的戰爭，許多墳墓上長滿雜草，**墓碑**（gravestone）東倒西歪，導致劉邦認不出哪一座才是自己父母親的墳墓。

悲痛欲絕的劉邦立刻派屬下四處尋找，卻怎麼也找不到父母親的墳墓。於是，劉邦將手中的紙撕碎，並向上天禱告：「爹娘在天有靈，若是我將手中的碎紙拋向空中，落下之地任風吹不動，便為

爹娘安息之處。」話一說完，劉邦將碎紙往空中一拋，紙片落於其中一座墓碑上，任憑風吹竟文風不動。劉邦仔細一看，那果然是父母親的墓。自此，欣慰的劉邦每年清明都會到父母墳前祭拜。即位後，百姓也效仿漢高祖，於每年清明時節祭拜祖先，慎終追遠。

每年的清明節後，雨水增多，象徵著**春天的到來（the coming of spring）**，揮別嚴寒的冬季，迎來春天的氣息，四處春和景明。因此，許多人會在掃墓之後，與家人、朋友一同出外踏青，進行**「春遊」（spring outing）**活動。而由於清明時節日照、雨水皆充足，種植樹苗存活率高，成長也快，因此在清明節也一直沿襲著**植樹（tree-planting）**的習俗。

在清明節，有時也會見到七彩的**風箏（kite）**在空中飛舞。古人會在風箏上綁上笛子，讓風箏在飛舞時，風入笛管發出悅耳的聲音，就像箏鳴一樣，風箏也因此得其名。又因為形狀像飛行的鳥，又稱風箏為「紙鳶」。

今年的清明節，不妨在掃墓後安排一趟思親之旅，提醒自己現在所擁有的皆**承襲（inherit）**先祖而來。時時懷抱感恩的心，珍惜自己現有的一切，才是清明節慎終追遠的積極目的。

Words and Phrases

1 sweep graves 片 掃墓

例句 Traditionally, people will sweep the graves of their ancestors on Tomb Sweeping Day.

中譯 傳統上，人們會在清明節掃祖先的墓。

2 ancestor [ˋænsɛstɚ] 名 祖先

例句 Do you know where your ancestors came from?

中譯 你知道你的祖先來自何方嗎？

3 incense [ˋɪnsɛns] 名 香

例句 Burning incense is one important part of the worshiping service.

中譯 焚香是祭拜儀式中重要的一部分。

4 paper money 片 紙錢

例句 By burning paper money, people believe the money will be sent to their dead ancestors.

中譯 人們相信可藉由焚燒紙錢，送錢給往生的祖先們。

5 pay respect to 片 向…致上敬意

例句 Peter took his family to sweep the tombs and paid respect to their ancestors.

中譯 彼得帶著家人去掃墓，向祖先們致上敬意。

❻ cemetery [`sɛmə,tɛrɪ] 名 墓地

例句 The cemetery is crowded with people coming for tomb sweeping.

中譯 墓地裡擠滿了來掃墓的人潮。

❼ offering [`ɔfərɪŋ] 名 供品、祭品

例句 Ms. Chen provided roast beef and chicken as the offerings this year.

中譯 陳小姐今年帶了烤牛肉和雞肉當做供品。

❽ kneel down 片 跪下

例句 Mr. Wang had his children kneel down in front of their grandmother's grave.

中譯 王先生讓孩子們跪在他們祖母的墳前。

❾ spring outing 片 春季出遊

例句 Some people might also have spring outings right after the tomb sweeping.

中譯 有些人或許會在掃完墓後，進行春季出遊。

❿ relative [`rɛlətɪv] 名 親戚

例句 It's a family tradition that most of our relatives are buried in the same cemetery.

中譯 大部分的親戚都葬在同一座墓地，是我們家族的傳統。

萬用表達句 Useful Expressions

1. **In our traditional culture, boys are responsible for tomb sweeping, not girls.**

   [ɪn aʊr trə`dɪʃənḷ kʌltʃɚ bɔɪz ɑr rɪ`spɑnsəbḷ fɔr tum swipɪŋ nɑt gɝls]

   傳統文化裡，掃墓的責任歸男生，而非女生。

2. **Tomb Sweeping Day reflects the custom of paying respect to one's ancestors.**

   [tum swipɪŋ de rɪ`flɛkts ðə kʌstəm əv peɪŋ rɪ`spɛkt tu wʌns `ænsɛstɚs]

   清明節展現出慎終追遠的習俗。

3. **Some people even burn paper buildings and cars as offerings.**

   [sʌm pipḷ ivən bɝn pepɚ bɪldɪŋs ænd kɑrs əz `ɔfərɪŋs]

   有些人甚至會燒紙房子和紙車子做為祭品。

4. **Where are you going to do your tomb sweeping?**

   [hwɛr ɑr ju goɪŋ tu du jʊr tum swipɪŋ]

   你要去哪裡掃墓呢？

5. **Besides sweeping graves, people also have spring outings on Tomb Sweeping Day.**

   [bɪ`saɪds swipɪŋ grevs pipḷ ɔlso hæv sprɪŋ aʊtɪŋs ɑn tum swipɪŋ de]

   除了掃墓以外，人們也會在清明節春遊。

6 Traditionally, people put some colored paper under stones on the graves.

[trə`dɪʃənḷɪ pipḷ put sʌm kʌlərd pepɚ ʌndɚ stons ɑn ðə grevs]

根據傳統，人們會在墳墓上用石頭壓些色紙。

7 Tomb Sweeping Day is also a time to remember our deceased friends and relatives.

[tum swipɪŋ de ɪz ɔlso ə taɪm tu rɪ`mɛmbɚ aur dɪ`sist frɛnds ænd `rɛlətɪvs]

清明節也是緬懷已逝親友的日子。

8 People usually bring a lot of symbolic items, including meat, wine, and fruit, to cemeteries.

[pipḷ `juʒuəlɪ brɪŋ ə lɑt əv sɪm`bɑlɪk `aɪtəms ɪn`kludɪŋ mit waɪn ænd frut tu `sɛmətɛrɪs]

人們通常會帶許多祭品，包括肉、酒、水果等到墓地祭拜。

9 Tomb Sweeping Day is called the Qingming Festival, which is related to one of the 24 segments of the Chinese calendar.

[tum swipɪŋ de ɪz kɔld ðə tʃɪŋmɪŋ fɛstəvḷ hwɪtʃ ɪz rɪ`letɪd tu wʌn əv ðə twɛntɪ for sɛgmənts əv ðə tʃaɪ`niz kæləndɚ]

掃墓節又稱清明節，與農民曆中的二十四個節氣之一有關。

10 Flying kites is also a popular activity during the Tomb Sweeping Festival.

[flaɪɪŋ kaɪts ɪz ɔlso ə pɑpjəlɚ æk`tɪvətɪ djurɪŋ ðə tum swipɪŋ fɛstəvḷ]

放風箏也是清明節盛行的一項活動。

Reality conversation practice

實境對話練習

MP3 036

Iron Man 3 is opening tomorrow. Do you want to see it with me?

[`aɪən mæn θri ɪz opənɪŋ tə`mɔro] [du ju wɑnt tə si ɪt wɪð mi]

鋼鐵人三明天上映。你想和我一起去看嗎？

I'd love to, but I'm doing something with my mom.

[aɪd lʌv tu bʌt aɪm duɪŋ sʌmθɪŋ wɪð maɪ mɑm]

我很想去，但是我和我媽有約。

Wow, are you going shopping again? Is there any sale?

[waʊ ɑr ju goɪŋ ʃɑpɪŋ ə`gɛn] [ɪz ðɛr ɛnɪ sel]

哇，你們又要去逛街了嗎？最近有折扣活動嗎？

No, my family is going tomb sweeping tomorrow.

[no maɪ fæməlɪ ɪz goɪŋ tum swipɪŋ tə`mɔro]

不是的，我們家明天要去掃墓。

Sweeping a tomb? What is that?

[swipɪŋ ə tum] [hwɑt ɪz ðæt]

什麼是掃墓啊？

美美
Meimei

It's a traditional Chinese festival, called Tomb Sweeping Day.

[ɪts ə trə`dɪʃənḷ tʃaɪ`niz fɛstəvḷ kɔld tum swipɪŋ de]

那是個傳統的中華節慶，叫做掃墓節。

喬許
Josh

I'm curious about it. Can you tell me more?

[aɪm kjʊrɪəs abaʊt ɪt] [kæn ju tɛl mi mor]

我對它很好奇。可以跟我多說一點嗎？

美美
Meimei

Sure. We all go tomb sweeping to pay respect to our ancestors.

[ʃʊr] [wi ɔl go tum swipɪŋ tə pe rɪ`spɛkt tə aʊr `ænsɛstɚs]

當然可以。我們都會去掃墓祭拜祖先，表達追思之情。

喬許
Josh

Can I join you? I really want to see what it is all about.

[kæn aɪ dʒɔɪn ju] [aɪ rɪəlɪ wɑnt tu si hwɑt ɪt ɪz ɔl ə`baʊt]

我可以和你們一起去嗎？我真的很想看看那是怎麼一回事。

美美
Meimei

Sorry, it's just for family.

[sɑrɪ ɪts dʒʌst fɚ fæməlɪ]

抱歉，這是家務事噢。

清明時節是否特別思念故親呢？

復活節小常識 All about Easter Sunday

復活節（**Easter**）是個屬於基督教的節慶，和**耶誕節**（**Christmas**）同樣地與**耶穌基督**（**Jesus Christ**）息息相關。耶誕節紀念**耶穌基督的誕生**（**the birth of Jesus Christ**），而復活節則紀念**耶穌基督死而復活**（**the resurrection of Jesus Christ**）的神蹟；這兩個節日並列為一年中最重要的基督教節慶。

在聖經中，耶穌基督為**神之子**（**son of God**），誕生於人世間以拯救世人。耶穌基督為人類受難，被釘在十字架上而死，死後被埋在石墓中。在耶穌死後的第三天，抹大拉的瑪利亞前往耶穌的墳上，突然聽到有人說耶穌已經復活。人們發現墳墓裡沒有骸骨、遺體，只剩下當時裹纏耶穌身體的布，證明耶穌已經復活。

復活的耶穌向婦女和門徒們顯現了四十天之久，向他們講解**聖經**（**Bible**）、下達勤傳福音的指示，並讓門徒觸摸手上的釘痕和身上的傷口，以及進行正常飲食，向大家證明耶穌的復活。

為了紀念這一個復活的神蹟，每年春分月圓後的第一個星期日

就被定為復活節，又稱**主復活日（Resurrection of Christ）**。對基督徒而言，復活節象徵著**重生（rebirth）**與**希望（hope）**，鼓勵人人應對生命抱持著積極的態度。

復活兔（Easter bunny）和**復活節彩蛋（Easter eggs）**是復活節的吉祥物，前者象徵著**生命力（vitality）**，而後者則象徵著開始新生命。另外，**百合花（lily）**在復活節前後綻放，是復活節的代表花種，也是受歡迎的裝飾。

每每到了復活節前夕，孩子們會進行**彩蛋活動（paint the eggs）**，在熟雞蛋的蛋殼上，彩繪各式各樣不同的圖案。而到了復活節當天早上，孩子們的復活節籃子裡會裝滿巧克力彩蛋、復活節兔子娃娃和玩具等。教堂裡也會舉辦**尋找復活節彩蛋（Easter egg hunt）**的活動，將巧克力彩蛋、糖果藏在各處，讓孩子們四處尋找。除了各地的教堂活動外，甚至連身為美國行政中心的白宮，每年也會舉辦滾彩蛋活動，成為眾家電視台報導的重點專題。

MP3 037

1 Easter bunny 片 復活節兔子

例句 Chocolate will be made into the shape of the Easter Bunny in celebration of Easter Sunday.

中譯 為了慶祝復活節，將巧克力製作成復活節兔子的造型。

2 jellybean [`dʒɛlɪ,bin] 名 豆形糖果

例句 Jellybeans are Mike's favorite, and he can never have enough of them.

中譯 豆形糖果是邁克的最愛，他永遠都吃不夠。

3 dye [daɪ] 動 為…染色

例句 Ms. Lin taught her students to dye the eggs for the coming Easter Sunday.

中譯 林老師教學生們為了即將來臨的復活節替蛋染色。

4 basket [`bæskɪt] 名 籃子

例句 There are eggs and chocolates in the Easter basket for kids.

中譯 復活節籃子裡，有給孩子們的蛋和巧克力。

5 egg hunt 片 復活節尋蛋活動

例句 Jason and Marie are going to join the egg hunt with their church friends.

中譯 傑森和瑪麗要和教會的朋友一起參加復活節尋蛋活動。

6 search [sɜtʃ] 名 / 動 搜尋、尋找

例句 Kids go in search of colored eggs and delicious chocolate all over the park.

中譯 孩子們會在公園裡四處尋找彩蛋和美味的巧克力。

7 Good Friday 片 耶穌受難日、復活節前的週五

例句 Good Friday is the Friday preceding Easter Sunday.

中譯 耶穌受難日在復活節的上一個星期五。

8 miracle [`mɪrəkḷ] 名 奇蹟

例句 Easter Sunday is the day to celebrate the miracle of Jesus's resurrection.

中譯 復活節在於慶祝耶穌復活的奇蹟。

9 hidden [`hɪdṇ] 形 隱藏的

例句 Kids go and search for the hidden eggs on Easter Sunday morning.

中譯 在復活節當天早上，孩子們會四處找尋被藏起來的彩蛋。

10 colorful [`kʌlɚfəl] 形 彩色的、多彩多姿的

例句 John and Kevin got excited about the colorful Easter eggs as soon as they saw them.

中譯 約翰和凱文第一眼看到色彩鮮豔的復活節彩蛋時，感到很興奮。

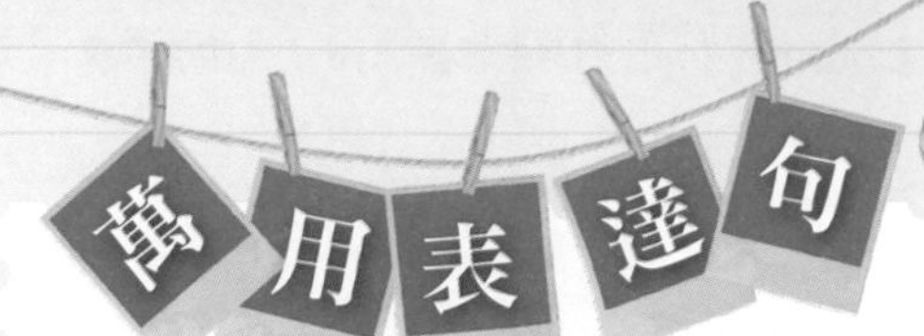

Useful Expressions MP3 038

1 Good Friday commemorates the crucifixion of Jesus.

[gʊd fraɪde kə`mɛmərets ðə krusə`fɪkʃən əv `dʒizəs]

耶穌受難日是紀念耶穌被釘在十字架上受難。

2 Easter is one of the most exciting holidays for children.

[`istɚ ɪz wʌn əv ðə most ɪk`saɪtɪŋ hɑlədez fɚ tʃɪldrən]

對孩子們來說，復活節是最令人興奮的節日之一。

3 Ms Lin taught the children to dye the eggs in preparation for Easter.

[mɪz lɪn tɔt ðə tʃɪldrən tə daɪ ðɪ ɛgs ɪn prɛpə`reʃən fɚ istɚ]

林老師教孩子們彩繪蛋，以為復活節做準備。

4 Easter is considered one of the most important Christian festivals.

[`istɚ ɪz kən`sɪdɚd wʌn əv ðə most ɪm`pɔrtn̩t krɪstʃən fɛstəvl̩s]

復活節被視為最重要的基督教節日之一。

5 Do you know when Easter was first celebrated?

[du ju no hwɛn istɚ wɑz fɝst sɛləbretɪd]

你知道第一次慶祝復活節是在什麼時候嗎？

6 The Easter Bunny is an important symbol of Easter, symbolizing rebirth.

[ðɪ istɚ bʌnɪ ɪz æn ɪm`pɔrtn̩t sɪmbl̩ əv istɚ sɪmbl̩aɪzɪŋ ri`bɝθ]

復活兔是復活節的重要象徵，代表著重生。

7 The custom calls for exchanging eggs at Easter, which symbolizes fertility.

[ðə kʌstəm kɔls fɚ ɪks`tʃendʒɪŋ ɛgs æt istɚ hwɪtʃ sɪmbl̩aɪzɪs fɝ`tɪlətɪ]

復活節時交換蛋是個習俗，蛋象徵繁殖力。

8 When does the egg hunt start?

[hwɛn dʌz ðɪ ɛg hʌnt stɑrt]

尋蛋遊戲什麼時候開始呢？

9 Actually, Easter is a three-day celebration, starting on Good Friday.

[`æktʃuəlɪ istɚ ɪz ə θride sɛlə`breʃən stɑrtɪŋ ɑn gud fraɪde]

事實上，復活節是從耶穌受難日開始，為期三天的慶祝活動。

10 Easter is celebrated by Christians around the world.

[istɚ ɪz sɛləbretɪd baɪ krɪstʃəns ə`raund ðə wɝld]

全世界的基督教徒都會慶祝復活節。

Reality conversation practice

實境對話練習

MP3 039

王太太
Mrs. Wang

Sweetheart, please go to church with me this Sunday.

[swithɑrt plis ɡo tu tʃɝtʃ wɪð mi ðɪs sʌnde]

親愛的，這週日和我一起上教堂吧。

丹尼爾
Daniel

Again? No, I don't want to hear those bible stories again.

[əˋɡɛn] [no aɪ dont wɑnt tə hɪr ðoz baɪbl̩ storɪs əɡɛn]

又去啊？不要，我不想再聽聖經故事了。

王太太
Mrs. Wang

Come on. It's Easter Sunday. It will be fun.

[kʌm ɑn] [ɪts istɚ sʌnde] [ɪt wɪl bi fʌn]

別這樣。那天可是復活節週日。會很有趣的。

丹尼爾
Daniel

Easter? What is that?

[istɚ] [hwɑt ɪz ðæt]

復活節是什麼啊？

王太太
Mrs. Wang

It's in celebration of Jesus' resurrection.

[ɪts ɪn sɛləbreʃən əv dʒizəsɪs rɛzəˋrɛkʃən]

是為了慶祝耶穌復活的節日。

It doesn't sound like fun to me.

[ɪt dʌzn̩t saʊnd laɪk fʌn tə mi]

我覺得聽起來不太有趣。

丹尼爾
Daniel

王太太
Mrs. Wang

You can join the egg hunt, and there are chocolate bunnies, too.

[ju kæn dʒɔɪn ðɪ ɛg hʌnt ænd ðɛr `ɑr tʃɑkəlɪt bʌnɪs tu]

你可以參加尋彩蛋遊戲，還有巧克力兔子噢。

Egg hunt and chocolate bunnies?

[ɛg hʌnt ænd tʃɑkəlɪt bʌnɪs]

尋彩蛋遊戲跟巧克力兔子？

丹尼爾
Daniel

王太太
Mrs. Wang

Exactly.

[ɪg`zæktlɪ]

沒錯。

Then I'll go for sure!

[ðɛn aɪl go fɚ ʃʊr]

那我一定要參加！

丹尼爾
Daniel

王太太
Mrs. Wang

Good for you!

[gʊd fɚ ju]

非常好！

今年也來玩一玩尋彩蛋遊戲吧！

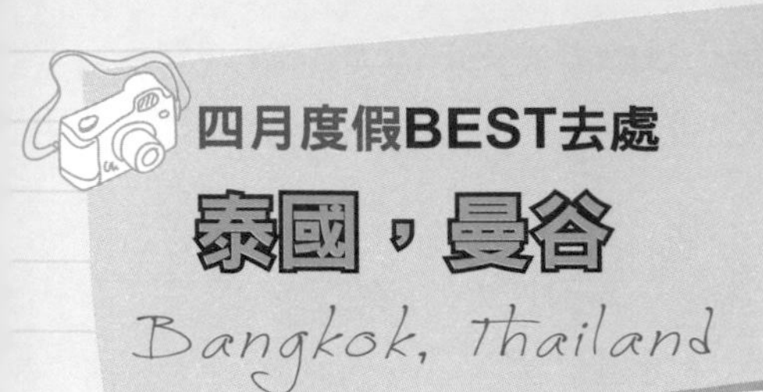

四月度假BEST去處

泰國，曼谷

Bangkok, Thailand

泰國（Thailand）舊稱暹羅（Siam），是第二次世界大戰期間，東南亞地區唯一的自由獨立國。泰人民篤信佛教，舉國九成以上民眾信奉塔那娃達佛教（Theravada Buddhism），宗教也成為泰國禮教道德的準則，及維繫社會和諧、激發藝術創造的原動力。泰國人民天性寬厚、溫文有禮，見面時打招呼的方式是雙手合十做「威」（Wai），同時說聲「沙娃滴卡」（Sawadika），為表示「你好」的問候語。

首都曼谷（Bangkok）位於昭披耶河（湄南河）東岸，繁忙的水上交通使其曾獲得「東方威尼斯」（Venice of the East）美名。曼谷也是個國際化程度極高的大都市，市內主要商業用語為英文，道路標誌亦皆以泰英對照顯示。再加上便利的市內捷運系統BTS（Bangkok Mass Transit System）與MRT（Metropolitan Rapid Transit），使得曼谷成為世界上最適合自由行的城市之一。

四月份來泰國，絕不能錯過月中為期四天的潑水節（宋干節，Songkran）。潑水節好比華人的農曆新年，新年首日清晨人們沐浴盛裝至佛寺堆沙造塔、浴佛聽經，並以清淨的新水朝人潑灑，代表洗去舊年不順、迎接新年重新出發。

五月去度假

May

Holiday around the World

母親節小常識 All about Mother's Day

每年**五月的第二個週日（the second Monday in May）**是**母親節（Mother's Day）**，用以向每位給予我們**關懷（care）**與**愛意（love）**的**慈愛（loving）**母親表達感激，以及紀念每位偉大母親對於社會和國家的深刻貢獻。

雖然母親節的歷史至今不到一百年，但是母親節可說得上是世界上最被看重的節日之一。全世界都慶祝著母親節，甚至在不同的國家，因著當地特殊的歷史和文化，母親節的日期以及慶祝的方式都不盡相同。而其中最廣為人知的，就是美國母親節的典故。

在西元一八七二年，美國女性作家**茱莉亞赫薇（Julia Ward Howe）**眼見許多母親在美國**內戰（Civil War）**中痛失愛子，便極力鼓吹訂定一個節日以提倡**和平（peace）**。這個紀念和平的節日，當時只在少數的幾個地區實施。後來到了西元一九〇七年，位於美國**費城（Philadelphia）**的母親節推動者**安娜賈維斯（Anna Jarvis）**，在自己的母親過世後，發起了訂定全國性母親節的活

動。她在自己母親的忌日，也就是五月的第二個週日，發送五百朵母親生前最愛的花種——白色**康乃馨（carnation）**，並舉辦**追思儀式（memorial service）**，於此便開始了全國的第一個母親節慶祝活動。到了西元一九一一年，母親節的禮拜活動已在全美各州舉行。人們會在五月的第二個週日，配戴白色的康乃馨上教堂。此外，安娜還組織了「母親節國際協會」，欲將慶祝母親節的這個觀念，發揚至其他國家。

每年到了母親節，人們會佩戴康乃馨向母親致敬。母親尚健在者佩戴紅色康乃馨，若是母親已不幸逝世，則改配戴白色康乃馨，以表示內心對慈母的追思與懷念。

母親節同時也是慰勞母親一年來的辛勞與付出的日子。許多人會在這天奉上紅包或**禮物（gift）**，或帶媽媽上餐館吃大餐。而孩子們也會自己做**卡片（handmade card）**、送**花（flower）**給媽媽，或是幫媽媽做家事、**按摩（massage）**手腳等，以簡單的方式，表達不簡單的感恩心意。

1 carnation [kɑr`neʃən] 名 康乃馨

例句 Macy sent her mother a bouquet of carnations on Mother's Day.

中譯 梅西在母親節送給媽媽一束康乃馨。

2 beloved [bɪ`lʌvɪd] 形 親愛的、受喜愛的

例句 Mother's Day is a great time to show your appreciation to your beloved mom.

中譯 母親節是向親愛的媽媽表達感激的好日子。

3 gift [gɪft] 名 禮物

例句 What do you think is the best gift for Mother's Day?

中譯 你覺得什麼是母親節最棒的禮物呢？

4 tenderly [`tɛndəlɪ] 副 溫柔地、體貼地

例句 My mom used to sing tenderly to me at bedtime.

中譯 媽媽過去會在我睡覺前，溫柔地唱歌給我聽。

5 warmth [wɔrmθ] 名 溫暖、暖意

例句 I can never forget the warmth of my mother's hug.

中譯 我絕對不會忘記媽媽溫暖的擁抱。

6 caring [ˋkɛrɪŋ] 形 慈愛的、有愛心的

例句 Nobody is more important to me than my caring mother.

中譯 對我而言，沒有人比我慈愛的母親更重要了。

7 nurture [ˋnɝtʃɚ] 動 養育、滋養、培育

例句 Mothers spend their whole lives nurturing us with their very best.

中譯 母親們花費了一輩子的時間，盡全力養育我們長大。

8 move to tears 片 感動落淚

例句 David gave his mother a fancy new car, which moved her to tears.

中譯 大衛送給他媽媽一輛豪華新車，令她感動落淚。

9 in good hands 片 受到很好的照顧

例句 The baby is in the good hands of his mother.

中譯 這個小寶寶被他的媽媽照顧得很好。

10 take care of 片 照顧

例句 Being a career woman, my mother still did her best to take care of us.

中譯 我的媽媽身為職業婦女，仍然盡全力照顧我們。

Useful Expressions

MP3 041

1 Mother's Day is a day for every loving mother in the world.

[mʌðɚz de ɪz ə de fɚ ɛvrɪ lʌvɪŋ mʌðɚ ɪn ðə wɜld]

母親節謹獻給世界上每一位慈愛的母親。

2 What are you going to give Mom on Mother's Day?

[hwɑt ɑr ju ɡoɪŋ tə ɡɪv mɑm ɑn mʌðɚs de]

你打算在母親節送媽媽什麼呢？

3 The carnation is the symbol of Mother's Day.

[ðə kɑrneʃən ɪz ðə sɪmbḷ əv mʌðɚz de]

康乃馨是母親節的象徵。

4 Mother's Day is celebrated on various days in different parts of the world.

[mʌðɚz de ɪz sɛləbretɪd ɑn vɛrɪəs dez ɪn dɪfərənt pɑrts əv ðə wɜld]

世界各地在不同的日子慶祝母親節。

5 Officially, Mother's Day was first celebrated in 1908 in the United States.

[ə`fɪʃəlɪ mʌðɚs de wɑz fɜst sɛləbretɪd ɪn naɪntin o et ɪn ðə junaɪtɪd stets]

第一個正式母親節是在一九〇八年於美國慶祝。

6 Mother's Day is a day to honor all the devotion and the sacrifices of every mother.

[mʌðɚz de ɪz ə de tə ɑnɚ ɔl ðə dɪvoʃən ænd ðə sækrəfaɪsɪs əv ɛvrɪ mʌðɚ]

母親節是向每位母親的付出與犧牲表示敬意的日子。

7 A lot of schoolchildren will make cards for their mothers on Mother's Day.

[ə lɑt əv skultʃɪldrən wɪl mek kɑrds fɚ ðɛr mʌðɚz ɑn mʌðɚz de]

許多學童會親手做卡片，在母親節送給媽媽。

8 A mother's hug always conveys the warmest care and love.

[ə mʌðɚs hʌg ɔlwez kənˋves ðə wɔrmɪst kɛr ænd lʌv]

母親的擁抱總是傳遞著最溫暖的關心和愛意。

9 Do you know when Mother's Day was introduced in Taiwan?

[du ju no hwɛn mʌðɚs de wɑz ɪntrəˋdjust ɪn taɪwɑn]

你知道台灣是從何時開始慶祝母親節的嗎？

10 Most restaurants are fully booked on Mother's Day.

[most rɛstərənts ɑr fulɪ bukt ɑn mʌðɚs de]

大多數餐廳在母親節都已被訂滿。

Reality conversation practice

實境對話練習

MP3 042

凱倫
Karen

Any gift ideas for Mom?

[ɛnɪ gɪft aɪdiəs fɚ mɑm]

你想到要送媽媽什麼禮物了嗎？

蓋瑞
Gary

For Mom? Why? Is her birthday coming?

[fɚ mɑm] [hwaɪ] [ɪz hɝ bɝθde kʌmɪŋ]

送媽媽禮物？怎麼著，她的生日要到了嗎？

凱倫
Karen

No, Mother's Day is next Sunday. I will take her to dinner.

[no mʌðɚz de ɪz nɛkst sʌnde] [aɪ wɪl tek hɝ tə dɪnɚ]

不是啦，下週日是母親節。我要帶她去吃晚餐。

蓋瑞
Gary

Great! Mom really wants to try the restaurant on the corner.

[gret] [mɑm rɪəlɪ wɑnts tə traɪ ðə rɛstərənt ɑn ðə kɔrnɚ]

太棒了！媽一直想去吃吃看轉角的那家餐廳。

凱倫
Karen

That sounds like a good one to go to. Do you want to go gift-shopping with me today?

[ðæt saʊnds laɪk ə gʊd wʌn tə go tu] [du ju wɑnt tə go gɪftʃɑpɪŋ wɪð mi təde]

聽起來似乎是不錯的選擇。你今天想跟我去買禮物嗎？

Sure. Where are you going?

[ʃur] [hwɛr ar ju goɪŋ]

當然想。你要去哪裡買？

蓋瑞 Gary

凱倫 Karen

The Great Mall. I am thinking about buying a new purse for her.

[ðə gret mɔl] [aɪ æm θɪŋkɪŋ əbaut baɪɪŋ ə nju pɝs fɚ hɝ]

大購物城。我想買個新的皮包送她。

How about a new iPad? I know she really wants one.

[hau əbaut ə nju aɪpæd] [aɪ no ʃi rɪəlɪ wants wʌn]

還是買台新的iPad如何？我知道她一直很想要一台。

蓋瑞 Gary

凱倫 Karen

Good idea! Then she can read as many e-magazines as she wants.

[gud aɪdiə] [ðɛn ʃi kən rid əz mɛnɪ imægəzins əz ʃi wants]

好主意！如此她就能想看多少電子雜誌，就看多少了。

And watch her favorite Korean soap operas, too!

[ænd watʃ hɝ fevərɪt ko`riən sop apərəs tu]

還有看她最愛的韓劇！

蓋瑞 Gary

今年母親節想帶媽媽去哪玩呢？

陣亡將士紀念日小常識 All about Memorial Day

每年五月的最後一個週一，是美國的**陣亡將士紀念日（Memorial Day）**，這一天是為了紀念每一個為國犧牲並奉獻生命的將軍、軍官和士兵們。多虧了他們的付出，才造就了現今自由、平等和民主的美國；也因此，陣亡將士們才值得每位美國人民的尊敬與追思。

在一八六〇年，美國的南北兩方政治意見相左。較工業化的北方反對蓄奴，而以種植棉花為經濟命脈的南方則贊成蓄奴。分別由北方聯邦的**亞伯拉罕林肯（Abraham Lincoln）**以及南方邦聯的**傑佛遜戴維斯（Jefferson Davis）**領軍，引發了美國歷史上最大規模的內戰，又稱作**南北戰爭（Civil War）**。

這場戰爭歷時四年。據估計，在這場死傷慘重的內戰中，造成約七十五萬名士兵死亡，而平民的**傷亡人數（casualty）**更是難以計算。估計有一成的二十至四十五歲北方青年男子，以及三成的十八至四十歲南方白人男性在這場戰爭中失去生命。

自古以來，以鮮花裝飾陣亡士兵的墳墓一直是項傳統，人們會致上鮮花表達對這些陣亡士兵的敬意，而士兵的親屬也會帶來各式亡者的遺物以聊表悼念。在陣亡將士紀念日這天，全美各地的陣亡將士墓園都會舉辦追思儀式。而其中較受注目的，是自一八六八年起在**蓋茲堡國家公園（Gettysburg National Park）**舉辦的陣亡將士日紀念儀式，是全美最著名的紀念活動之一。許多退伍將士以及聯邦軍官們會齊聚一堂，悼念所有英勇戰死沙場的士兵們。其間，除了會由重要政治人物進行**悼念演講（memorial speech）**外，還會有**獻花（floral tributes）**、**遊行（parade）**等活動。

另外，美國政府也會在這天舉辦全國性的追思儀式，以展現美式愛國情操，並悼念在各大戰爭中陣亡的美國大兵們。全國性的悼念於**華盛頓特區（Washington, DC）**當日時間下午三點開始。

這一天，除了是對逝去的寶貴生命表達追思之意，以及對每個失去重要親人的破碎家庭表達慰問外，由於時間正值春末夏初，這一天在美國也代表著夏季正式開始。在五月底的最後一週，許多沙灘、遊樂場、渡假遊輪都會正式開始營業，而民眾也會利用這三天的連續假期，全家出外遊玩、到海邊烤肉，迎接夏季的正式到來。

MP3 043

1 banner [`bænə] 名 宣傳布條、旗幟

例句 Red **banners** are all over the city to celebrate Memorial Day.

中譯 整座城市掛滿紅布條，慶祝陣亡將士紀念日。

2 declaration [ˌdɛklə`reʃən] 名 公告、宣言

例句 The **declaration** of Memorial Day wasn't made until the 20th century.

中譯 陣亡將士紀念日一直到二十世紀才頒訂。

3 devote oneself to 片 犧牲、貢獻…給…

例句 Memorial Day honors those soldiers who **devoted themselves to** protecting our country.

中譯 陣亡將士紀念日是向那些犧牲自己以保衛國家的士兵們致敬。

4 glory [`glorɪ] 名 榮耀、光榮

例句 It cost thousands of people's lives to protect the **glory** of the country.

中譯 要犧牲許多條性命，才能捍衛國家的榮耀。

5 legendary [`lɛdʒəndˌɛrɪ] 形 傳說的、傳奇的

例句 Jessica's grandfather was a **legendary** soldier who once served under President Lincoln.

中譯 潔西卡的祖父是位傳奇性的士兵，他曾經在林肯總統領導下作戰。

6 combat [`kɑmbæt] 名 / 動 戰鬥、格鬥

例句 The **combat** was so intense that hundreds of people died.

中譯 這場戰役十分激烈，有數百人喪命。

7 battlefield [`bætḷ͵fild] 名 戰場

例句 **Battlefields** are said to be the cruelest places on Earth.

中譯 據說戰場是世界上最殘酷的地方。

8 bravery [`brevərɪ] 名 勇敢、勇氣

例句 The **bravery** of soldiers defends a country and its people.

中譯 士兵們的勇敢保衛著國家和其人民。

9 salute [sə`lut] 動 向…行禮、致敬

例句 The mayor **saluted** the gravestones of those who sacrificed their lives before making his speech.

中譯 市長在演說前，向為國捐軀者的墓碑行禮致敬。

10 soldier [`soldʒɚ] 名 士兵

例句 Little Peter wants to be a **soldier** and defend the country when he grows up.

中譯 小彼得長大後，想成為保家衛國的軍人。

Useful Expressions

MP3 044

1 Picnics and barbecues are popular activities on Memorial Day.

[pɪknɪks ænd bɑrbɪkjus ɑr pɑpjələ æk`tɪvətɪs ɑn məmorɪəl de]

野餐和烤肉是陣亡將士紀念日的熱門活動。

2 Memorial Day is in honor of the soldiers who sacrificed themselves for our country.

[məmorɪəl de ɪz ɪn ɑnə əv ðə soldʒəs hu sækrəfaɪst ðəm`sɛlvz fə aʊr kʌntrɪ]

陣亡將士紀念日是向為國犧牲生命的士兵們致敬。

3 Thousands of soldiers have died on battlefields over the past decade.

[θaʊzn̩ds əv soldʒəs hæv daɪd ɑn bætl̩filds ovə ðə pæst dɛked]

過去十年內，已有超過千名士兵戰死在沙場上。

4 Wreaths and flowers are laid as tributes in front of the tombs of those who have gone.

[riθs ænd flaʊəs ɑr led əz trɪbjuts ɪn frʌnt əv ðə tums əv ðos hu hæv gɔn]

已故者的墳前放著花圈和鮮花當做供品。

5 When does the Memorial Day service start?

[hwɛn dʌz ðə mə`morɪəl de sɝvɪs stɑrt]

陣亡將士紀念儀式什麼時候開始呢？

6 Memorial Day, formerly known as Declaration Day, falls on the last Monday of May.

[məmorɪəl de fɔrməlɪ non æz dɛklə`reʃən de fɔls ɑn ðə læst mʌnde əv me]

陣亡將士紀念日，過去叫做宣言日，落在五月的最後一個星期一。

7 Memorial Day is a day to remember those who died while serving the country.

[məmorɪəl de ɪz ə de tə rɪ`mɛmbɚ ðoz hu daɪd hwaɪl sɝvɪŋ ðə kʌntrɪ]

陣亡將士紀念日是紀念那些為國捐軀的將士們。

8 It originated after the American Civil War to commemorate the soldiers who were killed.

[ɪt ə`rɪdʒənetɪd æftɚ ðɪ ə`mɛrɪkən sɪvḷ wɔr tu kə`mɛməret ðə soldʒɚs hu wɝ kɪld]

它源於美國內戰後，紀念陣亡的將士們。

9 Are you going to attend the Memorial Day ceremony?

[ɑr ju goɪŋ tə ə`tɛnd ðə mə`morɪəl de sɛrəmonɪ]

你會參加陣亡將士紀念日典禮嗎？

10 The gravestones at the National Cemetery are decorated by U.S. flags on Memorial Day.

[ðə grevstons æt ðə `næʃənḷ sɛmətɛrɪ ɑr dɛkəretɪd baɪ juɛs flægs ɑn məmorɪəl de]

陣亡將士紀念日當天，國家墓園的墓碑上都會裝飾美國國旗。

Reality conversation practice

實境對話練習

MP3 045

華生小姐
Ms. Watson

Class, tell us what you know about Memorial Day.

[klæs tɛl ʌs hwɑt ju no əbaʊt məmorɪəl de]

同學們，說說看你們知道陣亡將士紀念日的哪些事吧。

湯米
Tommy

It's a holiday!

[ɪts ə hɑləde]

是個放假日！

華生小姐
Ms. Watson

It is, and it's a day in memory of soldiers who sacrificed their lives for our country.

[ɪt ɪz ænd ɪts ə de ɪn mɛmərɪ əv soldʒɚs hu sækrəfaɪst ðɛr laɪvz fɚ aʊr kʌntrɪ]

沒錯，而這天也是為了紀念為國家犧牲的將士們。

湯米
Tommy

I don't understand.

[aɪ dont ʌndɚ`stænd]

我不懂。

華生小姐
Ms. Watson

Back in the 19th century, a lot of soldiers died in the Civil War.

[bæk ɪn ðə naɪntinθ sɛntʃurɪ ə lɑt əv soldʒɚs daɪd ɪn ðə sɪvl̩ wɔr]

在十九世紀時，許多將士們死於南北戰爭。

My father said that's how we lost our great-grandfather. He was such a hero.

[maɪ fɑðɚ sɛd ðæts haʊ wi lɔst aʊr gretgrændfɑðɚ] [hi wɑs sʌtʃ ə hɪro]

我爸爸說我的曾祖父就是這樣逝世的。他是個英雄。

I'm sure he was. Many soldiers sacrificed their lives while serving the country.

[aɪm ʃʊr hi wɑz] [mɛnɪ soldʒɚs sækrəfaɪst ðɛr laɪvs hwaɪl sɝvɪŋ ðə kʌntrɪ]

我想他的確是的。許多士兵為了國家奉獻生命。

Is that why we have Memorial Day?

[ɪz ðæt hwaɪ wi hæv məmorɪəl de]

所以我們才有了陣亡將士紀念日嗎？

Exactly. We use flags to honor these heroes and heroines.

[ɪgˋzæktlɪ] [wi juz flægs tə ɑnɚ ðiz hɪros ænd hɛroɪns]

正是如此。我們掛上國旗，向這些男女英雄們致敬。

Memorial Day is such a meaningful holiday.

[məmorɪəl de ɪz sʌtʃ ə minɪŋfəl hɑləde]

陣亡將士紀念日真是個有意義的節日。

度假時別忘了緬懷將士先烈噢！

五月度假BEST去處

法國，巴黎

Paris, France

法國位於西歐，與德國、比利時（Belgium）、盧森堡（Luxembourg）、瑞士（Sweden）、義大利（Italy）及西班牙接壤，並與英國隔著英吉利海峽（English Channel）遙望，國名全稱為「法蘭西共和國」（The Republic of France）。

法國境內有庇里牛斯山（Pyreness）與阿爾卑斯山（Alps），冬季時可見皚皚白雪高掛山頭。羅亞爾河（Loire）與塞納河（Seine）分別為流經法國的第一與第二大河。

首都巴黎（Paris）別稱花都，亦稱光明之城（City of Light），位於法國北部的巴黎盆地，建都於塞納河畔。巴黎為全球時尚、藝術的領導城市，也是法國的政治及文化中心。居住於該城市的居民被稱呼為巴黎人（Parisien）。

五月份來到巴黎，可遊覽知名景點：艾菲爾鐵塔（Eiffel Tower）、巴黎聖母院（Notre Dame of Paris）以及拿破崙（Napoleon）所建造的凱旋門（Arch of Triumph）等；或前往塞納河左岸邊喝咖啡、邊感受當地濃厚的文化氣息；還可逛逛右岸的香榭麗舍大道（Avenue des Champs-Elysees）的時尚精品。另外，也可前往羅浮宮（Louvre），鑑賞出自達文西（Leonardo da Vinci）巧手的蒙娜麗莎的微笑（The Mona Lisa）真跡。

六月去度假

June

Holiday around the World

1 **美國國旗日～在飄飄星條旗海中度假 Flag Day**

2 **夏至假期～日照最長日，最適合放假 Summer Solstice**

3 **端午假期～划龍舟、吃肉粽，開心度假 Dragon Boat Festival**

國旗日小常識 All about Flag Day

紅、藍、白相間的星條旗，大概可以稱得上是全世界最具知名度的國旗。由**五十顆白色的五角星星（fifty white, five-pointed stars）**、**十三條紅白雙色條紋（thirteen red and white stripes）**所組成的**美國國旗（national flag of the United States）**，象徵著美利堅合眾國的五十州，以及當初最先脫離**英國殖民統治（the thirteen British colonies）**的十三州，因此美國國旗又別名**「星條旗」（Stars and Stripes）**。除此之外，美國國旗又常常被稱作**「古老的榮耀」（Old Glory）**、**「星條幟旗」（The Star-Spangled Banner）**等。

如同世界上所有國家的國旗一樣，星條旗代表著美國，受到全國人民的尊敬及喜愛。自從西元一七七七年正式確定美國國旗的形式後，在一九一六年，**威爾遜總統（President Woodrow Wilson）**宣佈六月十四日為**國旗日（Flag Day）**。而在一九四九年的同一天，由美國**國會（Congress）**立法通過，正式將國旗日納為美國國定假日。

除了將國旗日定為國定假日供全民慶祝外，美國國會甚至立法制定**國旗使用規範（The United States Flag Code）**，明定美國國旗在使用上的各種規則，包括國旗**不得向任何人鞠躬低頭（no dipping to any person）**，除非用於**向其他國家的船隻回應示禮（responding to a salute from a ship of a foreign nation）**。另外，國旗**不得落地（no touching the ground）**、**夜晚時須有燈照明（being illuminated at night）**等，皆為列於國旗使用規範內的條文。

國旗日（National Flag Day）紀念美國國旗的誕生，同時也慶祝這個國家的日漸茁壯。如同其他像是**獨立紀念日（Independence Day）**等對於這個國家有重大意義的節日一樣，人們會在這天懸掛美國國旗。而學校裡也會在這天教授美國國旗的意義和由來，讓學生們更瞭解這面代表國家的旗幟，及其背後的含義。藉由這種方式，美國國旗在全美人民心中，不只是面在空中飄揚的旗幟，還代表著整個國家自古至今的成長故事，更是全美人民獨一無二的珍貴**文化資產（cultural heritage）**。

1 flag [flæg] 名 旗幟、國旗

例句 The national **flag** is the symbol of the country and deserves all the respect it is given.

中譯 國旗是一個國家的象徵，值得受到尊敬。

2 salute [sə`lut] 動 行禮、鞠躬

例句 Yvonne took off her hat and **saluted** the flag.

中譯 伊馮娜脫下帽子，向國旗行禮。

3 flagpole [`flæg͵pol] 名 旗杆

例句 Climbing the **flagpole** is forbidden under any circumstances.

中譯 攀爬旗杆在任何情況下都是被禁止的。

4 display the flag 片 懸掛國旗

例句 **Displaying the flag** is a gesture done to show your patriotism.

中譯 懸掛國旗是展示愛國心的一種表現。

5 sunrise to sunset 片 從日出到日落

例句 Larry works diligently from **sunrise to sunset**.

中譯 賴瑞從日出辛勤工作到日落。

6 raise the flag 片 升旗

例句 It is customary in Allen's school to raise the flag at 7 o'clock.

中譯 艾倫的學校習慣在早上七點升旗。

7 lower the flag 片 降旗

例句 Kevin is responsible for lowering the flag every evening.

中譯 凱文負責在每天傍晚降旗。

8 national anthem 片 國歌

例句 The national anthem will be sung at the end of the ceremony.

中譯 典禮的最後會演唱國歌。

9 stripe [straɪp] 名 條紋

例句 The 13 stripes represent the first 13 British colonies that declared independence.

中譯 十三條條紋代表著率先宣佈獨立的十三個英國殖民地。

10 request [rɪˋkwɛst] 動 要求

例句 Every government building is requested to display the flag on Flag Day.

中譯 每棟政府機關的大樓都被要求在國旗日懸掛國旗。

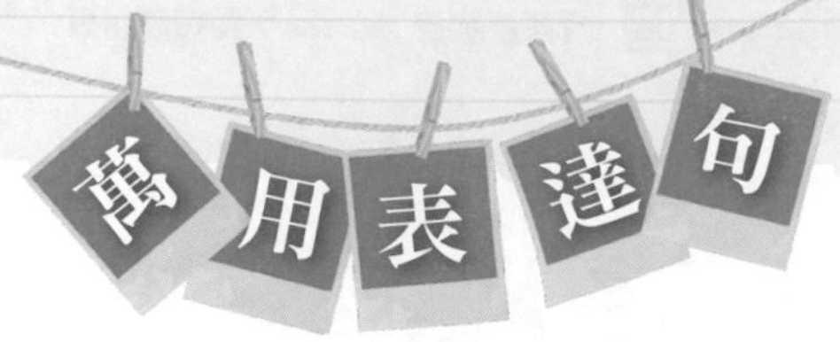

Useful Expressions MP3 047

1 Flag Day is a holiday to honor the flag and show admiration for the country.

[flæg de ɪz ə hɑləde tə ɑnɚ ðə flæg ænd ʃo ˌædmə`reʃən fɚ ðə kʌntrɪ]

國旗日是紀念國旗以及讚美國家的一個假日。

2 Kevin has been given the honor of raising the flag in the ceremony.

[kɛvən hæz bɪn gɪvɛn ðɪ ɑnɚ əv rezɪŋ ðə flæg ɪn ðə sɛrəmonɪ]

凱文被賦予在典禮上升旗的榮耀。

3 The flying of the flag always reminds me of the country's forefathers.

[ðə flaɪɪŋ əv ðə flæg ɔlwez rɪ`maɪnds mi əv ðə kʌntrɪs forfɑðɚs]

飄揚的國旗總是讓我想起開國的先烈們。

4 Under the flying flag, Josephine took the Pledge of Allegiance.

[ʌndɚ ðə flaɪɪŋ flæg dʒozəfin tʊk ðə plɛdʒ əv ə`lidʒəns]

在飄揚的國旗下，約瑟芬宣誓成為公民。

5 Tyler raised his hand to salute the flag while passing the platform.

[taɪlɚ rezd hɪz hænd tə sə`lut ðə flæg hwaɪl pæsɪŋ ðə plætfɔrm]

泰勒在經過司令台時，舉起手向國旗敬禮。

6 "Old Glory" and the "Stars and Stripes" are both nicknames for U.S. flag.

[old glorɪ ænd ðə stɑrs ənd staɪps ɑr boθ nɪknems fɚ `ju`ɛs flæg]

「古老的榮耀」和「星條旗」都是美國國旗的暱稱。

7 The fifty stars on the U.S. flag represent the fifty states.

[ðə fɪftɪ stɑrs ɑn ðə juɛs flæg rɛprɪ`zɛnt ðə fɪftɪ stets]

美國國旗上的五十顆星星代表五十個州。

8 The national flag should never be allowed to touch the ground.

[ðə næʃənl̩ flæg ʃud nɛvɚ bi ə`laud tu tʌtʃ ðə graund]

國旗永不應該落地。

9 The national flag should never be dipped to any person or thing, either.

[ðə næʃənl̩ flæg ʃud nɛvɚ bi dɪpt tu ɛnɪ pɝsn̩ ɔr θɪŋ `iðɚ]

國旗也永不應向任何人或任何事物低頭。

10 What do you know about flag etiquette?

[hwɑt du ju no ə`baut flæg etɪkɛt]

你知道關於使用國旗的禮儀嗎？

Reality conversation practice

實境對話練習

MP3 048

黛安
Diane

Do you know where Mom keeps the flag?

[du ju no hwɛr mɑm kips ðə flæg]

你知道媽媽把旗子放在哪裡嗎？

What flag?

[hwɑt flæg]

什麼旗子啊？

喬許
Josh

黛安
Diane

The Stars and Stripes.

[ðə stɑrs ænd straɪps]

星條旗啊。

You might want to check the closet in Jenny's room. Why?

[ju maɪt wɑnt tə tʃɛk ðə klɑzɪt ɪn dʒɛnɪz rum] [hwaɪ]

你或許可以找找看珍妮房間裡的衣櫃。要做什麼呢？

喬許
Josh

黛安
Diane

Flag Day is coming. I think it might be a good idea to have it flown.

[flæg de ɪz kʌmɪŋ] [aɪ θɪŋk ɪt maɪt bi ə gud aɪˋdiə tə hæv ɪt flon]

國旗日快到了。我覺得讓國旗飛揚是個不錯的主意。

But we haven't done that for years. Why now?

[bʌt wi hævn̩t dʌn ðæt fɚ jɪrz] [hwaɪ naʊ]

但是我們好多年沒這麼做了。為什麼現在要呢？

Ms. Lin taught us about the flag in class today. It's more than just a flag.

[mɪz lɪn tɔt ʌs əˋbaʊt ðə flæg ɪn klæs təde] [ɪts mor ðæn dʒʌst ə flæg]

林老師今天在課堂上教了我們有關國旗的事。這可不只是面旗子。

What do you mean?

[hwɑt du ju min]

你的意思是什麼呢？

Representing the whole country and its people, the flag should be flown with glory.

[rɛprɪˋzɛntɪŋ ðə hol kʌntrɪ ænd ɪts pipl̩ ðə flæg ʃʊd bi flon wɪð glorɪ]

代表著整個國家和人民的國旗，應該要光榮地在空中飛舞著。

OK. I think I understand your point.

[oke] [aɪ θɪŋk aɪ ʌndɚˋstænd jʊɚ pɔɪnt]

好吧。我想我可以理解你的觀點。

夏至小常識 All about Summer Solstice

華夏人民以農立國，由老祖先所傳承下來的古老曆法──**農民曆（Farmer's Almanac）**，是智慧的結晶，以及崇尚天人合一、順應自然的象徵。農民曆顧名思義，是為了便利農作耕耘而制定的曆法，其中統整**天候（climate）**、**日照（sun exposure）**、**氣溫（temperature）**等氣象資訊，將一年區分為**二十四個節氣（24 Solar Terms）**，做為農作耕耘的指標。

二十四節氣中，以**春分（Vernal Equinox）**、**夏至（Summer Solstice）**、**秋分（Autumn Equinox）**和**冬至（Winter Solstice）**區分四個季節，其中的夏至與冬至分別是一年中日照最長及最短的日子。

根據農民曆，每年夏至的日子都不一定，但大多會落於六月下旬。夏至是一年之中日照最長的一天，過了這天，天氣會漸漸開始炎熱。從科學的角度來理解這個節氣，在**北半球（Northern Hemisphere）**夏至當天，太陽的高度到達至高點，陽光幾乎直射

北回歸線（Tropic of Cancer），因此這天成為北半球一年中白天最長、黑夜最短的日子。過了夏至，陽光直射的位置逐漸朝南移動，白天開始越來越短。**南半球（Southern Hemisphere）**在同一天的情況則是恰恰相反，當天日照最短、黑夜最長，也就是南半球的冬至。

除中華文化外，世界上許多國家也都有著「夏至」這個專有名詞。夏至的英文單字**solstice**就是源於古老的拉丁文，由**sol**和**sistere**所組成，前者代表**太陽（sun）**，後者代表**靜止不動（to stand still）**，合成一字便指太陽停留最久，也就是日照時間最長的一天。

而在其他國家，每每到了夏至這天，也都會有各式各樣的**節慶和慶祝活動（festivals and celebrations）**，歡慶即將到來的豐收，並開心迎接夏天的來臨。例如在美國的**維吉尼亞州（Virginia）**，每到夏至這天便會舉辦**品酒嘉年華（Wine Festival）**，以**美酒（wine）**和**佳餚（feast）**迎接即將到來的熱情夏日。

1 summer solstice 片 夏至

例句 Summer solstice has the most daylight of the year.

中譯 夏至是一年中日照最多的一天。

2 Northern Hemisphere 片 北半球

例句 July and August are the hottest months in the Northern Hemisphere.

中譯 七月和八月是北半球最熱的兩個月份。

3 midsummer [ˋmɪd͵sʌmɚ] 名 仲夏、夏至

例句 Midsummer Night's Dream is a famous play by Shakespeare.

中譯 仲夏夜之夢是莎士比亞的著名戲劇作品。

4 axis [ˋæksɪs] 名 軸線

例句 The axis of the Earth is not vertical.

中譯 地球的軸線不是垂直的。

5 longest [ˋlɔŋɪst] 形 最長的

例句 Whoever picks the longest stick has to run errands for Mom.

中譯 拿到最長竹棍的人要去幫媽媽跑腿。

6 equator [ɪˋkwetɚ] 名 赤道

例句 The equator is an imaginary line around the Earth.

中譯 赤道是繞著地球的一條虛構線。

7 around the world 片 全世界

例句 People around the world celebrate New Year's Day.

中譯 全世界的人一同慶祝新年。

8 a leap year 片 閏年

例句 There are 366 days in a leap year.

中譯 閏年一年有三百六十六天。

9 vary [ˋvɛrɪ] 動 改變

例句 The exact time of sunset varies day to day.

中譯 日落時間每天改變。

10 daylight [ˋde͵laɪt] 名 日光、日照

例句 The summer daylight is warm and blissful to everyone.

中譯 夏天的陽光很溫暖，對每個人而言都是恩賜。

11 almanac [ˋɔlmə͵næk] 名 年曆、曆法

例句 The Chinese Farmer's Almanac is a treasure passed down by our ancestors.

中譯 中國農民曆是傳承自祖先的珍寶。

Useful Expressions MP3 050

1 Summer solstice is the time when the sun reaches its highest position in the sky.

[sʌmɚ sɑlstɪs ɪz ðə taɪm hwɛn ðə sʌn ritʃɪs ɪts haɪɪst pə`zɪʃən ɪn ðə skaɪ]

夏至當天，太陽到達空中的至高點。

2 Summer solstice is also called midsummer.

[sʌmɚ sɑlstɪs ɪz ɔlso kɔld mɪdsʌmɚ]

夏至又叫仲夏。

3 Summer solstice is the day with the longest period of daylight.

[sʌmɚ sɑlstɪs ɪz ðə de wɪð ðə lɔŋɪst pɪrɪəd əv `delaɪt]

夏至是日照時間最長的那天。

4 The word solstice derives from the Latin word sol, meaning sun.

[ðə wɝd sɑlstɪs dɪ`raɪvz frɔm ðə lætɪn wɝd sɑl miniŋ sʌn]

夏至（solstice）這個字源自於拉丁文的sol，指的是太陽。

5 When is the sunset on summer solstice?

[hwɛn ɪz ðə sʌnsɛt ɑn sʌmɚ `sɑlstɪs]

夏至的日落時間在何時呢？

⑥ The exact date of summer solstice is different each year.

[ðɪ ɪgzækt det əv sʌmɚ sɑlstɪs ɪz dɪfərənt itʃ jɪr]

夏至的確切日期每年都不一樣。

⑦ Summer solstice occurs around the beginning of summer.

[sʌmɚ sɑlstɪs ə`kɝs əraund ðə bɪgɪnɪŋ əv sʌmɚ]

夏至發生於夏季初期。

⑧ In ancient times, summer solstice was important in guiding people to grow crops.

[ɪn enʃənt taɪmz sʌmɚ sɑlstɪs wɑz ɪm`pɔrtn̩t ɪn gaɪdɪŋ pipl̩ tə gro krɑps]

在古時候，夏至對於指導人們耕種作物來說是很重要的。

⑨ In some cultures, festivals are held to celebrate summer solstice.

[ɪn sʌm kʌltʃɚs fɛstəvl̩s ɑr hɛld tə sɛləbret sʌmɚ sɑlstɪs]

在某些文化裡，有著慶祝夏至的節日。

⑩ When is the summer solstice this year?

[hwɛn ɪz ðə sʌmɚ sɑlstɪs ðɪs jɪr]

今年的夏至在什麼時候呢？

Reality conversation practice

實境對話練習

MP3 051

潔西卡
Jessica

Have you heard about summer solstice?

[hæv ju hɝd əbaut sʌmɚ sɑlstɪs]

你聽過夏至嗎？

凱文
Kevin

No, what is it?

[no hwɑt ɪz ɪt]

沒有，那是什麼啊？

潔西卡
Jessica

It's the day with the most daylight in a year.

[ɪts ðə de wɪð ðə most \`delaɪt ɪn ə jɪr]

那是一年中日照最多的一天。

凱文
Kevin

That rings a bell. Isn't it one day of the traditional Chinese lunar calendar?

[ðæt rɪŋz ə bɛl] [ɪzn̩t ɪt wʌn de əv ðə trə\`dɪʃən̩ tʃaɪniz lunɚ kæləndɚ]

我想起來了。這不是中國傳統農曆裡的一天嗎？

潔西卡
Jessica

Yes, it is, but it is also celebrated in many other cultures.

[jɛs ɪt ɪz bʌt ɪt ɪz ɔlso sɛləbretɪd ɪn mɛnɪ ʌðɚ kʌltʃɚs]

沒錯，不過許多其他的文化也會慶祝這一天。

I didn't know that.

[aɪ dɪdn̩t no ðæt]

這我就不知道了。

For example, there is a great wine festival in Virginia on summer solstice.

[fɔr ɪg`zæmpl̩ ðɛr ɪz ə gret waɪn fɛstəvl̩ ɪn və`dʒɪnjə ɑn sʌmɚ sɑlstɪs]

舉例來說，維吉尼亞州在夏至這天就有一場很棒的品酒會。

Cool! Summer daylight and wine. It must be great fun.

[kul] [sʌmɚ delaɪt ænd waɪn] [ɪt mʌst bi gret fʌn]

酷耶！夏季的陽光和美酒。一定非常好玩。

I couldn't agree more. Do you fancy going on a vacation?

[aɪ kʊdn̩t əgri mor] [du ju fænsɪ goɪŋ ɑn ə vekeʃən]

我很同意。你想度個假嗎？

Why not? Let's go!

[hwaɪ nɑt] [lɛts go]

為什麼不呢？咱們走吧！

划龍舟、吃肉粽，開心度假

端午假期 Dragon Boat Festival

端午節小常識 All about Dragon Boat Festival

端午節（Dragon Boat Festival）和**中秋節（Moon Festival）**、**春節（Chinese New Year）**並列為華人一年中最重要的三大節慶。每年的**農曆五月五日（the fifth day of the fifth month on lunar calendar）**就是端午節，又稱作「重五節」或是「端陽節」。關於這個節日的由來其實眾說紛紜，而其中最廣為流傳的就是**愛國詩人（the patriotic poet）——屈原（Qu Yuan）**的故事了。

相傳在中國古代的戰國時期，楚國的楚懷王不接受臣子屈原**聯齊抗秦（ally with Qi Kingdom against Qing Kingdom）**的戰策，反被騙至秦國，被迫割城獻地。楚懷王因此憂慮成疾，不久後便死在異鄉。後來，忠臣屈原又上書繼位的楚頃襄王，希望他能遠離奸臣，但是楚頃襄王不但不採納屈原的忠言，反而還將他**流放（exile）**至邊疆。

這位愛國詩人在流放期間鬱鬱寡歡，於是他將憂國憂民的偉大

情操轉化為文字創作力，成就了中國詩詞史上**最偉大的詩作（the greatest poem）**——「離騷」。在這首長達兩千四百九十個字的政治抒情詩裡，屈原從自述**身世（life experience）**、**品德（morality）**、**理想（expectation）**寫起，抒發自己懷才不遇、不被君主重視、慘遭流放的苦悶以及愛國愛民的情操。

不久後，屈原又見秦國攻打楚國，楚國失去大片領土、百姓生靈塗炭，壯志未伸、心如刀割的屈原，便於西元二七八年農曆五月五日投汨羅江自盡。漁夫們聞訊趕來打撈屍體，卻始終遍尋不著。百姓們擔心這位忠臣的屍體在江中被魚兒們啃食，便用竹筒、竹葉裝盛米飯，丟至汨羅江中，並划著龍頭造型的小船，希望能**嚇跑魚群（scare away the fish）**，藉此保護屈原的身體。後來，這就成為每年端午節吃**粽子（rice dumpling）**、划**龍舟（dragon boat）**的由來。

每年的端午節，凡有華人的地方，處處皆粽葉飄香；划龍舟的習俗也流傳至今，成為華人最具民族特色的文化節慶之一。

MP3 052

1 rice dumpling 片 粽子

例句 Delicious and mouth-watering rice dumplings are the food of the Dragon Boat Festival.

中譯 美味而令人垂涎三尺的粽子是端午節的美食。

2 dragon boat 片 龍舟

例句 Colorful dragon boats are said to scare the fish away and protect Qu Yuan's body.

中譯 色彩鮮艷的龍舟據說用來嚇跑魚群，以保護屈原的屍體。

3 race [res] 名 比賽、賽跑

例句 It is estimated that more than five teams will join the dragon boat race this year.

中譯 估計超過五支隊伍會參加今年的龍舟賽。

4 poet [`poɪt] 名 詩人

例句 Qu Yuan is one of the most famous poets in Chinese culture.

中譯 屈原是中華文化裡最有名的詩人之一。

5 drown [draʊn] 動 把…淹死

例句 Disappointed at the emperor, Qu Yuan drowned himself in the river.

中譯 對皇上感到失望，屈原投江自盡。

6 perfume pouch 片 香包

例句 Perfume pouches are said to be able to ward off evil.

中譯 據說香包可以驅邪。

7 egg yolk 片 蛋黃

例句 The rice dumplings made by my mom feature delicious egg yolk.

中譯 我媽媽做的肉粽裡有好吃的蛋黃。

8 over the years 片 數年來

例句 Studying abroad over the years, Karen has been dreaming about rice dumplings.

中譯 在國外唸書這麼多年來，凱倫一直朝思暮想著粽子。

9 bamboo leaves 片 竹葉

例句 Traditional rice dumplings are wrapped in bamboo leaves.

中譯 傳統的粽子是用竹葉包成的。

10 valiant [ˋvæljənt] 形 英勇的、勇敢的

例句 Peter was so valiant that he threw himself into the street and saved the old lady.

中譯 彼得很勇敢，他奔上街頭救了那位老婦人。

Useful Expressions MP3 053

1 Rice dumpling stuffing differs from area to area.

[raɪs dʌmplɪŋ stʌfɪŋ dɪfɚs frɑm ɛrɪə tə ɛrɪə]

每個地區的粽子餡料不盡相同。

2 The Dragon Boat Festival is one of the most important traditional holidays.

[ðə drægən bot fɛstəvl̩ ɪz wʌn əv ðə most ɪm`pɔrtn̩t trə`dɪʃənl̩ hɑlədez]

端午節是最重要的傳統節日之一。

3 My mom makes the most delicious rice dumplings in the world.

[maɪ mɑm meks ðə most dɪ`lɪʃəs raɪs dʌmplɪŋz ɪn ðə wɝld]

我媽媽做的粽子是世界上最美味的。

4 The Dragon Boat Race in Hsinchu always attracts many visitors.

[ðə drægən bot res ɪn ʃɪntʃu ɔlwez ə`trækts mɛnɪ vɪzɪtɚs]

新竹的划龍舟競賽總是吸引許多的遊客。

5 Derek shouted for joy when they won the race.

[dɛrɪk ʃautɪd fɚ dʒɔɪ hwɛn ðe wʌn ðə res]

德瑞克在贏得比賽的時候開心大叫。

⑥ Do you want to join the Dragon Boat Race this year?

[du ju wɑnt tə dʒɔɪn ðə drægən bot res ðɪs jɪr]

你想參加今年的划龍舟競賽嗎？

⑦ The Dragon Boat Festival honors an ancient patriotic poet, Qu Yuan.

[ðə drægən bot fɛstəvḷ ɑnɚs æn enʃənt petrɪ`ɑtɪk poɪt tʃu juɛn]

端午節紀念一位古代的愛國詩人——屈原。

⑧ The Dragon Boat Festival is also called Double Fifth Day.

[ðə drægən bot fɛstəvḷ ɪz ɔlso kɔld dʌbḷ fɪfθ de]

端午節又稱作五五節。

⑨ To keep Qu Yuan from being eaten by fish, people threw dumplings in the river.

[tu kip tʃu juɛn frɑm biɪŋ itn̩ baɪ fɪʃ pipḷ θru dʌmplɪŋz ɪn ðə rɪvɚ]

為了讓屈原不被魚啃食，人們把粽子丟進河裡。

⑩ The Dragon Boat Festival is celebrated in various parts of the U.S., such as San Francisco.

[ðə drægən bot fɛstəvḷ ɪz `sɛləbretɪd ɪn vɛrɪəs pɑrts əv ðə `ju`ɛs sʌtʃ əz sæn fræn`sɪsko]

美國的許多地方也慶祝端午節，像是舊金山。

Reality conversation practice

實境對話練習

凱倫
Karen

What are you doing, John?

[hwɑt ɑr ju duɪŋ dʒɑn]

約翰，你在做什麼啊？

I am practicing paddling.

[aɪ æm præktɪsɪŋ pædl̩ɪŋ]

我正在練習划槳。

凱倫
Karen

Paddling? Why?

[pædl̩ɪŋ hwaɪ]

划槳？為什麼呢？

約翰
John

I signed up for the school Dragon Boat Race team.

[aɪ saɪnd ʌp fɚ ðə skul drægən bot res tim]

我參加了學校的龍舟隊。

凱倫
Karen

Cool! When is the race?

[kul] [hwɛn ɪz ðə res]

酷耶！比賽是什麼時候呢？

It's during the Dragon Boat Festival. Are you coming?

[ɪts djʊrɪŋ ðə drægən bot fɛstəvḷ] [ɑr ju kʌmɪŋ]

在端午節那天。你會來嗎？

約翰
John

凱倫
Karen

Now that you are on the team, I will certainly be there.

[naʊ ðæt ju ɑr ɑn ðə tim aɪ wɪl sɝtṇlɪ bi ðɛr]

既然你有參加，我當然會去。

That's very sweet of you.

[ðæts vɛrɪ swit əv ju]

你人真好。

約翰
John

凱倫
Karen

And it will be my first time to see a real dragon boat race.

[ænd ɪt wɪl bi maɪ fɝst taɪm tə si ə riəl drægən bot res]

而且這會是我第一次親眼觀賞龍舟賽。

I hope you will enjoy it.

[aɪ hop ju wɪl ɪn`dʒɔɪ ɪt]

希望你會喜歡。

約翰
John

六月度假BEST去處

英國，倫敦

London, England

英國又稱聯合王國（The United Kingdom），位於歐洲大陸西北方，分別由英格蘭（England）、蘇格蘭（Scotland）、威爾斯（Wales）王國以及北愛爾蘭組成。在巔峰時期，英國曾控制全世界四分之一的土地，故也舊稱其為「日不落帝國」。由於坐落在歐陸的大西洋邊陲，氣候深受北大西洋暖流和西風帶的影響，屬溫帶海洋性氣候。

英格蘭佔聯合王國的總面積約50%，境內西北方的湖區（Lake District）是彼得兔（Peter Rabbit）的故鄉，擁有明媚的湖光山色。蘇格蘭盤踞王國北部，占總面積約33%，西北方的蘇格蘭高地（Scottish Highland）景緻優美，值得一遊。山區較多的威爾斯，佔王國總面積不到10%，古羅馬帝國曾於其境內的巴斯（Bath）建造浴場，因此成為著名觀光景點。

聯合王國及英格蘭的首都為倫敦（London），與美國紐約（New York）、法國巴黎（Paris）並列三大世界級城市。都會區內景點眾多，如白金漢宮（Buckingham Palace）、國會大廈（Houses of Parliament）、大笨鐘（Big Ben）、倫敦眼（London Eye）、西敏寺（Westminster Abbey）、塔橋（Tower Bridge）等，都是坐落在泰晤士河（River Thames）沿岸不容錯過的觀光景點。

1 加拿大國慶日～北國七月正涼爽，最宜度假 Canada Day

2 美國獨立紀念日～為追求自由獨立而度假 Independence Day

3 暑假～酷熱炎夏，避暑度假去 Summer Holiday

4 西班牙奔牛節～搏命體驗最熱血的狂奔 San Fermin Festival

加拿大國慶日小常識 All about Canada Day

看到紅白相間的楓葉國旗，許多人可以立刻聯想到位於北美洲的和平大國——**加拿大（Canada）**。這個盛產**楓糖（maple sugar）**和**鮭魚（salmon）**，並以**觀光（tourism）**聞名的國家，在每年的七月一號都會盛大慶祝屬於自己的**國慶日（National Day）**。

和美國有著類似的歷史，加拿大過去也是**英國的殖民地（British Colony）**。在西元一八四八年，英屬北美的殖民地成立了自治政府，並且在西元一八六七年七月一號，英國議會公佈的**《英屬北美條約》（British North America Act）**將英國在北美的三塊領地合併為一個聯邦，加拿大自此正式立國。而後，國會又在西元一九八二年十月二十七日，根據**《加拿大法案》（Canada Act）**將立國日正式定為加拿大國慶日。

七月一號又被稱作**加拿大的生日（Canada's birthday）**，每年到了這一天，加拿大境內會有許多盛大的慶祝活動，而其中最熱

門的莫過於各地施放的絢爛煙火。許多大城市**施放煙火（set off fireworks）**，一同歡慶屬於國家的生日。而每年在鄰近的**尼加拉瀑布（Niagara Falls）**也會舉行尼加拉國慶日紀念活動。活動從白天的娛樂表演節目和各式攤位遊戲，一直到晚間的**國慶煙火表演（National Celebration Fireworks）**，往往吸引許多遊客和在地人前來歡慶加拿大的生日。

而在加拿大最受歡迎的觀光城市——**溫哥華（Vancouver）**，市內的**維多莉亞港（Victoria Harbor）**也會施放長達數小時的煙火。民眾攜家帶眷，帶著餐點、飲料前往港口邊席地而坐，一同談天說笑，欣賞璀璨的煙火。

不過，加拿大國內的法語區——**魁北克省（Quebec）**，這個與加拿大境內其他各省有著不同文化傳統的省份，多年來盼望著能夠脫離加拿大自治**獨立（independence）**。因此，慶祝加拿大國慶日在魁北克省便成為一個敏感議題。

撇開政治敏感性，每年的七月一號，相信除了加拿大的國民以外，也會有許多人想一同歡慶這個以優美的自然景觀、極佳的生活環境為特色的國家誕生在這個世界上。

1 Canadian [kə`nedɪən] 名 / 形 加拿大人、加拿大的

例句 **Most Canadians celebrate Canada Day around the world.**

中譯 世界上多數的加拿大人慶祝著加拿大國慶日。

2 not...until... 直到…才…

例句 **Canada Day was not widely celebrated until the early 20th century.**

中譯 一直到二十世紀初，加拿大國慶日才開始被盛大慶祝。

3 pride [praɪd] 名 驕傲

例句 **John takes pride in being a Canadian.**

中譯 約翰以身為加拿大人為傲。

4 anniversary [ˌænə`vɝsərɪ] 名 週年紀念

例句 **Canada Day is the anniversary of the birth of the country.**

中譯 加拿大國慶日是這個國家的生日週年紀念。

5 outdoors [`aut`dorz] 副 戶外地

例句 **Events featuring music and drink take place outdoors on Canada Day.**

中譯 加拿大國慶日有許多伴隨著音樂和飲料的戶外活動。

⑥ nationhood [ˋneʃən͵hʊd] 名 成為國家的狀態

例句 **Canada Day is to celebrate the nationhood of the country.**

中譯 加拿大國慶日是慶祝這個國家的成立。

⑦ join in the fun 片 一同歡樂

例句 **Why not join in the fun and enjoy great music on Canada Day together?**

中譯 加拿大國慶日那天，何不加入我們一起享受好音樂呢？

⑧ used to 片 過去曾經…

例句 **Maria used to date Mike back in her college days.**

中譯 瑪麗亞在大學的時候曾經和麥克約過會。

⑨ hold [hold] 動 舉辦

例句 **Mr. Watson decided to hold a party on Canada Day.**

中譯 華生先生決定在加拿大國慶日那天舉辦派對。

⑩ colony [ˋkɑlənɪ] 名 殖民地

例句 **Canada was a colony of the United Kingdom.**

中譯 加拿大曾是英國的殖民地。

⑪ maple syrup 片 楓糖漿

例句 **Father enjoys adding maple syrup to his morning coffee.**

中譯 父親喜歡在早晨的咖啡裡加楓糖漿。

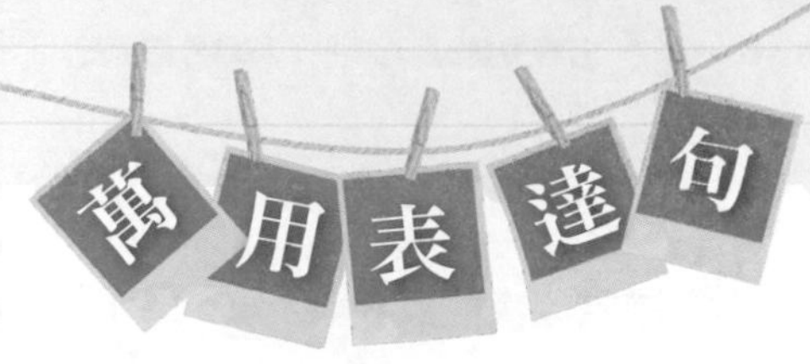

Useful Expressions MP3 056

1 Canada Day is a time for Canadians to party.

[ˋkænədə de ɪz ə taɪm fɚ kəˋnedɪəns tə pɑrtɪ]

加拿大國慶日是加拿大人開派對慶祝的日子。

2 There will be a great fireworks show by Victoria Harbor.

[ðɛr wɪl bi ə ɡret faɪrwɝks ʃo baɪ vɪkˋtorɪə hɑrbɚ]

維多莉亞港旁會有很棒的煙火秀。

3 There will be festivals and events all across the country on Canada Day.

[ðɛr wɪl bi fɛstəvḷs ænd ɪˋvɛnts ɔl əˋkrɔs ðə kʌntrɪ ɑn ˋkænədə de]

加拿大國慶日當天，全國各地都會有慶典和活動。

4 Canada Day used to be called "Dominion Day."

[kænədə de just tə bi kɔld dəˋmɪnjən de]

加拿大國慶日以前被稱作「多明尼恩日」。

5 The Canada Day Countdown is a free music festival celebrating Canada Day.

[ðə kænədə de ˋkaʊntdaʊn ɪz ə fri mjuzɪk fɛstəvḷ ˋsɛləbretɪŋ kænədə de]

加拿大國慶日倒數是慶祝加拿大國慶日的免費音樂節。

6 Canada is the world's second-largest country by area.

[`kænədə ɪz ðə wɝlds sɛkənd lɑrdʒɪst kʌntrɪ baɪ ɛrɪə]

加拿大是全世界領土第二大的國家。

7 Canada Day, often referred to as "Canada's Birthday," falls on July 1.

[kænədə de ɔfən rɪ`fɝd tu æz kænədəs bɝθde fɔls ɑn dʒu`laɪ fɝst]

時常被稱作「加拿大誕辰」的加拿大國慶日，在七月一號。

8 Canada Day observances take place throughout Canada as well as internationally.

[kænədə de əb`zɝvənsɪs tek ples θru`aʊt kænədə æz wɛl æz ɪntɚ`næʃənḷɪ]

加拿大國慶日在加拿大和全球各地都被慶祝著。

9 How about accompanying me to the great fireworks show by Victoria Harbor?

[haʊ ə`baʊt ə`kʌmpənɪɪŋ mi tu ðə ɡret faɪrwɝks ʃo baɪ vɪk`torɪə hɑrbɚ]

要不要陪我一起去維多莉亞港看很棒的煙火呢？

10 Many Canadians will have activities or events in their local area to celebrate the birthday of their country.

[mɛnɪ kə`nedɪəns wɪl hæv æk`tɪvətɪs ɔr ɪ`vɛnts ɪn ðɛr lokḷ ɛrɪə tu sɛləbret ðə bɝθde əv ðɛr kʌntrɪ]

許多加拿大人會在居住的地方舉辦活動，慶祝國家的生日。

Reality conversation practice

實境對話練習

The national flags are everywhere!

[ðə `næʃənḷ flægs ɑr ɛvrɪhwɛr]

到處都是國旗呢！

It's to welcome Canada Day.

[ɪts tə wɛlkʌm kænədə de]

這是為了要迎接加拿大國慶日。

Canada Day? What is that?

[kænədə de] [hwɑt ɪz ðæt]

加拿大國慶日？那是什麼啊？

It's the anniversary of our country's birth.

[ɪts ðɪ ænə`vɝsərɪ əv aʊr kʌntrɪs bɝθ]

是我們國家的誕生紀念。

Cool! What do you usually do on Canada Day?

[kul] [hwɑt du ju juʒʊəlɪ du ɑn kænədə de]

酷耶！你們在國慶日通常都做什麼呢？

We don't have specific celebration events, mostly parties.

[wɪ dont hæv spɪˋsɪfɪk sɛləbreʃən ɪvɛnts mostlɪ pɑrtɪs]

我們沒有特定的慶祝活動，大多是開派對。

丹尼爾 Daniel

露西 Lucy

Is there anything interesting?

[ɪz ðɛr ɛnɪθɪŋ ɪntərɪstɪŋ]

有什麼有趣的活動嗎？

You can accompany me to the fireworks party by Victoria Harbor.

[ju kæn əˋkʌmpənɪ mi tu ðə faɪrwɝks pɑrtɪ baɪ vɪkˋtorɪə hɑrbɚ]

你可以陪我一起去維多莉亞港旁的煙火派對。

丹尼爾 Daniel

露西 Lucy

That will be great. I love fireworks.

[ðæt wɪl bi gret] [aɪ lʌv faɪrwɝks]

那就太棒了。我喜歡煙火。

They also have great music there. You will definitely love it!

[ðe ɔlso hæv gret mjuzɪk ðɛr] [ju wɪl dɛfənɪtlɪ lʌv ɪt]

那裡也會有很棒的音樂。你一定會喜歡的！

丹尼爾 Daniel

加拿大之旅想要如何規劃呢？

獨立日小常識 All about Independence Day

美國獨立紀念日（**Independence Day**）在每年的七月四日，因此這天又被稱做**Fourth of July**，是一個充滿文化與歷史背景的**國定假日**（**a national holiday**），目的在紀念美國脫離英國的統治，成為一個獨立的政治個體。因此，這天也特別適合展現愛國情懷。很多人會用藍白紅交錯的**星條旗**（**stars and stripes**）裝飾住家或車子，也有很多人會在這天穿戴各式各樣的國旗**飾品**（**accessories**），甚至有人把自己打扮成一面美國國旗，以展現自己對國家的熱愛。

烤肉（**barbecue**）、**煙火**（**fireworks**）和**遊行**（**parade**）是獨立紀念日的三大例行活動。因為獨立紀念日正好落在**暑假**（**summer vacation**）剛開始的時候，所以很多家庭會去海邊度假，一邊烤肉、一邊進行如**沙灘排球**（**beach volleyball**）、**游泳**（**swimming**）和**衝浪**（**surfing**）等水上活動。

如果戶外運動**不是你的菜**（**not your cup of tea**），你也可

以選擇參加各地的遊行活動。每年最盛大的遊行活動是**獨立紀念日遊行（National Independence Day Parade）**，會在**華盛頓特區（Washington D.C.）**舉辦，年年皆有超過數百個團體參加。每個**遊行隊伍（marching band）**都必須提出申請並通過遴選，目的在於希望參與的團體能有**地域（geographic）**、**種族（ethnic）**和**風格（stylistic）**上的差異，以反映這個國家的多元色彩。

到了晚上，就是璀璨炫目的煙火時間了。全國各地都會施放煙火來慶祝國家的生日，無論是私人團體、百貨商家都會舉辦**煙火秀（fireworks display）**。如果你不能親臨現場也不用太難過，因為像是著名的**梅西百貨（Macy's）**煙火秀，每年都會有電視台現場直播，讓無法到場的民眾分享國慶歡欣鼓舞的氣氛。

獨立紀念日也是愛買一族的重要指標。每年的這一天，許多商家都會開始進行**夏季特賣（summer sale）**，甚至會有當日限定的額外折扣。所以這天除了是全家出遊的日子以外，也可見賣場裡擠滿想找**打折品（bargain）**的民眾。

總歸一句話，獨立紀念日是個會讓每個熱愛國家的美國人，發自內心地大喊：**Oh! America!**的快樂節日！

1 independent [ˌɪndɪˋpɛndənt] 形 獨立的

例句 John has been independent of his parents ever since his graduation.

中譯 約翰自從畢業後就脫離父母獨立了。

2 parade [pəˋred] 名 / 動 遊行

例句 When will the parade begin?

中譯 遊行什麼時候開始呢？

3 fireworks [ˋfaɪrwɝks] 名 煙火

例句 The fireworks are beyond description.

中譯 煙火美得難以形容。

4 celebrate [ˋsɛləbret] 動 慶祝

例句 How are you going to celebrate the promotion?

中譯 你要如何慶祝升遷呢？

5 country [kʌntrɪ] 名 國家

例句 Which country are you from?

中譯 你來自哪個國家呢？

6 have a barbecue 片 烤肉

例句 Let's have a barbecue this Saturday!

中譯 這週六來烤肉吧！

7 patriotic [ˏpetrɪˋɑtɪk] 形 愛國的、富愛國心的

例句 Kevin is so patriotic that he has decided to serve in the army.

中譯 凱文很有愛國心，因此他決定從軍。

8 declare [dɪˋklɛr] 動 宣佈、宣稱

例句 The president declared he would step down yesterday.

中譯 總統昨天宣佈退職。

9 stars and stripes 片 星條旗（用以借代美國國旗）

例句 Stars and stripes are everywhere on Independence Day.

中譯 獨立紀念日當天，到處可見星條旗。

10 festively [ˋfɛstɪvlɪ] 副 歡欣地、喜悅地

例句 Mary shouted festively about her engagement to Dan.

中譯 瑪麗歡欣地喊出她和丹訂婚的消息。

11 America [əˋmɛrɪkə] 名 美洲、美國

例句 John is planning to have a trip to America this summer.

中譯 約翰正在計畫今年暑假去美洲玩一趟。

12 national [ˋnæʃənḷ] 形 國家的、全國性的

例句 The national anthem of the U.S. is called "The Star-Spangled Banner."

中譯 美國的國歌叫做「星條幟旗」。

Useful Expressions MP3 059

❶ What are you going to do on Independence Day?

[hwɑt ɑr ju goɪŋ tu du ɑn ɪndɪ`pɛndəns de]

你們獨立紀念日那天要做什麼呢？

❷ Independence Day is celebrated annually on July 4.

[ɪndɪ`pɛndəns de ɪz sɛləbretɪd `ænjuəlɪ ɑn dʒu`laɪ forθ]

獨立紀念日在每年的七月四日慶祝。

❸ Many people decorate their houses or even themselves with the American flag.

[mɛnɪ pipḷ dɛkəret ðɛr hausɪs ɔr ivən ðəm`sɛlvz wɪð ðɪ ə`mɛrɪkən flæg]

許多人用美國國旗裝飾住家，甚至是為自己打扮。

❹ Independence Day commemorates the country's political freedom.

[ɪndɪ`pɛndəns de kə`mɛmərets ðə kʌntrɪs pə`lɪtɪkḷ `fridəm]

獨立紀念日紀念這個國家的政治自由。

❺ America's National Independence Day Parade is one of the most important annual events.

[ə`mɛrɪkəs næʃənḷ ɪndɪpɛndəns de pə`red ɪz wʌn əv ðə most ɪm`pɔrtn̩t ænjuəl ɪ`vɛnts]

美國的國家獨立紀念日遊行是最重要的年度活動之一。

6 In the parade, there will be more than fifty bands showing ethnic and stylistic diversity.

[ɪn ðə pə`red ðɛr wɪl bi mor ðæn fɪftɪ bænds ʃoɪŋ ɛθnɪk ænd staɪ`lɪstɪk daɪ`vɝsətɪ]

將會有超過五十個不同種族和風格的樂團參加遊行。

7 Do you know where to see the best fireworks?

[du ju no hwɛr tu si ðə bɛst faɪrwɝks]

你知道哪裡可以看到最棒的煙火嗎？

8 When was the Fourth of July declared a national holiday?

[hwɛn wɑz ðə forθ əv dʒu`laɪ dɪ`klɛrd ə næʃən̩l hɑləde]

七月四日是在什麼時候成為國定假日的呢？

9 It is a federal holiday, which means most people don't have to work on that day.

[ɪt ɪz ə fɛdərəl hɑləde hwɪtʃ mins most pip̩l dont hæv tə wɝk ɑn ðæt de]

它是個國定假日，因此大部分的人那天都不用工作。

10 Independence Day is definitely a patriotic holiday to celebrate the history, heritage and people of the country.

[ɪndɪ`pɛndəns de ɪz dɛfənɪtlɪ ə petrɪ`ɑtɪk hɑləde tə `sɛləbret ðə `hɪstərɪ hɛrətɪdʒ ænd pip̩l əv ðə kʌntrɪ]

獨立紀念日絕對是個慶祝美國歷史、文化遺產和人民的愛國節慶。

Reality conversation practice

實境對話練習

MP3 060

What are you going to do tomorrow?

[hwɑt ɑr `ju ɡoɪŋ tə du tə`mɔro]

你明天打算做什麼呢？

A lot. I have been waiting for the Fourth of July for a long time.

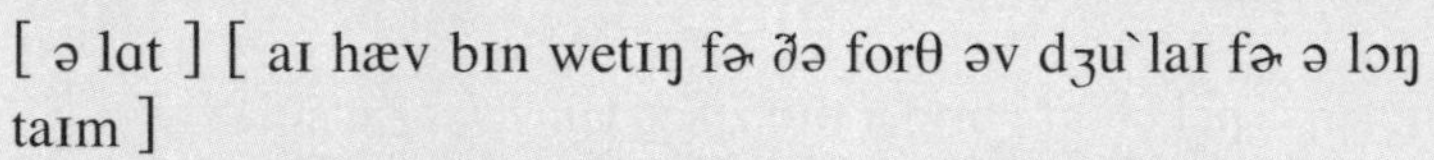

[ə lɑt] [aɪ hæv bɪn wetɪŋ fɚ ðə forθ əv dʒu`laɪ fɚ ə lɔŋ taɪm]

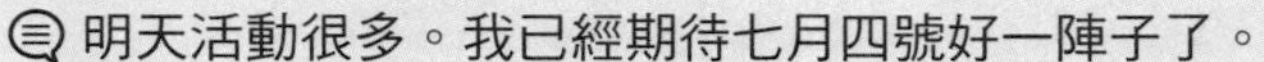

明天活動很多。我已經期待七月四號好一陣子了。

Really? I didn't know you were such a patriot.

[rɪəlɪ] [aɪ dɪdn̩t no ju wɝ sʌtʃ ə petrɪət]

真的嗎？我不知道你是這麼一個愛國主義者。

Of course I am. Besides, it is a festive holiday.

[əf kors aɪ æm] [bɪ`saɪdz ɪt `ɪz ə fɛstɪv hɑləde]

我當然是啊。更何況，這可是個歡欣的節日。

I couldn't agree more. No work and all-day fun!

[aɪ kʊdn̩t əɡri mor] [no wɝk ænd ɔl de fʌn]

我很同意。不用工作，整天玩樂！

Don't forget the fireworks and barbecue!

[dont fɚˋgɛt ðə faɪrwɝks ænd bɑrbɪkju]

別忘了還有煙火跟烤肉！

傑克
Jack

瑪麗亞
Maria

You are right. Are you going to the fireworks at Half Moon Bay?

[ju ɑr raɪt] [ɑr ju ɡoɪŋ tu ðə faɪrwɝks æt hæf mun be]

你說的沒錯。你要去半月灣看煙火嗎？

Yes, I am. Mark and I plan to stay in the RV Park and have a barbecue.

[jɛs aɪ æm] [mɑrk ænd aɪ plæn tə ste ɪn ðɪ ɑrvi pɑrk ænd hæv ə bɑrbɪkju]

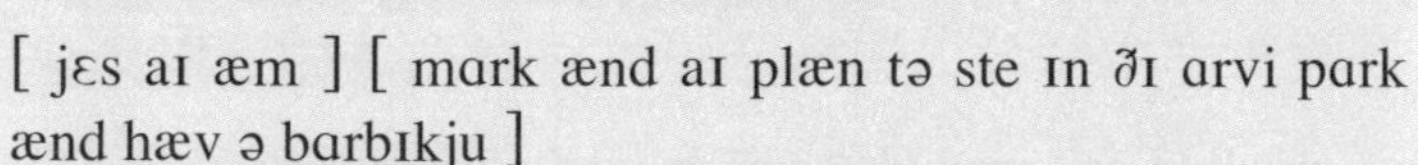

嗯，我會去。馬克和我打算要待在露營車的營地烤肉。

傑克
Jack

瑪麗亞
Maria

Cool! Can I join you?

[kul] [kæn aɪ dʒɔɪn ju]

酷耶！我可以一起去嗎？

Of course! You can bring Janet, too!

[ɔf kɔrs] [ju kæn brɪŋ jænɪt tu]

當然可以！也帶珍娜一起來吧！

傑克
Jack

暑假小常識 All about Summer Holiday

一年當中，學生們最期待的假期想必非**暑假（summer holiday, summer vacation）**莫屬了。在這為期兩個月的時間裡，不但不用上學，還可以享受夏天的燦爛陽光；不但可以開心地暫時從學校、課業壓力中解放，還能恣意進行各項休閒活動，享受漫漫長假。

以美國為例，暑假的一開始就剛好碰上**國慶日（Fourth of July）**，因此很多家庭會利用這段時間，安排包含五、六、日三天的**長週末（long weekend）**假期，闔家出遊。其中最受歡迎的度假方式，就是到海邊逐浪和享受陽光了。到了海邊，隨處可見將大型**遮陽傘（sun shelter）**、**地墊（mat）**、戲水玩具甚至是烤肉爐等準備齊全的家庭。小孩們在海邊踏浪、**玩沙（play with sand）**、堆**沙堡（sand castle）**，大人們則游泳、衝浪、分隊打沙灘排球，大人小孩皆盡情歡樂。

因為暑假的假期時間較長，也有人選擇到離家較遠的地方出

遊，因此，暑假也成為眾家**旅行社**（**travel agency**）的激戰時期。以美國為例，像是**夏威夷**（**Hawaii**）、**黃石公園**（**Yellowstone National Park**）、**大峽谷**（**Grand Canyon**）、**大鹽湖**（**Salt Lake**）等**自然景觀**（**natural landscape**），都是很受歡迎的遠遊景點。另外，像是賭城——**拉斯維加斯**（**Las Vegas**）、**環球影城**（**Universal Studios**）、**迪士尼樂園**（**Disneyland**）等，也都是闔家休閒旅遊的好選擇。

有些家長會為孩子報名**夏令營**（**summer camp**），讓孩子前往營區進行為期一到兩週的宿營學習課程。孩子們不但可以**認識新朋友**（**make new friends**）、**親近大自然**（**get close to the nature**），還可以在**露營**（**camping**）、**野外求生**（**survival camp**）等課程中學習如何**團隊合作**（**teamwork**）、**解決問題**（**problem solving**），從中培養較**成熟**（**mature**）、**負責**（**responsible**）的性格。學生們利用暑假這段一年中難得的空檔，進行不同於平時書本上的學習，不但放鬆身心、享受假期，同時也是為了接下來開學後的挑戰做準備。

在美國，許多大賣場也會利用暑假進行特賣。像是為夏季出遊活動而設計的**夏季商品特賣**（**summer sale**），以及在暑假尾聲一系列關於開學文具、衣物類的**開學特賣**（**back-to-school sale**），都是血拼和省錢一族的福音。

MP3 061

1 beach volleyball 片 沙灘排球

例句 Beach volleyball is a game played by two teams of only two persons on each side.

中譯 沙灘排球賽分兩隊，每隊只有兩名選手。

2 swimsuit [ˋswɪmsut] 名 泳裝、泳衣

例句 You look fabulous in that red swimsuit.

中譯 你穿上那件紅色泳裝看起來棒極了。

3 sun block 片 防曬乳

例句 Please apply a thin layer of the sun block to your face and body.

中譯 請塗抹薄薄一層防曬乳在臉上和身體上。

4 have a party 片 舉辦派對

例句 Summer is a time to have a fun party.

中譯 夏天是舉辦玩樂派對的季節。

5 hot [ˋhɑt] 形 炎熱的

例句 It is so hot that I just want to stay in the pool forever and ever.

中譯 天氣太熱了，我只想永遠待在池子裡。

6 getaway [`gɛtə͵we] 名 可逃離工作、壓力等的旅遊

例句 **Hawaii is an ideal spot for a summer getaway.**

中譯 夏威夷是夏季旅遊的理想地點。

7 outdoor activity 片 戶外活動

例句 **Summer is perfect for outdoor activities, such as hiking, swimming, and surfing.**

中譯 夏季是從事如健行、游泳和衝浪等戶外活動的絕佳季節。

8 travel [`trævl̩] 動 / 名 旅遊

例句 **Many people travel with their families during the summer vacation.**

中譯 許多人會在暑假期間和家人一同旅遊。

9 surf [sɝf] 動 衝浪

例句 **Surfing is full of excitement and thus attracts a lot of young people.**

中譯 衝浪運動充滿刺激，因此吸引著許多年輕人。

10 summer camp 片 夏令營

例句 **Jessica made many new friends at summer camp.**

中譯 潔西卡參加夏令營時，交到很多新朋友。

11 landscape [`lænd͵skep] 名 風景、景色

例句 **The landscape of this country is beyond description.**

中譯 這個國家的景觀難以筆墨形容。

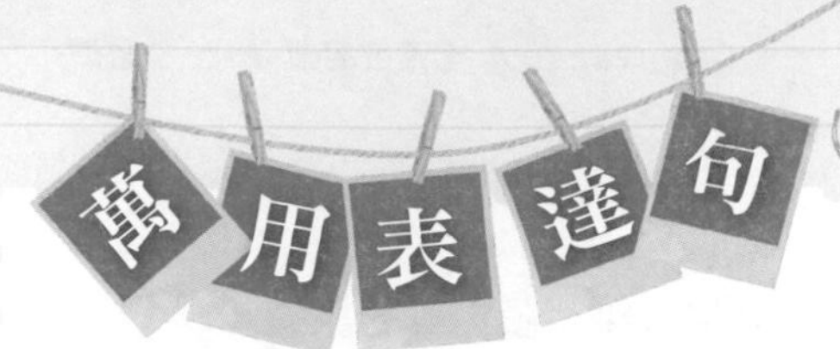

Useful Expressions MP3 062

1 Many children go to summer camp during the summer vacation.

[mɛnɪ tʃɪldrən go tu sʌmɚ kæmp djʊrɪŋ ðə sʌmɚ vekeʃən]

許多兒童會在暑假參加夏令營。

2 Surfing is a popular water activity in summer, especially for young people.

[sɝfɪŋ ɪz ə pɑpjəlɚ wɑtɚ æk`tɪvətɪ ɪn sʌmɚ ə`spɛʃəlɪ fɚ jʌŋ pipl̩]

衝浪是夏季的熱門水上活動，對年輕人來說尤是。

3 My family always goes camping in Sun Valley during summer holiday.

[maɪ fæməlɪ ɔlwez goz kæmpɪŋ ɪn sʌn vælɪ djʊrɪŋ sʌmɚ hɑləde]

我們家總是趁暑假時去太陽谷露營。

4 Do you want to join us for hiking next weekend?

[du ju wɑnt tə dʒɔɪn ʌs fɚ haɪkɪŋ nɛkst wikɛnd]

下週末，你想和我們一起去健行嗎？

5 What is your plan for the coming summer vacation?

[hwɑt ɪz jʊr plæn fɔr ðə kʌmɪŋ sʌmɚ vekeʃən]

你對於即將來臨的暑假有什麼計劃呢？

6 How did you spend your summer vacation?

[hau dɪd `ju spɛnd `juɚ sʌmɚ vekeʃən]

你怎麼度過暑假的呢？

7 Jessie spent most of her summer vacation working with Grandpa on the farm.

[dʒɛsɪ spɛnt most əv hɝ sʌmɚ vekeʃən wɝkɪŋ wɪð grændpa an ðə farm]

暑假大部分的時間，潔西都和祖父一起在農場上工作。

8 Some students take advantage of summer holidays to learn a new foreign language.

[sʌm stjudn̩ts tek əd`væntɪdʒ əv sʌmɚ halədez tə lɝn ə nju fɔrɪn læŋgwɪdʒ]

有些學生會利用暑假學習新的外國語。

9 The beach is one of the most popular spots for a summer getaway.

[ðə bitʃ ɪz wʌn əv ðə most papjəlɚ spats fɚ ə sʌmɚ gɛtəwe]

海灘是夏季度假的最熱門景點之一。

10 Summer vacation is definitely a great time for family outdoor fun.

[sʌmɚ vekeʃən ɪz dɛfənɪtlɪ ə gret taɪm fɚ `fæməlɪ autdor fʌn]

暑假絕對是從事家庭戶外活動的好時機。

Reality conversation practice

MP3 063

實境對話練習

王太太
Mrs. Wang

Honey, can you take some days off next month?

[hʌnɪ kæn ju tek sʌm dez ɔf nɛkst mʌnθ]

親愛的，你下個月可以休幾天假嗎？

王先生
Mr. Wang

Mmm... I am not sure. Why?

[m aɪ æm nɑt ʃʊr] [hwaɪ]

嗯…我不確定耶。怎麼了嗎？

王太太
Mrs. Wang

The kids are going to have their summer break. Maybe we can go traveling.

[ðə kɪds ɑr goɪŋ tə hæv ðɛr sʌmɚ brek] [mebɪ wi kæn go trævḷɪŋ]

孩子們馬上就要放暑假了。也許我們可以去旅行。

王先生
Mr. Wang

That's a good idea. Where do you want to go?

[ðæts ə gʊd aɪ`diə] [hwɛr du ju wɑnt tə go]

這是個好主意。你想去哪裡呢？

王太太
Mrs. Wang

I'm thinking about Salt Lake, where we can camp and hike.

[aɪm θɪŋkɪŋ ə`baʊt sɔlt lek hwɛr wi kæn kæmp ænd haɪk]

我在考慮大鹽湖，我們可以去那裡露營和健行。

Sounds like a great opportunity for kids to get to know more about nature.

[saʊnds laɪk ə gret ɑpɚˋtjunətɪ fɚ kɪds tə gɛt tu no mor əˋbaʊt netʃɚ]

聽起來是個讓孩子們更瞭解大自然的好機會。

王先生 Mr. Wang

王太太 Mrs. Wang

Exactly. So, can you ask for a few days off?

[ɪgˋzæktlɪ] [so kæn ju æsk fɚ ə fju dez ɔf]

沒錯。所以你可以排幾天休假嗎？

I'll see what I can do tomorrow at work.

[aɪl si hwɑt aɪ kæn du təˋmɔro æt wɝk]

明天上班時，我會看看要怎麼排休。

王先生 Mr. Wang

王太太 Mrs. Wang

Thank you. You're the best!

[θæŋk ju] [juɚ ðə bɛst]

謝謝你。你最棒了！

Go tell the kids the great news. We are going to Salt Lake this summer!

[go tɛl ðə kɪds ðə gret njuz] [wi ɑr goɪŋ tu sɔlt lek ðɪs sʌmɚ]

去跟孩子們說這個好消息吧。今年夏天，我們要去大鹽湖了！

王先生 Mr. Wang

奔牛節小常識 All about San Fermin Festival

西班牙是個熱愛節慶的國家。在西班牙東北部的**潘普洛納市**（**Pamplona**），每年炎夏有一場比艷陽更炙熱，可說是全歐洲最令人熱血沸騰、血脈賁張的節慶活動── **聖佛明節**（**San Fermin**）。據傳，聖佛明是潘普洛納市的**守護神**（**city guardian**），他在西元二世紀時因為傳遞當時受到禁止的天主教而被當局斬首，而聖佛明節裡隨處可見的紅色領巾就是他殉教的象徵。幾世紀以來，當地民眾都以遊行及派對活動來紀念這位城市守護神。

在聖佛明節中最引人注目，同時也是吸引許多遊客前來參與的活動就是**「奔牛」**（**Running of the Bulls**），這也讓聖佛明節有了「奔牛節」的別名。在奔牛活動中，沿街的走道在一大早就擠滿等著看熱鬧的民眾，而街邊的店家也都以木板將大門及窗戶釘牢做保護。參加奔牛活動的跑者叫做**mozo**，他們會與一群公牛，在街道上一起奔跑至終點的**鬥牛場**（**bullring**）。

活動會先發射第一枚信號彈，讓跑者先出發；稍後第二枚信號彈發射，提醒已出發的跑者們，公牛群已被放出。公牛跟跑者要一同穿越城鎮，奔跑約八百公尺的距離抵達鬥牛場。這樣的一段距離，公牛們通常只需要兩分半鐘的時間就可以完成，而跑者們不但要加緊腳步，更要留意四周狀況，一不小心，有可能會遭到呼嘯而過的公牛誤撞導致重傷，甚至喪命。

抵達鬥牛場的公牛們，緊接著將參加**鬥牛賽（bullfight）**。鬥牛賽也是西班牙象徵性的特色活動，**鬥牛士（matador）**以精彩的戲劇張力和過人的膽識，演出一場既優雅又刺激的鬥牛表演，同時也為聖佛明節畫下完美的句點。

知名作家**海明威（Ernest Hemingway）**的經典著作**《旭日又升》（The Sun Also Rises）**，就是被聖佛明節的奔牛活動和鬥牛賽所啟發。書中詳實描寫奔牛節期間，主人翁在潘普洛納市的所見所聞。這本書也讓聖佛明節更以西班牙奔牛節的別名，成為世界上最具知名度與詢問度的觀光活動之一。

MP3 064

1 bull [bʊl] 名 公牛

例句 About ten bulls are running through the streets with the crowd.

中譯 大約有十條公牛伴隨著人群奔越街道。

2 admittance [əd`mɪtəns] 名 入場資格、入場券

例句 Who can gain admittance to the VIP area?

中譯 誰能獲得進入貴賓區的資格呢？

3 rush into 片 一湧而進

例句 Tourists rush into Spain to experience the thrill of the Running of the Bulls.

中譯 觀光客一湧而進西班牙，體驗奔牛活動的快感。

4 it is said 片 據說

例句 It is said that many people have died in the event.

中譯 據說有許多人死於活動當中。

5 custom [`kʌstəm] 名 習慣、習俗

例句 The Running of the Bulls is a custom before the bullfighting.

中譯 奔牛活動是鬥牛賽前的一項習俗。

6 bullring [`bʊlrɪŋ] 名 鬥牛場

例句 The bulls raced one another to the bullring.

中譯 牛隻們互相競速，奔跑至鬥牛場。

7 courageous [kə`redʒəs] 形 勇敢的

例句 One must be courageous to run with the frantic bulls.

中譯 足夠勇敢的人才能和發狂的牛隻一起奔跑。

8 bullfight [`bʊl͵faɪt] 名 鬥牛賽

例句 This is the most exciting bullfight that I've ever seen.

中譯 這是我看過最刺激的一場鬥牛賽了。

9 lure [lʊr] 動 誘惑

例句 John waved a red handkerchief to lure the bull.

中譯 約翰揮舞著一條紅色手帕，誘惑那隻公牛。

10 matador [`mætədor] 名 鬥牛士

例句 Kevin wants to be a matador in the future.

中譯 凱文以後想成為鬥牛士。

11 get oneself hurt 片 使…受傷

例句 Be careful not to get yourself hurt in the bullfight.

中譯 鬥牛賽中，當心別讓自己受傷了。

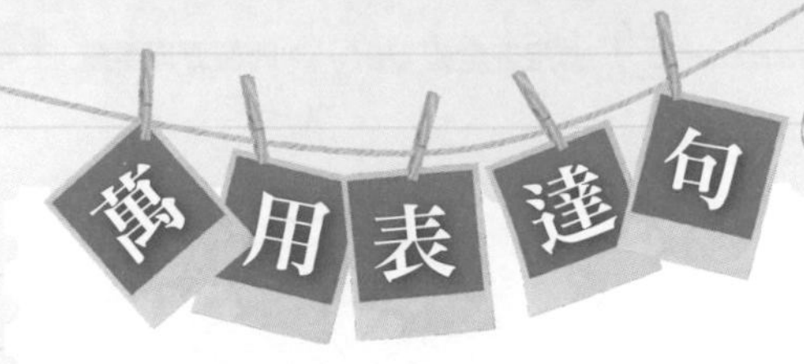

Useful Expressions MP3 065

1 The Festival of San Fermin is well known as the Running of the Bulls.

[ðə fɛstəvḷ əv sæn `fɝmɪn ɪz wɛl non æz ðə rʌnɪŋ əv ðə bʊls]

聖佛明節是眾所周知的奔牛節。

2 Tourists crowded into Pamplona to experience being a matador.

[tʊrɪsts kraʊdɪd ɪntə pæm`plonɑ tə ɪk`spɪrɪəns biɪŋ ə mætədor]

遊客們擠入潘普洛納市，體驗成為一名鬥牛士。

3 Thousands of tourists come for the thrill of running with herds of bulls.

[θaʊzṇds əv tʊrɪsts kʌm fɚ ðə θrɪl əv rʌnɪŋ wɪð hɝdz əv bʊls]

數以千計的遊客為了體驗與牛群同奔的快感而來。

4 There have been thirteen deaths during the Festival of San Fermin as of yet.

[ðɛr hæv bɪn θɝtin dɛθs djʊrɪŋ ðə fɛstəvḷ əv sæn fɝmɪn æz əv jɛt]

至今已有十三人在奔牛節期間死亡。

5 People run with frantic bulls to the bullring on the rumbly marble lanes.

[pipḷ rʌn wɪð fræntɪk bʊls tə ðə bʊlrɪŋ ɑn ðə rʌmblɪ mɑrbḷ lens]

人群跟發狂的牛群一起，在崎嶇不平的大理石路上奔向鬥牛場。

6 San Fermin is said to be the protector of the city of Pamplona.

[sæn fɝmɪn ɪz sɛd tu bi ðə prə`tɛktɚ əv ðə sɪtɪ əv pæm`plonɑ]

聖佛明據說是潘普洛納市的守護者。

7 The Festival of San Fermin also features exciting bullfights.

[ðə fɛstəvl̩ əv sæn fɝmɪn ɔlso fitʃɚs ɪk`saɪtɪŋ `bʊlfaɪts]

聖佛明節也以刺激的鬥牛賽為特色。

8 The matador waved the red cape, which provoked the frenzied bull.

[ðə `mætədor wevd ðə rɛd kep hwɪtʃ prə`vokt ðə frɛnzɪd bʊl]

鬥牛士揮舞著紅色斗篷，此舉激怒了狂牛。

9 Every year, thrill-seekers join in the event with red handkerchiefs around necks.

[ɛvrɪ jɪr θrɪl sikɚs dʒɔɪn ɪn ðɪ ɪ`vɛnt wɪð rɛd hæŋkɚtʃɪfs ə`raʊnd nɛks]

每年都會有追求快感的人，在脖子上綁著紅手帕來參加節慶。

10 San Fermin Festival is not only the Running of the Bulls, but music, dancing, and singing.

[sæn fɝmɪn fɛstəvl̩ ɪz nɑt onlɪ ðə rʌnɪŋ əv ðə bʊls bʌt mjuzɪk dænsɪŋ ænd sɪŋɪŋ]

聖佛明節不只有奔牛活動，也充滿音樂、舞蹈和歌聲。

Reality conversation practice

實境對話練習

MP3 066

Today, we are going to take a look at a characteristic Spanish festival.

[təde wi ɑr ɡoɪŋ tə tek ə lʊk æt ə kærəktə`rɪstɪk spænɪʃ fɛstəvḷ]

我們今天要來看一個西班牙的特色節慶。

安
Ann

What is it?

[hwɑt ɪz ɪt]

是什麼呢？

韓森先生
Mr. Hanson

I'll give you a big hint: it involves bulls and running.

[aɪl ɡɪv ju ə bɪɡ hɪnt ɪt ɪn`vɑlvs bʊls ænd rʌnɪŋ]

我給你一個重要提示：活動包含牛和奔跑。

安
Ann

Is it the Running of the Bulls?

[ɪz ɪt ðə rʌnɪŋ əv ðə bʊls]

是奔牛節嗎？

韓森先生
Mr. Hanson

Exactly. It features people running with frantic bulls together on streets.

[ɪɡ`zæktlɪ ] [ ɪt fitʃɚs pipḷ rʌnɪŋ wɪð fræntɪk bʊls tə`ɡɛðɚ ɑn strits]

沒錯。它的特色就是人們和發狂的牛一起在街上奔跑。

安
Ann

It sounds extremely dangerous.

[ɪt saʊnds ɪk`strimlɪ dendʒərəs]

聽起來非常危險。

韓森先生
Mr. Hanson

It is, and there are many hurt or even killed because of this event.

[ɪt ɪz ænd ðɛr ɑr mɛnɪ hɝt ɔr ivən kɪld bɪ`kɔz əv ðɪs ɪ`vɛnt]

的確，而且很多人因為這個活動而受傷，甚至是喪命。

安
Ann

Then, why doesn't the government ban this event?

[ðɛn hwaɪ dʌznt ðə gʌvənmənt bæn ðɪs ɪ`vɛnt]

那麼，為什麼政府不禁止這個活動呢？

韓森先生
Mr. Hanson

It would be hard to ban such a symbolic celebration, which honors the city's guardian.

[ɪt wʊd bi hɑrd tə bæn sʌtʃ ə sɪm`bɑlɪk sɛlə`breʃən hwɪtʃ ɑnəs ðə sɪtɪs gɑrdɪən]

因為這個節慶具有向城市守護神致敬的象徵意義，所以很難禁止。

安
Ann

I see.

[aɪ si]

我懂了。

出外旅遊，別忘了安全第一噢！

七月度假BEST去處

西班牙，馬德里

Madrid, Spain

西班牙位於南歐的伊比利半島（Iberian Peninsula），控制著由大西洋進出地中海的門戶——直布羅陀海峽（Strait of Gibraltar）的歐洲區塊。歸功於十五至十七世紀西班牙的海外殖民發展，導致全球目前有約五億人口使用西班牙語。

首都馬德里（Madrid）位於西班牙中部，市區內充斥著文藝復興式（Renaissance）建築，以及大大小小的紀念廣場，是個適合步行遊覽的城市。知名的哥倫布廣場、西班牙廣場和豐收女神廣場建議可去走走逛逛。而馬德里王宮（Royal Palace of Madrid）和普拉多美術館（Museo Nacional del Prado）值得花上半天至一天的時間進行參觀。古蘭大道和太陽門廣場（Puerta del Sol）附近最適合逛街，找得到價格不貴但質感佳的服飾。

西班牙的第二大城巴塞隆納（Barcelona）瀕臨地中海，市區內值得一逛的有出自於知名建築師安東尼高第（Antoni Gaudi）至今仍未竣工的聖家堂，為加泰隆尼亞現代主義最具代表性的建築物。畢卡索美術館（Museu Picasso Barcelona）藏有大量立體派大師畢卡索二十世紀初期的創作。若於七月份到西班牙，可前往位於納瓦拉省（Navarre）的潘普洛納市（Pamplona），加入奔牛節的行列，享受置死生於度外而狂奔的快感。

1 父親節～帶著爹地一起去度假 Father's Day

2 七夕情人節～最浪漫的東方戀愛假期 Chinese Valentine's Day

3 銀行假期～最特別的英國國定假期 Bank Holiday

4 中元節～萬靈跨界前趕緊去度假 The Chungyuan Festival

八月度假BEST去處～美國西岸，洛杉磯 Los Angeles, USA

父親節小常識 All about Father's Day

無論是父親還是母親，對孩子來說都是獨一無二，重要的存在。但是在節日的制定上，可就不是這麼一回事了。一直到**母親節（Mother's Day）**正式被認可之後，為了要替其它家庭成員也增定節日，慶祝**父親節（Father's Day）**的想法才被提出討論。

在一九一〇年，第一個父親節誕生在美國**華盛頓州的史伯坎（Spokane, Washington）**。居民**杜德夫人（Mrs. Dodd, Donora Louise Smart Dodd）**提出慶祝父親節的想法，以在母親節之外，另立一個表揚和紀念父親對家庭和社會貢獻的節日。杜德夫人的母親在她十三歲那年過世，自此爾後，由杜德夫人的父親──**威廉斯馬特先生（Mr. William Smart）**獨自一人，決定不再續弦，父兼母職地撫養六名子女長大成人。

杜德夫人的父親於一九〇九年過世。一天，杜德夫人在參加完母親節感恩大會後，特別想念父親，心裡想著：「為什麼世界上沒有紀念父親的節日呢？」她認為父親對家庭和社會的愛、付出和辛

勞，絕對不亞於母親這個角色，於是決定和當地的牧師合作，開始了推動設立父親節的種種努力。

後來，一直到了一九七二年，美國總統**尼克森（Richard Nixon）**才正式簽署文件，將每年六月的第三個週日定為全美國的父親節，並成為美國永久性的國定紀念日。

不同文化背景的國家，選擇在不同的日期慶祝父親節。舉例而言，在亞洲，父親節的日期為八月八日，取其「八八」的諧音為「爸爸」之意義。而在澳洲，父親節的日期則落在九月的第一個週日。

時至今日，父親節廣泛地在世界各地被慶祝著。即便因為不同的**文化背景（cultural background）**，父親節被定在不同的日子慶祝，但是紀念和表揚全心全意為家庭和社會付出辛勞的父親，這份心意則是全世界共通的。

MP3 067

Words and Phrases

1 e-card [ˋikɑrd] 名 電子賀卡

例句 **Mike sent an e-card to his father on Father's Day.**

中譯 邁克在父親節送了張電子賀卡給他爸爸。

2 be held on 片 在…舉行

例句 **The party will be held on July 7.**

中譯 派對會在七月七號舉辦。

3 contribution [ˌkɑntrəˋbjuʃən] 名 貢獻

例句 **Father's Day is held to give thanks to the contributions of every father.**

中譯 父親節是為了感謝每位父親的貢獻。

4 gift [gɪft] 名 禮物

例句 **What gift are you going to give Dad?**

中譯 你要送爸爸什麼禮物呢？

5 electronic gadget 片 電子產品、配備

例句 **Electronic gadgets might be a great gift idea for cool dads.**

中譯 電子產品也許是送給酷爸們的好禮物。

6 admire [əd`maɪr] 動 欣賞、欽佩

例句 Mandy really admires Jonathon, who is her favorite singer.

中譯 曼蒂非常欣賞強納森，他是她最喜歡的歌手。

7 devote to 片 將…奉獻給…

例句 Mr. Watson has devoted his whole life to his family.

中譯 華生先生將一生奉獻給他的家人。

8 fishing rod 片 釣魚竿

例句 Do you think Dad would like a fishing rod?

中譯 你覺得爸爸會想要一根釣魚竿嗎？

9 razor [`rezɚ] 名 刮鬍刀

例句 Razors are one of the most popular gift ideas for Father's Day.

中譯 刮鬍刀是父親節最受歡迎的送禮選項之一。

10 beloved [bɪ`lʌvɪd] 形 摯愛的

例句 How about giving an iPad to your beloved father?

中譯 要不要送你摯愛的父親一台iPad呢?

11 backbone [`bæk͵bon] 名 支柱、骨幹

例句 Fathers are often considered the backbone of a family.

中譯 父親們時常被視為家庭的支柱。

Useful Expressions MP3 068

1 Father's Day is the day to honor fathers' love and devotion to their family.

[`faðɚs de ɪz ðə de tə ɑnɚ faðɚs lʌv ænd dɪˋvoʃən tə ðɛr fæməlɪ]

父親節是表揚父親對家庭的愛與奉獻的節日。

2 Father's Day falls on the third Sunday in June in both the U.S. and Canada.

[faðɚs de fɔls ɑn ðə θɝd sʌnde ɪn dʒun ɪn boθ ðə juˋɛs ænd kænədə]

在美國和加拿大，父親節是六月的第三個週日。

3 Father's Day is celebrated on August 8 in Asia.

[faðɚs de ɪz sɛləbretɪd ɑn ˋɔgəst etθ ɪn ˋeʃə]

在亞洲，父親節是在八月八日慶祝。

4 What are you going to buy for a Father's Day gift?

[hwɑt ɑr ju goɪŋ tə baɪ fɚ ə fæðɚs de gɪft]

你想為父親節準備什麼禮物呢？

5 Let's take Daddy out for a fancy dinner on Father's Day.

[lɛts tek dædɪ aut fɚ ə fænsɪ dɪnɚ ɑn faðɚs de]

咱們帶爸爸出去吃頓父親節大餐吧。

6 Father's Day is the fourth-largest day for sending cards.

[faðɚs de ɪz ðə forθ lardʒɪst de fɚ sɛndɪŋ kardz]

父親節是卡片寄送量第四大的節日。

7 It is my father's love and care that has nourished me through all these years.

[ɪt ɪz maɪ faðɚs lʌv ænd kɛr ðæt hæs nɜɪʃt mi θru ɔl ðiz jɪrs]

是父親的愛與關懷滋養著我，讓我年年成長茁壯。

8 Sons and daughters send greeting cards or make a simple phone call to their sweet fathers on Father's Day.

[sʌns ænd dɔtɚs sɛnd gritɪŋ kardz ɔr mek ə sɪmpl̩ fon kɔl tə ðɛr swit faðɚs an faðɚs de]

兒女們會在父親節寄送卡片，或是簡單打通電話給親愛的父親。

9 In honor of all the father figures, many activities are held on Father's Day.

[ɪn anɚ əv ɔl ðə faðɚ fɪgjɚs mɛnɪ æk`tɪvətɪs ar hɛld an faðɚs de]

為了向所有父執輩致敬，會在父親節舉辦許多活動。

10 What do you think would be the best gift for Dad?

[hwat du ju θɪŋk wʊd bi ðə bɛst gɪft fɚ dæd]

你覺得什麼是送給爸爸最棒的禮物呢？

Reality conversation practice

MP3 069

實境對話練習

夏綠蒂 Charlotte

Do you have any plans for Father's Day?

[du ju hæv ɛnɪ plæns fɚ fɑðɚs de]

父親節你有什麼計劃嗎？

艾瑞克 Eric

Oh, no! Is that this Sunday?

[o no] [ɪz ðæt ðɪs sʌnde]

噢，不！是在這週日嗎？

夏綠蒂 Charlotte

Yes. Don't tell me that you forgot about that!

[jɛs] [dont tɛl mi ðæt ju fɚgɑt əbaʊt ðæt]

沒錯。別跟我說你忘了！

艾瑞克 Eric

I'm sorry. I've been too busy these days.

[aɪm sɑrɪ] [aɪv bɪn tu bɪzɪ ðiz dez]

對不起。我最近太忙了。

夏綠蒂 Charlotte

That's OK. I've made great plans for Dad, anyway.

[ðæts oke] [aɪv med gret plæns fɚ dæd ɛnɪwe]

沒關係。反正我有個很棒的父親節計劃。

Cool! What's your big plan?

[kul] [hwɑts jʊɚ bɪɡ plæn]

酷耶！你的計劃是什麼呢？

艾瑞克
Eric

夏綠蒂
Charlotte

Let's take Dad out for a fancy dinner and then give him the ticket for a cruise to Alaska for whale-watching that he has always wanted.

[lɛts tek dæd aʊt fɚ ə fænsɪ dɪnɚ ænd ðɛn ɡɪv hɪm ðə tɪkɪt fɚ ə kruz tu ə`læskə fɚ `hwel`wɑtʃɪŋ ðæt hi hæz ɔlwez wɑntɪd]

帶爸爸去吃大餐，並送他夢寐以求的阿拉斯加賞鯨船票。

He will love it! It must have cost an arm and a leg.

[hi wɪl lʌv ɪt] [ɪt mʌst hæv kɔst æn ɑrm ænd ə `lɛɡ]

他一定愛死了！這想必花了一大筆錢。

艾瑞克
Eric

夏綠蒂
Charlotte

It did. I can barely afford it, and that's why you have to chip in.

[ɪt dɪd] [aɪ kæn bɛrlɪ ə`ford ɪt ænd ðæts hwaɪ ju hæv tə tʃɪp ɪn]

沒錯。我幾乎負擔不起，所以你得一起湊錢。

Of course. Count me in.

[ɑv kors] [kaʊnt mi ɪn]

沒問題。算我一份。

艾瑞克
Eric

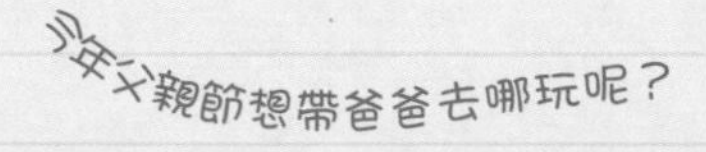

最浪漫的東方戀愛假期

七夕情人節 Chinese Valentine's Day

August

七夕小常識 All about Chinese Valentine's Day

中國情人節（Chinese Valentine's Day）因為在**農曆（the lunar calendar）**的七月七日，因此又有個美麗的別名——**「七夕」（Double Seventh Festival）**。七夕情人節不僅有個美麗的名字，更有個浪漫的**民間傳說（folk legend）**——牛郎與織女的愛情故事。

相傳，**牛郎（Cowherder）**從小父母雙亡，被兄嫂分家後拋棄，住在一間破爛的茅屋內，與一隻老牛相依為命。有一天，老牛神奇地開口對牛郎說：「池裡現在有仙女在沐浴，你到池邊去把其中一件衣服藏起來，這樣，那位衣服的主人仙女就會留在凡間嫁給你了」。**玉皇大帝（Emperor of Heaven）**的小女兒——**織女（Girl Weaver）**因此沒辦法穿上羽衣飛回天庭，只好留在凡間嫁給牛郎。日子一天天過去，這對戀人的感情日漸濃烈，生了一對兒女，過著幸福快樂的日子。

然而，玉皇大帝聞訊後震怒，隨即下令將織女帶回天庭，這對

戀人因此天涯兩隔。牛郎靠著老牛的幫助，用老牛死後的牛皮製成鞋，騰雲駕霧飛上天庭，卻被王母娘娘變出的**銀河（Milky Way）**擋住去路。天上的喜鵲們被牛郎和織女的愛情感動，合力架起一座**鵲橋（the bridge of magpies）**，讓這對戀人一家團聚。後來，王母娘娘也受到牛郎和織女間的愛情所打動，便下令每年農曆七月七日讓這對戀人一家團聚。

與西洋情人節不同的是，七夕情人節不僅是個屬於戀人的節日，同時也是個對於少女而言相當重要的節日。七夕又稱乞巧節，少女們會在這天晚上將針線丟上屋頂，以祈求能擁有像織女一樣的好手藝。而民間習俗也有這麼一說：未婚的少女會在這天晚上到田裡偷拔**蔥（green onion）**，拔到越大棵的蔥，就代表往後越有機會嫁個跟牛郎一樣疼惜自己的好丈夫。

牛郎和織女的浪漫愛情故事，讓七夕情人節比起**西洋情人節（Saint Valentine's Day）**，似乎又多了些許濃情蜜意的成分，也因此越來越受戀人們的喜愛與歡迎。

1 lunar calendar 片 農曆

例句 Chinese Valentine's Day is in the seventh month on the lunar calendar.

中譯 七夕情人節在農曆七月。

2 be dotted with 片 佈滿…

例句 The sky is dotted with twinkling stars.

中譯 天空佈滿閃閃發亮的星星。

3 Milky Way 片 銀河

例句 It is said that the Cowherder and the Girl Weaver will meet in the Milky Way.

中譯 據說牛郎和織女會在銀河相會。

4 magpie [`mæg͵paɪ] 名 喜鵲

例句 Tens of thousands of magpies made a bridge for the long-separated couple.

中譯 數以萬計的喜鵲為這對分隔許久的戀人搭橋。

5 moved [muvd] 形 感動的

例句 Mandy is moved by the romantic story of the Cowherder and the Girl Weaver.

中譯 曼蒂深受牛郎和織女的浪漫故事所感動。

6 folk legend 片 民間傳說

例句 The Cowherder and the Girl Weaver is one of the most romantic folk legends.

中譯 牛郎和織女的故事是最浪漫的民間傳說之一。

7 pray [pre] 動 祈禱

例句 Wendy prays with all her heart for a better tomorrow.

中譯 溫蒂全心全意祈禱能有更好的明天。

8 orphan [`ɔrfən] 名 孤兒

例句 Julian is an orphan who was abandoned right after he was born.

中譯 朱利安是個孤兒，在剛出生時就被遺棄了。

9 fall in love with 片 與…陷入愛河

例句 Kevin and Linda fell in love with each other at first sight.

中譯 凱文和琳達第一眼就愛上了對方。

10 tender [`tɛndɚ] 形 溫柔的

例句 Maria is such a tender teacher that every student loves her.

中譯 瑪莉亞是個很溫柔的老師，所以每個學生都愛戴她。

11 handicraft [`hændɪ,kræft] 名 手藝、手工藝

例句 These gloves were made with great handicraft.

中譯 這些手套是以精巧的手藝製成的。

Useful Expressions MP3 071

1 The sky is dotted with stars and people can see the Milky Way as well.

[ðə skaɪ ɪz dɑtɪd wɪð stɑrs ænd pipḷ kæn si ðə mɪlkɪ we əz wɛl]

天空佈滿星星，也可以看見銀河。

2 Tens of thousands of magpies built a bridge for the long-separated couple.

[tɛns əv θauzṇds əv mæɡpaɪs bɪlt ə brɪdʒ fɚ ðə lɔŋ sɛpəretɪd kʌpḷ]

成千上萬隻的喜鵲為這對長久分隔的情侶搭了座橋。

3 Girls pray for a good marriage on Chinese Valentine's Day.

[ɡɜls pre fɚ ə ɡud mɛrɪdʒ ɑn tʃaɪˋniz vælәntaɪns de]

女孩們在七夕情人節祈求好婚姻。

4 How are you going to celebrate Chinese Valentine's Day?

[hau ɑr ju ɡoɪŋ tə ˋsɛləbret tʃaɪˋniz vælәntaɪns de]

你打算怎麼慶祝七夕情人節呢？

5 Chinese Valentine's Day falls on July 7 on the lunar calendar.

[tʃaɪˋniz vælәntaɪns de fɔls ɑn dʒuˋlaɪ sɛvṇθ ɑn ðə lunɚ kæləndɚ]

七夕情人節是在農曆的七月七號。

6 There is a romantic legend behind Chinese Valentine's Day.

[ðɛr ɪz ə ro`mæntɪk lɛdʒənd bɪ`haɪnd tʃaɪ`niz væləntaɪns de]

七夕情人節的背後有個浪漫的傳說。

7 The eternal love between the couple moved the Empress of Heaven.

[ðɪ ɪ`tɝnl̩ lʌv bɪ`twin ðə kʌpl̩ muvd ðɪ `ɛmprɪs əv hɛvən]

這對愛侶間的永恆摯愛感動了天母。

8 Some rural customs have it that girls can throw needles on rooftops to get great handicraft skills.

[sʌm rʊrəl kʌstəms hæv ɪt ðæt gɝls kæn θro nidl̩s ɑn ruftɑps tə gɛt gret hændɪkræft skɪls]

根據民間習俗，女孩們會把針線丟上屋頂，以祈求好手藝。

9 Many florists offer customized bouquets for lovers on Chinese Valentine's Day.

[mɛnɪ florɪsts ɔfɚ `kʌstəmaɪzt bu`kes fɚ lʌvɚs ɑn tʃaɪ`niz væləntaɪns de]

許多花商在七夕情人節供應情人特製花束。

10 What are you going to give your girlfriend on Chinese Valentine's Day?

[hwɑt ɑr ju goɪŋ tə gɪv juɚ gɝlfrɛnd ɑn tʃaɪ`niz væləntaɪns de]

七夕情人節時，你要送女朋友什麼呢？

Reality conversation practice

實境對話練習

瑪麗亞 Maria

What are you doing?

[hwat ar ju duɪŋ]

你在做什麼啊？

凱文 Kevin

I am booking a hotel.

[aɪ æm bukɪŋ ə ho`tɛl]

我在訂飯店。

瑪麗亞 Maria

Wow, isn't that the best beach resort hotel? What's the occasion?

[wau ɪznt ðæt ðə bɛst bitʃ rɪ`zɔrt ho`tɛl] [hwats ðɪ ə`keʒən]

哇，這不是那間頂級海灘度假飯店嗎？要慶祝什麼呢？

凱文 Kevin

I want to give Linda the best Valentine's Day gift ever.

[aɪ wɑnt tə gɪv lɪndə ðə bɛst væləntaɪns de gɪft ɛvɚ]

我想要給琳達一個最棒的情人節禮物。

瑪麗亞 Maria

Valentine's Day is in February. You must be mistaken about the date.

[væləntaɪns de ɪz ɪn `fɛbruɛrɪ ] [ ju mʌst bi mɪ`stekən əbaut ðə det]

情人節在二月耶。你搞錯日期了吧。

It's Chinese Valentine's Day that I am talking about.

[ɪts tʃaɪˋniz væləntaɪns de ðæt aɪ æm tɔlkɪŋ əbaʊt]

我說的是七夕情人節啦。

瑪麗亞
Maria

Chinese Valentine's Day? What's that?

[tʃaɪˋniz væləntaɪns de] [hwɑts ðæt]

七夕情人節是什麼啊？

凱文
Kevin

It's to celebrate the love story of a tragic couple from Chinese folk legend.

[ɪts tə ˋsɛləbret ðə lʌv storɪ əv ə ˋtrædʒɪk kʌpḷ frɑm tʃaɪˋniz fok lɛdʒənd]

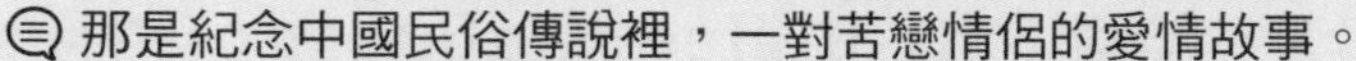

那是紀念中國民俗傳說裡，一對苦戀情侶的愛情故事。

瑪麗亞
Maria

I remember that story. I once saw a TV drama about it.

[aɪ rɪˋmɛmbɚ ðæt storɪ] [aɪ wʌns sɔ ə tivi drɑmə əbaʊt ɪt]

我想起那個故事了。我以前看過跟那有關的電視劇。

凱文
Kevin

What about you? Do you have any plans for that day?

[hwɑt əˋbaʊt ju] [du ˋju hæv ɛnɪ plæns fɚ ðæt de]

那你呢？情人節那天有什麼計劃嗎？

今年七夕也想邊玩耍邊耍浪漫！

銀行假期小常識 All about Bank Holiday

銀行假期（Bank Holiday）是個特別的節日。與一年當中其他的節日最大的不同點，在於它並不是單指某一個特定的節日，或是紀念某一特定事件。它是個泛指銀行停業，各公司行號休息的假日；而大部分的商家也都會在這天歇業。

銀行假期起源於**英國（the United Kingdom of Great Britain and Ireland）**，這個曾充斥著奢華的**貴族（noble）**以及盛行**板球（cricket）**的國家。據說銀行假期是由一位名叫**約翰盧布克（John Lubbock）**的爵士所提議。在西元一八七〇年代，當時英國盛行板球運動。然而板球運動比賽多在非休息日舉行，這讓不能輕易請假的**銀行職員們（bank staff）**常常錯過精彩的比賽，並因此懊悔不已。這位約翰盧布克爵士，正巧十分喜愛板球，因此，為了能讓更多的球迷一同享受板球比賽的魅力，他便立即向國會遞交制訂銀行假期的申請，使國會通過並頒定每年數個銀行休息的假日，好讓這些板球迷們能前往球場欣賞比賽。

在一八七一年正式頒佈**銀行假期法令（Bank Holiday Act）**之時，英國各地銀行假期的日期並不盡相同。例如在**英格蘭（England）**，正式的銀行假期有四天，分別是**復活節週一（Easter Monday）**、八月的第一個星期一、**禮節日（Boxing Day）**以及**聖神降臨日（Whit Monday）**等。而在**蘇格蘭（Scotland）**，正式的銀行假期則有五天，分別是**新年日（New Year's Day）**、**耶穌受難日（Good Friday）**、五月的第一個星期一、八月的第一個星期一和**聖誕節（Christmas Day）**等。銀行假期的放假日有別，正反映出不同地區各異的風土民情。

時至今日，銀行假期已被用來泛指任何銀行、公司行號休息的日子，包括像是**新年（New Year's Day）**、耶誕節、復活節，甚至是**勞動節（Labor Day）**等，都會被冠上銀行假期的稱呼。但是，若能在放假期間，偶爾想想當初銀行假期設立的美意，相信更會使得這些在工作日當中偶爾出現的休假喘息，更加難能可貴。

1 teller [`tɛlɚ] 名 銀行行員

例句 **Tellers must be heedful of every transaction processed.**

中譯 銀行行員必須謹慎留意每一筆經手的交易。

2 a day off work 片 放假一天不用工作

例句 **We will have a day off work tomorrow.**

中譯 我們明天放假一天不用工作。

3 wire [waɪr] 動 電匯

例句 **Mrs. Watson wired her son 1,800 dollars yesterday.**

中譯 華生太太昨天電匯了一千八百美金給她的兒子。

4 make a transfer 片 轉帳

例句 **If you want to make a transfer, please fill out the red slip on the counter.**

中譯 如果您想要轉帳，請填寫櫃台上的紅色紙條。

5 financial [faɪ`nænʃəl] 形 金融的

例句 **All the financial businesses will take a day off on Monday.**

中譯 所有的金融機構週一都休息。

⑥ cash [kæʃ] 動 兌現（支票、貨款等）

例句 Both your ID and your bankbook are required to cash the check.

中譯 欲兌現支票，必須準備好你的身分證件和存簿。

⑦ ATM (automatic teller machine) 縮 自動提款機、自動出納機

例句 I need to go to the ATM to withdraw some cash.

中譯 我需要用自動提款機提領一些現金。

⑧ withdraw [wɪðˋdrɔ] 動 提款

例句 How much do you want to withdraw from the account?

中譯 你想從帳戶內提領多少錢呢？

⑨ electronic account 片 電子帳戶

例句 An electronic account can keep you updated of your every transaction.

中譯 電子帳戶可以讓你即時獲知每一筆交易的訊息。

⑩ interest rate 片 利率

例句 What is the interest rate now?

中譯 現在的利率是多少呢？

⑪ cricket [ˋkrɪkɪt] 名 板球 / 動 打板球

例句 Both John and I enjoy playing cricket on weekends.

中譯 約翰與我都很喜歡在週末打板球。

Useful Expressions MP3 074

1 Most banks are not open on bank holidays.

[most bæŋks ɑr nɑt opən ɑn bæŋk hɑlədez]

大部分的銀行在銀行假期休息。

2 If you would like to withdraw money, please fill out the form.

[ɪf ju wʊd laɪk tu wɪðdrɔ mʌnɪ pliz fɪl aut ðə fɔrm]

如果你想領錢，請填寫表格。

3 It is a bank holiday tomorrow, so no transactions will take place.

[ɪt ɪz ə bæŋk hɑləde tə`mɔro  so no træn`zækʃəns wɪl tek ples]

明天是銀行假期，所有交易將會暫停。

4 People in most trades have a day off on bank holidays.

[pipl̩ ɪn most treds hæv ə de ɔf ɑn bæŋk hɑlədez]

大部分行業的工作者在銀行假期都放假一天。

5 Banks are open on Saturdays, except on bank holidays.

[bæŋks ɑr opən ɑn sætədez ɪk`sɛpt ɑn bæŋk hɑlədez]

銀行會在週六營業，除了銀行假期以外。

6 Bank holidays originated in the United Kingdom.

[bæŋk hɑlədez ə`rɪdʒənetɪd ɪn ðɪ ju`naɪtɪd kɪŋdəm]

銀行假期源自於英國。

7 A bank holiday is a public holiday in the United Kingdom.

[ə bæŋk hɑləde ɪz ə pʌblɪk hɑləde ɪn ðɪ ju`naɪtɪd kɪŋdəm]

銀行假期是英國的國定假日。

8 Nowadays, bank holidays are referred to as public holidays.

[naʊədez bæŋk hɑlədez ɑr rɪ`fɝd tu æz pʌblɪk hɑlədez]

現在，銀行假期被用來指稱大部分的國定假日。

9 There were only four bank holidays in the Bank Holiday Act of 1871.

[ðɛr wɝ onlɪ for bæŋk hɑlədez ɪn ðə bæŋk hɑləde ækt əv etin sɛvəntɪ wʌn]

一八七一年的銀行假期法案裡，只有四個銀行假期。

10 Do you know what the original bank holidays were?

[du ju no hwɑt ðɪ ə`rɪdʒənl̩ bæŋk hɑlədez wɝ]

你知道最初的銀行假期是哪幾天嗎？

Reality conversation practice

實境對話練習

MP3 075

凱倫
Karen

Let's go to the beach tomorrow!

[lɛts go tu ðə bitʃ tə`mɔro]

明天一起去海邊吧！

賴瑞
Larry

Tomorrow? Aren't you going to work?

[tə`mɔro] [ɑrnt ju goɪŋ tu wɝk]

明天？你不用上班嗎？

凱倫
Karen

It's a bank holiday tomorrow.

[ɪts ə bæŋk hɑləde tə`mɔro]

明天是銀行假期。

賴瑞
Larry

Is it? What day is it tomorrow?

[ɪz ɪt] [hwɑt de ɪz ɪt tə`mɔro]

是嗎？明天什麼日子啊？

凱倫
Karen

It's Labor Day. Nobody has to work tomorrow.

[ɪts lebɚ de] [nobɑdɪ hæz tə wɝk tə`mɔro]

明天是勞動節，沒有人需要工作。

Then sure, I love the beach! When are we leaving?

[ðɛn ʃʊr aɪ lʌv ðə bitʃ] [hwɛn ɑr wi livɪŋ]
那當然好囉，我喜歡海邊！我們什麼時候出發呢？

I'll pick you up at around 8 in the morning.

[aɪl pɪk ju ʌp æt ə`raʊnd et ɪn ðə mɔrnɪŋ]
我早上八點左右來接你。

OK. Can we go to the bank before going to the beach?

[o`ke ] [ kæn wi go tu ðə bæŋk bɪ`for goɪŋ tu ðə bitʃ]
好的。去海邊之前，我們可以先去一趟銀行嗎？

As I said, it is a bank holiday. All the banks are closed.

[æz aɪ sɛd ɪt ɪz ə bæŋk hɑləde] [ɔl ðə bæŋks ɑr klozd]
我說過了，明天是銀行假期。所有的銀行都不會開門。

It's OK. I just need to withdraw some money from an ATM.

[ɪts o`ke ] [ aɪ dʒʌst nid tə wɪð`drɔ sʌm mʌnɪ frɑm æn etiɛm]
沒關係。我只是要用自動提款機領點錢。

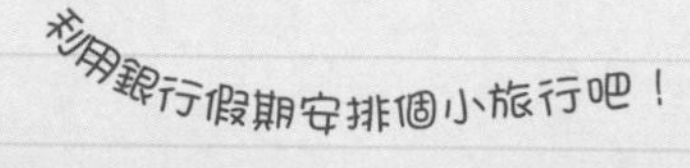

中元節小常識 All about the Chungyuan Festival

中元節（the Chungyuan Festival）是台灣最盛大的傳統宗教節慶之一。每年的農曆七月，整個台灣因為中元節而另類地沸騰起來。這個節日同時帶有佛教與道教色彩，圍繞著中華文化中最重要的主題——**「慎終追遠」（reminiscence of ancestors）**。

農曆七月又被稱作**鬼月（the Ghost Month）**，民間傳說在農曆的七月一號，地獄的大門會敞開，讓所有的**鬼魂（spirits）**重返人間。在鬼月，**陰間（the underworld）**與陽間可以完全性地互通往來，因此許多相關的傳說與**習俗（customs）**也應運而生，像是**不在夜間吹口哨（not whistling at night）**，以免被鬼魂看上帶回陰間；不到海邊或溪邊玩水，以免被**水鬼（kelpy）**抓交替等等。

在種種習俗中，最盛大的莫過於中元節大拜拜，又叫做**中元普渡（the Chungyuan Pudu）**。每年農曆七月十五日的中元節，又被稱作「七月半」，許多寺廟會舉辦盛大的祭祀活動，也就是**普**

渡（Pudu），讓所有未被**後嗣（offspring）**祭拜的鬼魂飽餐一頓。許多家庭也會在這天，於自家門口擺放一整桌的**祭品（offering）**，祭拜自家祖先以及路過的鬼魂，目的除了追思祖先以外，更是祈求全家平安。

在台灣，每年農曆七月與中元節相關的另一項大活動，就是**搶孤（Qianggu Festival）**。搶孤是整個普渡儀式的壓軸重頭戲。每年在普渡儀式的一開始，會高高地豎起**燈籠（lantern）**以召示孤魂野鬼前來享用大餐。當普渡結束後，唯恐有些孤魂野鬼仍不願離開，因此藉由舉辦聲勢浩大的搶孤活動，讓群眾爬上高塔搶燈籠，製造熱鬧的氣氛，來驅散這些不願離去的鬼魂。

每年中元節，都可以看到許多搶購普渡祭品的人潮，婆婆媽媽們也因中元節而忙裡忙外，準備拜拜的祭品及儀式用品。許多大賣場也會把握這樣的機會，舉辦相關商品的折扣活動，讓現在的中元節，除了傳統的「慎終追遠」涵義外，也成了活絡經濟市場的重要活動。而各地寺廟舉辦的普渡儀式，也成為許多外國遊客來台旅遊的必訪景點，為台灣開拓另類的觀光商機。

MP3 076

1 Ghost Month 片 鬼月

例句 The seventh month of the lunar calendar is also Ghost Month.

中譯 農曆七月又叫鬼月。

2 Taoism [ˋdaʊ͵ɪzəm] 名 道教

例句 Taoism is one of the most popular religious beliefs in Taiwan.

中譯 道教是台灣最多信眾的宗教信仰之一。

3 be regarded as 片 被認為是…

例句 The Chungyuan Pudu is regarded as the most important religious event every year in Taiwan.

中譯 中元普渡被認為是台灣每年最重要的宗教盛事。

4 superstition [͵supɚˋstɪʃən] 名 迷信、迷信行為

例句 Some people might believe that the fear of swimming in Ghost Month is nothing but a superstition.

中譯 有些人或許認為害怕在鬼月游泳只不過是迷信罷了。

5 wander [ˋwɑndɚ] 動 徘徊、流浪

例句 It is said that spirits wander the human world and try to take someone back to hell.

中譯 據說鬼魂會在人間徘徊，試著拉個替死鬼回地獄。

⑥ soul [sol] 名 靈魂、鬼魂

例句 Chungyuan Pudu is a rite performed to relieve the suffering and hunger of lost souls.

中譯 中元普渡是為了減輕孤魂的痛苦和飢餓而舉辦的宗教儀式。

⑦ Chungyuan Pudu 片 中元普渡

例句 Mom always prepares a lot of food for Chungyuan Pudu.

中譯 媽媽總是為中元普渡準備很多食物。

⑧ worship [`wɝʃɪp] 動 祭拜

例句 A lot of people worship their ancestors on the Chungyuan Festival.

中譯 許多人在中元節祭拜祖先。

⑨ rite [raɪt] 名 宗教儀式

例句 The Chungyuan Festival is all about rites to honor the dead.

中譯 中元節是關於追思亡者的宗教儀式。

⑩ traditionally [trə`dɪʃənl̩ɪ] 副 傳統上地

例句 Traditionally, each family should prepare a table of offerings for spirits on the Chungyuan Festival.

中譯 傳統上，每個家庭應在中元節為亡魂準備一桌祭品。

萬用表達句 Useful Expressions

MP3 077

1 Mom doesn't allow us to swim in the river, especially in Ghost Month.

[mɑm dʌzn̩t ə`lau ʌs tə `swɪm ɪn ðə rɪvɚ ə`spɛʃəlɪ ɪn gost mʌnθ]

媽媽不准我們到河裡游泳，尤其是在鬼月的時候。

2 There are many taboos during Ghost Month, such as not whistling at night.

[ðɛr ɑr mɛnɪ tə`bus djurɪŋ gost mʌnθ sʌtʃ æz nɑt hwɪsl̩ɪŋ æt naɪt]

鬼月有許多禁忌，例如半夜不能吹口哨。

3 The Chungyuan Festival is one of the most important festivals in Taoist culture.

[ðə `tʃʌŋjuɛn `fɛstəvl̩ ɪz wʌn əv ðə most ɪm`pɔrtn̩t fɛstəvl̩s ɪn dauɪst kʌltʃɚ]

中元節是道教文化裡最重要的節慶之一。

4 It is said that the gates of hell open in the Ghost Month and all the spirits come out.

[ɪt ɪz sɛd ðæt ðə gets əv hɛl opən ɪn ðə gost mʌnθ ænd ɔl ðə spɪrɪts kʌm aut]

據說鬼月時，地獄之門大開，所有亡魂都會來到人間。

5 The temples around Taiwan have worshiping ceremonies in Ghost Month.

[ðə `tɛmpl̩s ə`raund `taɪwɑn hæv wɝʃɪpɪŋ sɛrəmonɪs ɪn gost mʌnθ]

台灣各地的廟宇會在鬼月舉辦祭祀儀式。

6 During Ghost Month, spirits are believed to wander the human world.

[djʊrɪŋ gost mʌnθ spɪrɪts ɑr bə`livd tu wɑndɚ ðə hjumən wɝld]

人們相信亡魂會在鬼月時遊蕩人間。

7 The Chungyuan Festival is also called Hungry Ghost Festival.

[ðə tʃʌŋjuɛn fɛstəvḷ ɪz ɔlso kɔld hʌŋgrɪ gost fɛstəvḷ]

中元節又叫做餓鬼節。

8 Do you know why people celebrate the Chungyuan Festival?

[du ju no hwaɪ pipḷ sɛləbret ðə tʃʌŋjuɛn fɛstəvḷ]

你知道為什麼要慶祝中元節嗎？

9 Both Buddhists and Taoists hold ceremonies, such as one involving Chinese lotus lanterns, to relieve the suffering of ghosts.

[boθ budɪsts ænd daʊɪsts hold sɛrəmonɪs sʌtʃ əz wʌn ɪn`vɑlvɪŋ tʃaɪ`niz lotəs læntɚns tu rɪ`liv ðə sʌfərɪŋ əv gosts]

佛教和道教都會舉辦減輕鬼魂痛苦的儀式，其中之一與蓮花燈有關。

10 The Chungyuan Festival focuses on the reminiscence of ancestors.

[ðə tʃʌŋjuɛn fɛstəvḷ fokəsɪs ɑn ðə rɛmə`nɪsṇs əv ænsɛstɚs]

中元節的重點在於慎終追遠。

Reality conversation practice

實境對話練習

MP3 078

Mom, can I have the chips in the cabinet?

[mɑm kæn aɪ hæv ðə tʃɪps ɪn ðə kæbənɪt]

媽，我可以吃櫃子裡的洋芋片嗎？

I am afraid not. They are for the Chungyuan Festival tomorrow.

[aɪ æm ə`fred nɑt ] [ ðe ɑr fɚ ðə tʃʌŋjuɛn fɛstəvḷ tə`mɔro]

恐怕不行。那是明天中元節要用的。

Do you mean they are offerings, too? You already have a lot.

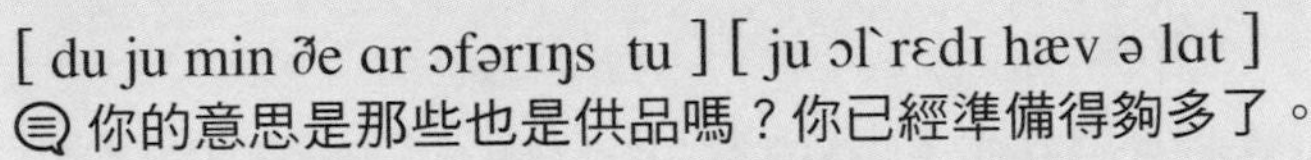

[du ju min ðe ɑr ɔfərɪŋs tu] [ju ɔl`rɛdɪ hæv ə lɑt]

你的意思是那些也是供品嗎？你已經準備得夠多了。

Honey, we should always have enough to fill the table.

[hʌnɪ wi ʃud ɔlwez hæv ə`nʌf tu fɪl ðə tebḷ]

親愛的，我們一定要準備足夠的食物以擺滿桌面。

I don't get it. Why are we doing this?

[aɪ dont gɛt ɪt] [hwaɪ ɑr wi doɪŋ ðɪs]

我不懂。我們為什麼要做這些事呢？

媽
Mom

It's a traditional religious rite to honor our ancestors.

[ɪts ə trə`dɪʃənḷ rɪ`lɪdʒəs raɪt tu ɑnɚ aʊr `ænsɛstɚs]

這是追思祖先的傳統宗教儀式。

傑森
Jason

By putting all the food on the table?

[baɪ pʊtɪŋ ɔl ðə fud ɑn ðə tebḷ]

藉由用食物擺滿桌面嗎？

媽
Mom

It's to worship the spirits by offering them a feast for the year.

[ɪts tu wɝʃɪp ðə spɪrɪts baɪ ɔfərɪŋ ðəm ə fist fɚ ðə jɪr]

它的目的是祭祀亡魂，讓他們享用年度大餐。

傑森
Jason

Does that mean I have to wait until tomorrow to have the chips?

[dʌz ðæt min aɪ hæv tu wet ʌn`tɪl tə`mɔro tə hæv ðə tʃɪps]

所以我得等到明天才能吃洋芋片囉？

媽
Mom

Exactly. You'll have to wait, honey.

[ɪg`zæktlɪ] [jul hæv tu wet hʌnɪ]

沒錯。親愛的，你得等等了。

在海邊戲水時請特別注意安全！

八月度假BEST去處

美國西岸，洛杉磯

Los Angeles, USA

位於美國西岸加利福尼亞州（California）南部的洛杉磯（LA, Los Angeles），為該國僅次於紐約的第二大城，簡稱洛城。曾經是西班牙的領土，常見的暱稱天使之城（City of Angels）即源自西班牙語。在墨西哥脫離西班牙獨立，並於美墨戰爭落敗後，將加州割讓給美國，自一八五〇年至今一直屬於美國。

洛杉磯是全球影音、高等教育、豪奢之流及休閒娛樂的中心之一，全球最大的電影工業基地好萊塢（Hollywood），加州大學洛杉磯分校（UCLA, University of California, Los Angeles），全美最昂貴的住宅社區比佛利山莊（Beverly Hills），普照著加州陽光的聖塔莫妮卡沙灘（Santa Monica Beach），皆坐落於此城市。

八月份前往美國旅遊，可以洛杉磯為基地，前往位於約四小時車程距離的賭城——拉斯維加斯（Las Vegas），享受賭神上身的快感。距離更近的聖地牙哥（San Diego），車程約兩小時，那裡的聖地牙哥動物園（Zoo）、海洋世界（Sea World）都是遊美西不容錯過的景點。若身心開放，聖地牙哥知名的裸體海灘——布列克海灘（Black's Beach），供您體驗置身伊甸園（Garden of Eden）般的解放快感。

九月去度假

September

Holiday around the World

1 勞動假期～辛勤工作就是為了度假 Labor Day

2 九一一紀念日～度假時，歷史教訓不能忘 9/11 Remembrance

3 謝師假期～懷著感念師恩的心去度假 Teacher's Day

4 慕尼黑啤酒節～吃豬腳佐冰啤歡樂德國行 Oktoberfest

九月度假BEST去處～德國，慕尼黑 Munich, German

勞動節小常識 All about Labor Day

在一八八六年五月一日，當時經濟快速起飛的美國，發生了全國性罷工。這起罷工事件由紐約市的工人領袖——**彼得麥吉爾（Peter McGuire）**發起，號召紐約市所有的工會組織，一同在這天舉辦**遊行（parade）**，藉此向資方要求更合理的工作條件，同時也向紐約市民展示工人們團結齊心的力量。

在這一天，總計有超過兩萬名紐約市的工人走上街頭。他們喊著「勞動創造一切」的口號，要求**「八小時工作、八小時休息、八小時娛樂」（8 hours for work, 8 hours for rest, and 8 hours for entertainment）**的合理工時。然而，這樣的要求沒有立即受到政府當局的回應，而是直到西元一九三五年，於羅斯福總統執政期間，才將合理工時列入法律條文。

特別的是，雖然勞動節的發端日在五月一日，國際勞動節也選在這一天慶祝，然而美國推動制定勞動節的單位則認為，在五月一日慶祝勞動節，隱含與共產主義者、工會主義者甚至無政府主義者

同一陣線的聯想。也因此，美國國會在一八九四年，選擇將每年九月的第一個星期一定為美國的勞動節。

一到了九月一日，勞工們都會放假，而這連續著週六、週日、週一共三天的**長週末（long weekend）**，也成為熱門商機。百貨業者會在這幾天舉辦**特賣活動（Sale Day）**，希望能藉此吸引人潮，創造更大的利潤。然而矛盾的是，這樣的特賣活動，往往讓從事服務業的勞工非但無法好好慶祝屬於自己的節日，反而還得超時工作。所幸，體恤勞工的業者會為這天辛苦工作的勞工提供較高的津貼、**加給（bonus）**，讓勞工們能在勞動節領個大紅包。

由於勞動節落在九月初，因此成為美國**夏季結束的象徵（representing the end of summer）**。這個節日同時也成為許多體育賽事新球季的開始，像是**美國橄欖球聯盟（NFL, National Football League）**和**美國大學體育協會（NCAA, National Collegiate Athletic Association）**，都會在勞動節前後舉辦首場比賽。

國際勞動節（International Labor Day）則是在勞動節的發端日五月一號，在包括台灣的世界各地，都會舉辦慶祝活動，許多為勞工權益發聲的活動也會選在這一天進行。可見，雖然慶祝勞動節的日期有別，但慶祝的目的、內容以及象徵意義，則是舉世共通的。

MP3 079

1 demand [dɪ`mænd] 名 / 動 要求

例句 Regretfully, the company rejected the union's demand.

中譯 令人遺憾地，公司拒絕了工會的要求。

2 labor [`lebɚ] 名 勞工

例句 Labor unions protect the welfare of every worker.

中譯 工會保護每位員工的福利。

3 strike [straɪk] 名 罷工

例句 The strike has lasted for more than a week.

中譯 這場罷工已持續超過一週。

4 appeal [ə`pil] 名 / 動 呼籲、請求

例句 The power of holding strikes appeals to unions.

中譯 發動罷工的權力訴諸工會。

5 sit-down [`sɪt͵daʊn] 名 靜坐罷工抗議

例句 The union is having a sit-down starting Friday in opposition to the salary reduction.

中譯 工會從週五開始舉行靜坐罷工，抗議這次的減薪。

6 employer [ɪm`plɔɪɚ] 名 雇主

例句 Employers should treat their workers fairly.

中譯 雇主們應該要公平對待員工。

7 minimum wage 片 最低薪資

例句 Would you accept minimum wage?

中譯 你願意接受最低薪資嗎？

8 welfare [`wɛl͵fɛr] 名 福利、福祉

例句 Employers should always have their employees' welfare as their priority.

中譯 雇主們應當總是將雇員的福祉列為第一優先。

9 out of employment 片 失業

例句 Jack has been out of employment for more than four months.

中譯 傑克已經失業超過四個月了。

10 organize [`ɔrgə͵naɪz] 動 組織

例句 To organize a union is never easy, but it's what it takes to protect laborers.

中譯 組織工會不是件容易的事，然而這是保護勞工的必要之道。

11 reasonable [`riznəbl̩] 形 合理的、正當的

例句 What is a reasonable amount of work hours per week?

中譯 一週的合理工時是幾小時呢？

12 job satisfaction 片 職業成就感、工作滿意度

例句 A nice work environment may increase employee job satisfaction.

中譯 好的工作環境可能增加員工的工作滿意度。

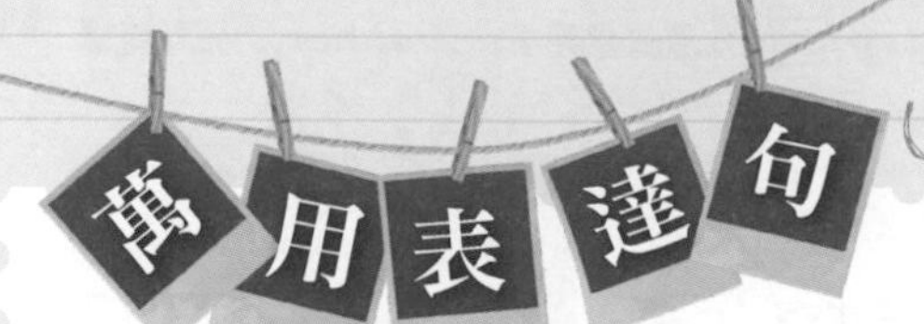

Useful Expressions MP3 080

1 Labor Day falls on September 1 every year in the United States.

[lebɚ de fɔls ɑn sɛp`tɛmbɚ fɝst ɛvrɪ jɪr ɪn ðɪ ju`naɪtɪd stets]

在美國，勞動節是每年的九月一號。

2 Labor Day is a holiday for the workforce.

[lebɚ de ɪz ə hɑləde fɔr ðə wɝkfors]

勞動節是為勞工們設立的節日。

3 Every tradesperson deserves respect.

[ɛvrɪ tredzpɝsn̩ dɪ`zɝvs rɪ`spɛkt]

各行各業的工作者都值得受到尊敬。

4 What do you do for a living?

[hwɑt du `ju du fɚ ə lɪvɪŋ]

你以什麼工作維生呢？

5 According to the law, workers are allowed to organize a union.

[ə`kɔrdɪŋ tu ðə lɔ  wɝkɚs ɑr ə`laud tu ɔrgənaɪz ə junjən]

根據法令，勞工可以組織工會。

6 Kevin decided to run for union leader and spoke up for his co-workers.

[kɛvən dɪ`saɪdɪd tu rʌn fɔr junjən lidɚ ænd spok ʌp fɔr hɪz kowɝkɚs]

凱文決定競選工會領袖，為他的同事們發聲。

7 You can file a complaint against the company with the union's assistance.

[ju kæn faɪl ə kʌm`plent agɛnst ðə kʌmpənɪ wɪð ðə junjəns ə`sɪstəns]

你可以在工會的幫助下，提出對公司的申訴。

8 Labor Day is also the symbolic end of summer to most Americans.

[lebɚ de ɪz ɔlso ðə sɪm`bɑlɪk ɛnd əv sʌmɚ tə most ə`mɛrɪkəns]

對大多數美國人來說，勞動節也象徵著夏天的結束。

9 Labor Day is an official holiday in the U.S., and many people don't have to work on that day.

[lebɚ de ɪz æn ə`fɪʃəl hɑləde ɪn ðə juɛs ænd mɛnɪ pipḷ dont hæv tə wɝk ɑn ðæt de]

勞動節是美國的國定假日，許多人這天不用上班。

10 What can a union do for workers?

[hwɑt kæn ə junjən du fɚ wɝkɚs]

工會可以為勞工們做些什麼呢？

Reality conversation practice

實境對話練習

Have you heard the news?

[hæv ju hɝd ðə njuz]

你聽到消息了嗎？

What news?

[hwɑt njuz]

什麼消息啊？

That they are going to get rid of the year-end bonus.

[ðæt ðe ɑr goɪŋ tə gɛt rɪd əv ðɪ jɪr ɛnd bonʌs]

公司要取消我們的年終分紅的消息。

What? That's impossible! The union won't ever agree to that.

[hwɑt] [ðæts ɪm`pɑsəbḷ ] [ ðə `junjən wont ɛvɚ ə`gri tə ðæt]

什麼？不可能！工會不會同意的。

The union?

[ðə `junjən]

工會嗎？

That's right. It requires the union's approval to put that into practice.

[ðæts raɪt] [ɪt rɪ`kwaɪrs ðə junjəns ə`pruvḷ tu put `ðæt ɪntə præktɪs]

沒錯。必須有工會的同意才能實施。

Luckily, we still have the union fighting for our rights.

[lʌkɪlɪ wi stɪl hæv ðə junjən faɪtɪŋ fɚ aur raɪts]

幸好我們還有工會為我們的權益奮戰。

Exactly.

[ɪg`zæktlɪ]

沒錯。

Workers surely deserve respect and better treatment.

[wɝkɚs ʃurlɪ dɪ`zɝv rɪ`spɛkt ænd bɛtɚ tritmənt]

勞工們當然值得受到尊重，以及更好的對待。

I couldn't agree more.

[aɪ kudṇt ə`gri mor]

我非常同意你。

你也正為了度假而努力工作嗎？

911紀念日小常識 All about 9/11 Remembrance

西元二〇〇一年九月十一日，在美國**紐約市（New York City）**以及**華盛頓特區（Washington, D.C.）**，發生了數起**恐怖攻擊（terror attack）**，災情慘重，死傷人數超過千人，這一天是**全美人民的惡夢（a nightmare for the country）**，一直到了十多年後的今天，仍舊讓人們悲痛不已。

九一一當天，十九名**蓋達組織（al-Qaeda）**的恐怖份子**劫持（hijack）**了四架飛機，並讓其中的美航十一號以及聯合航空一七五號班機，分別撞向**世貿雙子星大樓（World Trade Center）**的北塔與南塔，造成這兩座大樓在**兩小時內倒塌（collapsed within two hours）**。另外兩架飛機，美航七十七號班機撞上**五角大廈（the Pentagon）**，而聯航九十三號班機則墜毀在賓州。

事件發生後，舉世嘩然，輿論懷疑這起事件是由蓋達組織領袖——**奧薩瑪賓拉登（Osama bin Laden）**所策劃，但是賓拉登並

沒有承認，並進一步指控美國干涉中東世界的政治活動。美國因此發動**反恐戰爭（War on Terror）**，派遣軍隊前往**阿富汗（Afghanistan）**攻打窩藏蓋達組織的**塔利班（Taliban）**政權。在長達近十年的攻擊和搜索中，發現許多**化學性武器（chemical weapon）**，並終於在二〇一一年的五月擒殺賓拉登。

因為九一一恐怖攻擊，許多美國人民失去了他們**最摯愛的家人（the loved ones）**，包括在劫機事件中不幸罹難的**旅客（passengers）**、世貿大樓內的民眾、以及無數協助救難的**消防隊員（firefighters）**、**警方人員（the police）**等。這一天成為美國人民心中無法磨滅的傷痛，也導致世界各國制定並執行更嚴謹的反恐維安政策。

在華盛頓特區的**九一一紀念館（9/11 Memorial Hall）**內，有關於這起事件的詳細介紹，以及供眾人追思的罹難者**特區（section）**。全美各地更有許多紀念罹難者、緬懷九一一事件的**紀念碑（monument）**。每年的九月十一日，人們會以送**花圈（wreath）**、點**蠟燭（candle）**等方式，追思不幸往生的親屬，並讓這樣的精神永遠流傳下去，成為全美人民，甚至是全人類的**歷史教訓（a lesson to be learnt）**。

MP3 082

1 attack [əˋtæk] 名 / 動 攻擊

例句 The terror attack on September 11, 2001, tore a lot of families apart.

中譯 二○○一年九月十一日的恐怖攻擊拆散了許多家庭。

2 airplane crash 片 飛機失事（墜機）

例句 It was reported that 212 people died in the airplane crash.

中譯 據報導，這起墜機事件造成兩百一十二人喪生。

3 devastating [ˋdɛvəs͵tetɪŋ] 形 具毀滅性的

例句 9/11 was a devastating disaster that broke every American's heart.

中譯 九一一是場毀滅性的災難，也使每個美國人心碎。

4 terrorist [ˋtɛrərɪst] 名 恐怖分子

例句 If you consider anyone a possible terrorist, please report him to the police.

中譯 如果你懷疑有人是恐怖分子，請立刻向警方通報。

5 hijack [ˋhaɪ͵dʒæk] 動 劫機

例句 Luckily, the two men were caught before they hijacked the plane.

中譯 幸好，那兩名男子在劫機前就被逮捕了。

⑥ casualty [`kæʒjʊəltɪ] 名 傷亡人員

例句 **What was the number of casualties from the typhoon?**

中譯 這次的颱風有多少傷亡人數呢？

⑦ collapse [kə`læps] 動 倒塌

例句 **The building collapsed in just five minutes.**

中譯 那棟大樓在五分鐘內就倒塌了。

⑧ attempt to 片 企圖去…

例句 **Kevin attempted to ask the blonde girl out by buying her a drink.**

中譯 凱文請那個金髮女生喝酒，企圖約她出去。

⑨ mourn [morn] 動 哀悼、悼念

例句 **People mourn those sacrificed in the 9/11 terrorist attacks on the anniversary of the 9/11 attacks.**

中譯 人們在九一一紀念日當天，悼念在九一一恐怖攻擊中犧牲的人們。

⑩ memorial hall 片 紀念堂、紀念館

例句 **Thousands of people gathered in front of the memorial hall on 9/11 Remembrance night.**

中譯 九一一紀念日當晚，數以千計的人們聚集在紀念館前。

⑪ nightmare [`naɪt͵mɛr] 名 惡夢、夢魘

例句 **The terror attack was a nightmare for the country.**

中譯 對這個國家而言，恐怖攻擊是個夢魘。

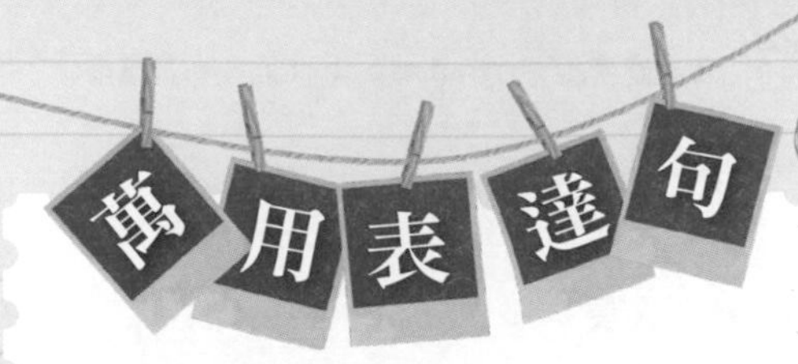

Useful Expressions MP3 083

1 On September 11, 2001, a series of suicide attacks were committed in the U.S.

[ɑn sɛp`tɛmbɚ ɪ`lɛvn̩θ tu θaʊzn̩d wʌn ə siriz əv suəsaɪd ə`tæks wɝ kʌ`mɪtɪd ɪn ðə juɛs]

二〇〇一年九月十一日，美國發生一連串恐怖攻擊事件。

2 Thousands of people died in the attacks.

[θaʊzn̩ds əv pipl̩ daɪd ɪn ðɪ ə`tæks]

數以千計的人死於攻擊事件中。

3 Mrs. Watson lost her son and grandson in the 9/11 terrorist attacks.

[mɪsɪz wɑtsən lɔst hɝ sʌn ænd grændsʌn ɪn ðə naɪn ɪ`lɛvn̩ tɛrərɪst ə`tæks]

華生太太在九一一恐怖攻擊中，失去了她的兒子和孫子。

4 Remembrance and honor will be given to everyone killed in the terrorist attacks.

[rɪ`mɛmbrəns ænd ɑnɚ wɪl bi gɪvən tə ɛvrɪwʌn kɪld ɪn ðə tɛrərɪst ə`tæks]

在恐怖攻擊裡喪生的每個人，都會被追思和懷念。

5 There is a special section in the memorial hall for loved ones killed in the attack.

[ðɛr ɪz ə `spɛʃəl `sɛkʃən ɪn ðə mə`morɪəl hɔl fɚ lʌvd wʌns kɪld ɪn ðɪ ə`tæk]

紀念館內有為攻擊罹難者家屬設立的專區。

6 Rain or shine, the 9/11 memorial service will take place as scheduled.

[ren ɔr ʃaɪn ðə naɪn ɪ`lɛvn̩ mə`morɪəl sɝvɪs wɪl tek ples əz skɛdʒuld]

無論晴雨，九一一紀念儀式都會如期舉行。

7 The day when terrorists flew a plane into the Pentagon will never be erased from people's memory.

[ðə de hwɛn tɛrərɪsts flu ə plen ɪntu ðə `pɛntəgɑn wɪl nɛvɚ bi ɪ`rezd frɑm pipl̩s mɛmərɪ]

恐怖分子駕飛機撞上五角大廈的那一天，人們永遠不會忘記。

8 Thousands of innocent citizens lost their lives in the terrorist attacks.

[θauzn̩ds əv ɪnəsn̩t sɪtəzn̩s lɔst ðɛr laɪvz ɪn ðə tɛrərɪst ə`tæks]

數以千計的無辜市民在恐怖攻擊中喪生。

9 For millions of Americans, 9/11 is a day they can never forget.

[fɚ mɪljənz əv ə`mɛrɪkəns naɪn ɪ`lɛvn̩ ɪz ə de ðe kæn nɛvɚ fɚ`gɛt]

對數百萬的美國人民來說，九一一是他們永遠無法忘記的一天。

10 Flowers are left in front of the monuments of those who died in the 9/11 terrorist attacks.

[flauɚz ɑr lɛft ɪn frʌnt əv ðə mɑnjəmənts əv ðoz hu daɪd ɪn ðə naɪn ɪ`lɛvn̩ tɛrərɪst ə`tæks]

鮮花被擺放在九一一恐怖攻擊罹難者的紀念碑前。

Reality conversation practice

MP3 084

亞倫 Allen

Do you see the wreaths in the park? What are they for?

[du ju si ðə riθz ɪn ðə park] [hwɑt ɑr ðe ˋfɔr]

你有看到公園裡的花圈嗎？那些是要做什麼的呢？

佩姬 Peggy

The 9/11 Remembrance is tomorrow, and it's part of the memorial service.

[ðə naɪn ɪˋlɛvn̩ rɪˋmɛmbrəns ɪz təˋmɔro ænd ɪts pɑrt əv ðə məˋmorɪəl sɝvɪs]

明天就是九一一紀念日了，那是紀念儀式的一部分。

亞倫 Allen

What else will people do on 9/11 Remembrance Day?

[hwɑt ɛls wɪl pipl̩ du ɑn naɪn ɪˋlɛvn̩ rɪˋmɛmbrəns de]

人們在九一一紀念日那天還會做什麼呢？

佩姬 Peggy

The mayor will also host a mourning service in the evening.

[ðə meɚ wɪl ɔlso host ə mornɪŋ sɝvɪs ɪn ðɪ ˋivn̩ɪŋ]

到了晚上，市長會主持紀念儀式。

亞倫 Allen

A mourning service?

[ə mornɪŋ sɝvɪs]

紀念儀式？

佩姬
Peggy

The mayor will give a speech. People will light candles to grieve those who were lost.

[ðə meɚ wɪl gɪv ə spitʃ] [pipḷ wɪl laɪt kændḷs tə griv ðoz hu wɝ lɔst]

市長會發表演講。人們會點蠟燭悼念罹難者。

亞倫
Allen

In this way, we can keep them in our hearts forever and ever.

[ɪn ðɪs we wi kæn kip ðəm ɪn aʊr hɑrts fɚ`ɛvɚ ænd `ɛvɚ]

這樣一來，我們就能永遠記住他們了。

佩姬
Peggy

You're right. They are the heroes of the country.

[juɚ raɪt] [ðe ɑr ðə hɪros əv ðə kʌntrɪ]

你說的沒錯。他們是這個國家的英雄。

亞倫
Allen

May they rest in peace. Let's join the mourning service.

[me ðe rɛst ɪn pis] [lɛts dʒɔɪn ðə mornɪŋ sɝvɪs]

願他們安息。一起去參加紀念儀式吧。

佩姬
Peggy

Of course.

[ɑv kors]

當然好囉。

祈願世界和平，再也沒有戰爭。

教師節小常識 All about Teacher's Day

一位好老師在一個人生命中所佔有的重大地位是不容忽視的，也因此，除了由**聯合國教科文組織（UNESCO, United Nations Educational, Scientific and Cultural Organization）**訂定的**世界教師節（World Teacher's Day）**於十月五日慶祝外，世界各國會在不同的日子慶祝教師節。一般說來，每個國家都會慶祝**教師們意義重大的特別地位（special status of teachers）**。

在不同的國家，因應不同的文化背景，教師節的日子各不相同。舉例來說，在美國，**教師節（National Teacher's Day）**是在五月的第一個週二，而當週又被稱作**「謝師週」（Teacher Appreciation Week）**。在中國大陸，教師節則是在九月十日。而在台灣，為了紀念在中華文化裡舉足輕重的**至聖先師孔子（The greatest teacher, Confucius）**，教師節則定在孔子的生日，也就是九月二十八日。

每年的教師節，會在孔廟舉行**祭孔大典（Grand Ceremony**

Dedicated to Confucius）。典禮從早上六點開始擊鼓，由孔子的**後裔**（**descendant**）帶領身著長袍的**樂手**（**musician**）及**舞者**（**dancer**）進行儀式，紀念這位**「有教無類」**（**Instruct all and reject none.**）、**「因材施教」**（**Teach students based on their aptitude.**）的偉大**哲學家**（**philosopher**）及教師。

每年到了這天，為了感念老師的付出，**向老師致敬、感恩老師們的貢獻**（**for honoring teachers and recognizing their contribution**），學生們會送鮮花、卡片或禮物給老師們。然而，最受這些辛苦付出的老師們歡迎的禮物，莫過於一張充滿心意的**手作卡片**（**home-made cards**）。其實，在這些無私奉獻的老師們心目中，再昂貴的禮物都比不上一句表達感恩的**「謝謝老師」**（**Thank you, my dear teacher.**）。

所以，不妨試著在教師節這天，親手為辛苦陪伴我們成長、教導我們的老師做張小卡片，或是唱首歌，感謝他們對我們無私的付出與奉獻。

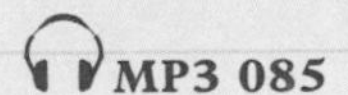

1 across the world 片 全世界

例句 Teacher's Day is celebrated across the world.

中譯 全世界都慶祝著教師節。

2 hardworking [ˋhɑrd,wɝkɪŋ] 形 努力認真的

例句 Mr. Liu is such a hardworking teacher that many students love him.

中譯 劉先生是位很認真的老師，所以許多學生都敬愛他。

3 pay respect to 片 對…表示尊敬

例句 Sending cards is a great way to pay respect to your wonderful teachers.

中譯 送卡片是向敬愛的老師致敬的好方法。

4 knowledge [ˋnɑlɪdʒ] 名 知識

例句 Teachers always do their best to instill knowledge in their students.

中譯 老師總是盡全力向學生傳授知識。

5 elementary school 片 國小、小學

例句 There are only five teachers in this elementary school.

中譯 這間小學裡只有五位教師。

❻ thankful [`θæŋkfəl] 形 感謝的、感恩的

例句 **Jenny gave a card to Ms. Lin on Teacher's Day to show how thankful she is for her excellent teaching.**

中譯 珍妮在教師節送了張卡片給林老師，以對她出色的教學表達感謝。

❼ best [bɛst] 形 最好的、最棒的

例句 **To me, Mr. Schwimmer is the best teacher in the entire school.**

中譯 我認為舒威莫先生是全校最棒的老師。

❽ make sb proud 片 使某人感到驕傲

例句 **I will work very hard to make my teacher proud of me.**

中譯 我會很努力，才能讓老師以我為榮。

❾ enlighten [ɪn`laɪtn̩] 動 啟發

例句 **A good teacher always does his or her best to enlighten the students.**

中譯 一位好老師總是盡力啟發學生。

❿ gratefully [`gretfəlɪ] 副 感恩地、感激地

例句 **The class bowed to Ms. Chen gratefully for her teaching on Teacher's Day.**

中譯 教師節當天，全班感恩地向陳老師敬禮，感謝她的教誨。

Useful Expressions MP3 086

❶ Many students send their teachers cards and flowers on Teacher's Day.

[mɛnɪ `stjudn̩ts sɛnd ðɛr titʃɚs kɑrds ænd flaʊɚs ɑn titʃɚs de]

許多學生會在教師節送卡片和花給老師。

❷ It is a day in appreciation of teachers' love and devotion to the education system.

[ɪt ɪz ə de ɪn əˌpriʃɪ`eʃən əv titʃəs lʌv ænd dɪ`voʃən tə ðɪ ɛdʒʊ`keʃən sɪstəm]

這是感謝教師對教育體系的愛與奉獻的一天。

❸ What are you going to send Ms. Chen on Teacher's Day?

[hwɑt ɑr ju goɪŋ tə sɛnd mɪz tʃən ɑn titʃɚs de]

你要送陳老師什麼樣的教師節禮物呢？

❹ The importance of teachers in our lives cannot be denied.

[ðɪ ɪm`pɔrtn̩s əv titʃɚs ɪn aʊr laɪvz kænɑt bi dɪ`naɪd]

教師在我們生命中的重要性是不可否認的。

❺ Teacher's Day is celebrated on different dates across the world.

[titʃɚs de ɪz sɛləbretɪd ɑn dɪfərənt dets ə`krɔs ðə wɝld]

世界各地在不同的日期慶祝教師節。

6 In Taiwan, Teacher's Day is celebrated on Confucius's birthday.

[ɪn taɪwɑn titʃɚs de ɪz sɛləbretɪd ɑn kən`fjuʃəsɪs bɝθde]

在台灣，教師節是在孔夫子生日當天慶祝。

7 World Teachers' Day is held annually on October 5 to celebrate the essential role of teachers.

[wɝld titʃɚs de ɪz hɛld `ænjʊəlɪ ɑn ɑktobɚ fɪfθ tə sɛləbret ðɪ ɪ`sɛnʃəl rol əv titʃɚs]

為了紀念教師的崇高角色，世界教師節定在每年的十月五日。

8 The class sang Ms. Chen a song on Teacher's Day, which moved her to tears.

[ðə klæs sæŋ mɪz tʃən ə sɔŋ ɑn titʃɚs de hwɪtʃ muvd hɝ tu tɪrs]

班上同學在教師節唱歌給陳老師聽，讓她感動落淚。

9 To me, Mr. Watson is the best teacher, who guided me whenever I was lost.

[tu mi mɪstɚ wɑtsən ɪz ðə bɛst titʃɚ hu gaɪdɪd mi hwɛnɛvɚ aɪ wɑz lɔst]

對我來說，華生先生是最棒的老師，他總在我迷失時給予指引。

10 There will be a great celebration in the Confucius Temple on Teacher's Day.

[ðɛr wɪl bi ə gret sɛləbreʃən ɪn ðə kən`fjuʃəs tɛmpḷ ɑn titʃɚs de]

教師節當天，在孔廟會有盛大的慶祝典禮。

Reality conversation practice

實境對話練習

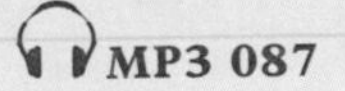

Let's go to the bookstore after school today!

[lɛts go tə ðə bukstor æftɚ skul təde]

今天放學後一起去書局吧！

Sure. Do you want to get anything?

[ʃur] [du ju want tə gɛt ɛnɪθɪŋ]

好啊。你想買東西嗎？

I want to get a card for Ms. Chen.

[aɪ want tə gɛt ə kard fɚ mɪz tʃən]

我想買張卡片送給陳老師。

Is her birthday coming?

[ɪz hɝ bɝθde kʌmɪŋ]

她的生日要到了嗎？

No, it's Teacher's day next Monday. Don't you know that?

[no ɪts titʃɚs de nɛkst mʌnde] [dont ju no ðæt]

不是的，下週一是教師節。你不知道嗎？

I thought it's in May.

[aɪ θɔt ɪts ɪn me]

我以為那在五月。

安祖
Andrew

雪莉
Shelly

It is in the United States, but it's September 28 here in Taiwan.

[ɪt ɪz ɪn ðə ju`naɪtɪd stets bʌt ɪts sɛp`tɛmbɚ twɛntɪ etθ hɪr ɪn taɪwɑn]

在美國是的，但在台灣是九月二十八日。

Wow, another cultural difference.

[waʊ ə`nʌðɚ kʌltʃərəl `dɪfərəns]

哇，又是一項文化差異。

安祖
Andrew

雪莉
Shelly

Exactly. It's in memory of Confucius, the greatest teacher.

[ɪg`zæktlɪ ] [ ɪts ɪn `mɛmərɪ əv kən`fjuʃəs ðə gretɪst titʃɚ]

沒錯。這是為了紀念至聖先師孔子。

Thank you for reminding me. Let's go get Ms. Chen a great card together!

[θæŋk ju fɚ rɪ`maɪndɪŋ mi ] [ lɛts go gɛt mɪz tʃən ə gret kɑrd tə`gɛðɚ]

謝謝你提醒我。我們一起去幫陳老師買張好卡片吧！

安祖
Andrew

別忘了向老師說聲教師節快樂！

慕尼黑啤酒節小常識 All about Oktoberfest

德國人愛喝**啤酒（beer）**，也出產多款全球知名的啤酒。到德國旅遊，時常可見喝著啤酒談笑的人們。尤其是到了**用餐時間（meal time）**，幾乎人手一杯當成伴餐飲料。愛喝啤酒的人都知道，德國是全球最具代表性的啤酒國之一，而許多啤酒愛好者更是希望一生能至少逛上一回**慕尼黑啤酒節（Oktoberfest）**。

每年的九月底，會有大批來自世界各地的觀光客湧入德國，為的就是能夠參加這場以品嚐德國知名啤酒、享受無限暢飲啤酒為特色的著名活動。慕尼黑啤酒節的德文原名為**「十月節」（Oktoberfest）**，是一個起源於一八一〇年，在每年九月底、**十月（October）**初舉辦的活動。這場活動為期兩週，可以說是慕尼黑**一年中的最大盛事（the greatest event of the year）**。

慕尼黑（Munich）位於德國的**巴伐利亞州（Bavaria）**，因此慕尼黑啤酒節充滿著巴伐利亞民族的特殊色彩。啤酒節舉辦在一個叫做**「泰瑞莎草坪」（Theresienwiese）**的地方，當地人又稱

慕尼黑啤酒節為「**Wiesn**」，也就是巴伐利亞方言中的「牧草地」。而巴伐利亞的特色點心**脆餅（Brezels）**、**香腸（sausage）**、**烤牛尾（ox tail）**等，也是除了啤酒外，非常值得一嚐的當地美食。

在慕尼黑啤酒節的第一天，會舉辦盛大的**開幕式（open ceremony）**跟**遊行活動（parade）**。開幕式於正午由慕尼黑市長主持，伴隨著十二響禮炮跟音樂聲，市長會將象徵啤酒節的啤酒木桶敲開，並斟滿特製的大啤酒杯，喝下屬於慕尼黑啤酒節的第一杯啤酒，代表活動正式開始。到了活動期間的第一個週日，會舉辦穿越全市的盛大遊行。許多民眾會穿上巴伐利亞**傳統服飾（traditional costume）**演奏音樂，可說是慕尼黑啤酒節中，一項不可不看的吸睛重點。

每年在全球各地都有不同的啤酒節，慕尼黑啤酒節只是其中之一。其它如英國**倫敦（London）**啤酒節和美國**丹佛（Denver）**啤酒節，與慕尼黑啤酒節並稱世界最知名的三大啤酒節。然而，由於慕尼黑啤酒節的歷史最悠久，且近年來逐漸將巴伐利亞在地特色融入活動中，至今仍為最受遊客歡迎的啤酒節慶。

1 Oktoberfest [ɑk`tobɚ,fɛst] 名 慕尼黑啤酒節（十月節）

例句 When is the 2013 Oktoberfest?

中譯 二〇一三年的慕尼黑啤酒節在什麼時候呢？

2 tent [tɛnt] 名 帳篷

例句 There are tents where you can enjoy pints of beer.

中譯 在帳篷裡，你可以盡情享用一杯杯的啤酒。

3 entry [`ɛntrɪ] 名 入口

例句 Excuse me. Where is the entry to the tent?

中譯 不好意思。帳篷的入口在哪裡呢？

4 local [`lokl̩] 名 當地人

例句 It is a great restaurant that only locals know about.

中譯 這是一間只有當地人知道的好餐廳。

5 in terms of 片 就…方面而論

例句 Munich is one of the biggest cities in the world in terms of economy.

中譯 就經濟方面而論，慕尼黑是全球最大的城市之一。

6 pour in 片 注入、湧入

例句 The waiter poured refreshing beer in everyone's glass.

中譯 服務生把沁涼的啤酒注入每個人的酒杯中。

⑦ liter [`litɚ] 名 公升

例句 Do you know how many liters of beer were consumed last year in the U.S.?

中譯 你知道去年美國總共消耗多少公升的啤酒嗎？

⑧ quench the thirst 片 解渴

例句 There is nothing better than a glass of beer to quench the thirst.

中譯 沒有比啤酒更能解渴的飲料了。

⑨ start with 片 以…開始

例句 Johnson likes to start his meal with a glass of ice-cold beer.

中譯 強生喜歡在用餐前喝一杯冰啤酒。

⑩ paradise [`pærə͵daɪs] 名 天堂

例句 Oktoberfest is undoubtedly a paradise for every beer-lover.

中譯 慕尼黑啤酒節無疑是每位啤酒愛好者的天堂。

⑪ pint [paɪnt] 名 品脫、一品脫的量

例句 Let's order two pints of beer first.

中譯 咱們先來點兩品脫啤酒。

⑫ lager [`lɑgɚ] 名 貯藏啤酒（一種淡啤酒）

例句 I quite enjoy a pint of lager after dinner.

中譯 我相當喜愛在晚餐後來杯貯藏啤酒。

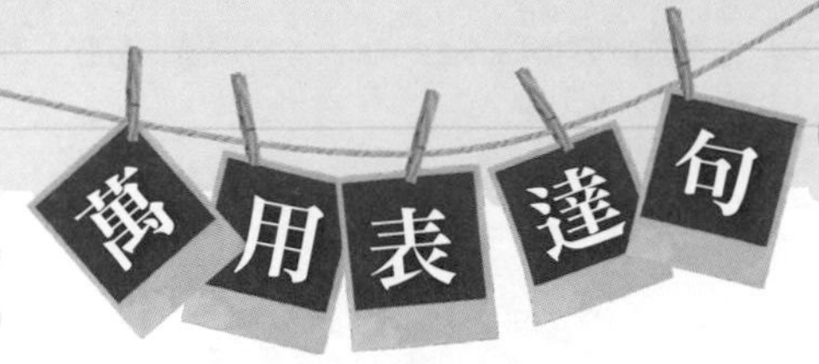

Useful Expressions

MP3 089

1 People in traditional costumes crowd all of Munich during Oktoberfest.

[pipḷ ɪn trə`dɪʃənḷ kastjums kraud ɔl əv `mjunɪk djurɪŋ ɑk`tobəfɛst]

十月節期間，慕尼黑擠滿身穿傳統服飾的人們。

2 In the 2012 Munich Oktoberfest, 6.9 million liters of beer were consumed.

[ɪn ðə tu θauzṇd twɛlv mjunɪk ɑk`tobəfɛst sɪks pɔɪt naɪn mɪljən litəs əv bɪr wɝ kən`sjumd]

二〇一二年的慕尼黑啤酒節，總計消耗了六百九十萬公升的啤酒。

3 Oktoberfest participants usually dress in traditional Bavarian costumes.

[ɑk`tobəfɛst pɑr`tɪsəpənts juʒuəlɪ drɛs ɪn trə`dɪʃənḷ bə`vɛrɪən kastjums]

參加慕尼黑啤酒節的民眾通常會穿上巴伐利亞傳統服飾。

4 "Wiesn," meaning "meadow" in a German dialect, is another name for Oktoberfest.

[vaɪsṇ minɪŋ mɛdo ɪn ə dʒɝmən daɪəlɛkt ɪz ə`nʌðə nem fə ɑk`tobəfɛst]

Wiesn是德國方言中的「牧草地」，也是慕尼黑啤酒節的別名。

5 Oktoberfest usually takes place in late September, usually for two weeks.

[ɑk`tobəfɛst juʒuəlɪ teks ples ɪn let sɛp`tɛmbə juʒuəlɪ fə tu wiks]

慕尼黑啤酒節舉行於九月底，通常為期兩週。

6 Visitors can enter into the tents and enjoy liters of beer for free during Oktoberfest.

[vɪzɪtɚs kæn ɛntɚ ɪntu ðə tɛnts ænd ɪn`dʒɔɪ litɚz əv bɪr fɚ fri djurɪŋ ɑk`tobɚfɛst]

慕尼黑啤酒節期間，遊客可以進入帳篷裡，享用免費的啤酒。

7 In addition to beer, you can't miss all kinds of German specialties, including Brezels.

[ɪn ə`dɪʃən tə bɪr ju kænt mɪs ɔl kaɪnds əv dʒɝmən `spɛʃəltɪs ɪn`kludɪŋ brɛtsəls]

除了啤酒外，千萬別錯過如脆餅等德國特色小吃。

8 The food stalls along the sides give Oktoberfest a giant amusement park feeling.

[ðə fud stɔls ə`lɔŋ ðə saɪds gɪv ɑk`tobɚfɛst ə dʒaɪənt ə`mjuzmənt pɑrk filɪŋ]

沿街的小吃攤讓慕尼黑啤酒節儼然成為一座大型的遊樂場。

9 Oktoberfest is not only for beer lovers but children.

[ɑk`tobɚfɛst ɪz nɑt onlɪ fɚ bɪr lʌvɚs bʌt tʃɪldrən]

慕尼黑啤酒節受到貪杯者和小孩們的喜愛。

10 Oktoberfest is a chance to live your dream of tasting the world's best beer.

[ɑk`tobɚfɛst ɪz ə tʃæns tə lɪv juɚ drim əv testɪŋ ðə wɝlds bɛst bɪr]

慕尼黑啤酒節是讓你實現夢想，品嚐世上最棒啤酒的機會。

Reality conversation practice

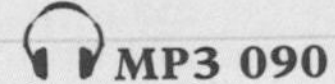

實境對話練習

米蘭達 Miranda

You looked totally drunk in this picture.

[ju lukt totḷɪ drʌŋk ɪn ðɪs pɪkʃɚ]

照片裡的你看起來爛醉如泥。

Oh, it was taken in the Munich Oktoberfest last year.

[o ɪt wɑz tekən ɪn ðə mjunɪk ɑk`tobɚfɛst læst jɪr]

噢，那是去年在慕尼黑啤酒節拍的照片。

傑夫 Jeff

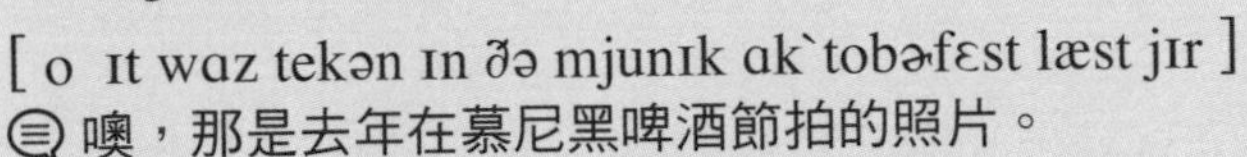

米蘭達 Miranda

Munich Oktoberfest? Is that the beer festival in Germany?

[mjunɪk ɑk`tobɚfɛst] [ɪz ðæt ðə bɪr fɛstəvḷ ɪn dʒɝmənɪ]

慕尼黑啤酒節？是那個德國的啤酒節慶嗎？

Yes, it is, and it's one of the best festivals I've ever been to.

[jɛs ɪt ɪz ænd ɪts wʌn əv ðə bɛst fɛstəvḷs aɪv ɛvɚ bɪn tu]

是的，那也是我去過最棒的節慶。

傑夫 Jeff

米蘭達 Miranda

What is so fun about it?

[hwɑt ɪz so fʌn ə`baut ɪt]

究竟有什麼好玩的呢？

Like many other festivals, it has festive music and parades. Also, beer!

[laɪk mɛnɪ ʌðɚ fɛstəvl̩s ɪt hæz fɛstɪv mjuzɪk ænd pə`reds]
[ɔlso bɪr]

就像許多其他的節慶一樣，它充滿歡鬧的音樂跟遊行。而且，還有啤酒！

What is the big tent in the picture for?

[hwɑt ɪz ðə bɪg tɛnt ɪn ðə pɪktʃɚ fɔr]

照片裡的大帳篷是做什麼用的呢？

Oh, that is the place you can get tons of beer!

[o ðæt ɪz ðə ples ju kən gɛt tʌnz əv bɪr]

噢，你可以在那個裡面暢飲啤酒。

Cool! How much beer did you have on that day?

[kul] [haʊ mʌtʃ bɪr dɪd ju hæv ɑn ðæt de]

酷耶！你那天喝了多少啤酒啊？

Honestly, I was so drunk, I can't even remember.

[ɑnɪstlɪ aɪ wɑz so drʌŋk aɪ kænt ivən rɪ`mɛmbɚ]

說實話，我醉到完全記不得了。

度假時小酌即可，切莫貪杯噢！

九月度假BEST去處

德國，慕尼黑

Munich, German

德意志聯邦共和國（Federal Republic of Germany）簡稱德國，位於歐洲中部，以德意志民族為主要構成人口。這個注重規則與紀律的國家，發展出賓士（Benz）、寶馬（BMW）、蔡斯（Zeiss）等高品質品牌，在二十世紀初期先後掀起了兩次世界大戰；雖兩戰皆敗，但仍憑著堅強的意志，在短期內迅速復興，重新站穩世界主要大國的地位。

德國的首都柏林（Berlin）位於國土東北方，曾阻隔東德人民投奔自由的柏林圍牆（Berlin Wall）現已成知名觀光景點。另外，若於九月底、十月初來到德國，幕尼黑啤酒節（Munich Beer Festival）非去不可。慕尼黑為僅次於柏林與漢堡（Hanburg）的德國第三大城，為巴伐利亞州的首府。多瑙河（Danube）的支流從城中穿越，氣候屬溫帶大陸性濕潤型。

另外，與慕尼黑同樣位於巴伐利亞省的新天鵝堡（Schloss Neuschwanstein），外觀宛如童話故事中，公主與王子共渡幸福歲月的愛之堡。許多遊樂區，包括美國加州和日本東京的迪士尼（Disneyland）內的城堡，皆以新天鵝堡以及其他德國城堡做為設計發想。

Chapter 10

十月去度假

October

Holiday around the World

1. 中秋假期～闔家慶團圓，賞月度假去 Mid-Autumn Festival
2. 哥倫布節～在新大陸開啟度假模式 Columbus Day
3. 萬聖假期～與西洋「鬼」子齊狂歡 Halloween

十月度假BEST去處～義大利，羅馬 Rome, Italy

中秋節小常識 All about Mid-Autumn Festival

中秋節（Mid-Autumn Festival），節如其名，時間為每年的**農曆八月十五日（August 15 on lunar calendar）**。依照傳統曆法，八月為秋天的第二個月；古時候稱為「仲秋」，民間一般又稱作「中秋」，也就是中秋節名稱的由來。另外，由於這天是**滿月（full moon）**，因此又有「月夕」、**「月節」（Moon Festival）**等美麗的別名。

滿月被華人認為象徵著圓滿、**團圓（reunion）**，因此在中秋節這天，家人們會齊聚一堂，慶祝闔家團圓，也算是中華文化裡，重要性可比新年的節日。這天會吃**月餅（moon cake）**，而賞月更是不可少，在中華文化裡，許多詩人都曾以中秋賞月為主題，作出許多優美的詞句，例如蘇軾的「水調歌頭」，就是十分著名的月亮詩詞。

中秋節的歷史悠久，然而直到**唐朝（Tang Dynasty）**才開始變成盛行的節日。傳說唐玄宗在中秋節這天夜晚，曾經夢遊月亮上

的廣寒宮，並於夢醒後，自己譜曲、編舞完成著名的「霓裳羽衣曲」。另外與中秋節相關的民間傳説還有**「嫦娥奔月」（Chang-Er flying to the moon）**、**「吳剛伐桂」（Wu Gang chopping the tree）**、**「玉兔搗藥」（Jade Rabbit pounding the herbs）**等。其中，嫦娥奔月敘述后羿的妃子嫦娥，在誤食長生不老藥後，變成仙女飛到月亮上的廣寒宮。吳剛伐桂則敘述天性懶散又沒耐心的吳剛，受罰在月亮上砍桂樹；只有在心平氣和的狀態中，連續砍桂樹三百下，才能砍倒桂樹，回到人間。但是吳剛受制於天性，只能一直待在月亮上砍永遠砍不倒的桂樹。

中秋節的月餅，也有個知名的歷史典故。據説在元朝末年，抗元大將朱元璋在起義時，利用餅內包著「八月十五殺韃子」的資訊，成功躲過元兵的耳目，進而推翻蒙古政權。

自從多年前的一個烤肉醬廣告後，現在在台灣，每天中秋節除了賞月、吃月餅和**柚子（pomelo）**以外，闔家齊聚一堂**烤肉（barbecue）**，也已經成為重要活動。每逢佳節，往往可在街上隨處聞到令人垂涎三尺的烤肉香。然而，無論慶祝的形式如何更迭，「一家聚首賞月」的原則，則是自古至今不曾改變的。

MP3 091

1 moon cake 片 月餅

例句 Delicious moon cakes may jeopardize your diet.

中譯 美味的月餅會破壞你的減肥計劃。

2 barbecue [`barbɪkju] 名 / 動 烤肉

例句 Many people have barbecues on Mid-Autumn Festival.

中譯 許多人會在中秋節烤肉。

3 backyard [`bækjard] 名 後院

例句 Do you want to come to a barbecue in my backyard?

中譯 你想來參加我家後院的烤肉派對嗎？

4 festival [`fɛstəvḷ] 名 節慶、節日

例句 There will be a film festival in Taipei next month.

中譯 台北在下個月會有電影節。

5 all kinds of 片 很多種類的、多樣的

例句 Mom prepared all kinds of food for the barbecue.

中譯 媽媽為了烤肉派對準備了很多樣食物。

6 drool with envy 片 垂涎三尺

例句 I watched Jessie eating the delicious cake and drooled with envy.

中譯 看著潔西享用那塊美味的蛋糕，令我垂涎三尺。

❼ folktale [`fok,tel] 名 民間傳說

例句 **Chang-Er flying to the moon is one of the most popular folktales in Chinese culture.**

中譯 嫦娥奔月是中華文化中最知名的民間傳說之一。

❽ bright [braɪt] 形 明亮的

例句 **The moon is so bright that it looks like a shiny silver coin in the sky.**

中譯 天上的月亮如此清明，看起來就像一枚閃閃發亮的銀幣。

❾ pomelo [`pɑmələ] 名 柚子

例句 **People will eat pomelos and even wear pomelo hats on Moon Festival.**

中譯 中秋節人們會吃柚子，甚至戴柚帽。

❿ chat [tʃæt] 動 閒談、聊天

例句 **You can chat with friends while enjoying the great food.**

中譯 你可以一邊享受美食，一邊和朋友閒聊。

⓫ moonlight [`mun,laɪt] 名 月光

例句 **At nighttime, people enjoy having barbecues under the moonlight on Mid-Autumn Festival.**

中譯 中秋節的夜間，人們喜愛在月光下烤肉。

Useful Expressions MP3 092

1 My family always gathers together and watches the bright moon on Moon Festival.

[maɪ fæmәlɪ ɔlwez gæðɚs tә`gɛðɚ ænd wɑtʃɪs ðә braɪt mun ɑn mun fɛstәvl̩]

我們一家人總是在中秋節聚首，一同賞明月。

2 There are many folk tales about the Moon Festival, such as Chang-Er flying to the moon.

[ðɛr ɑr mɛnɪ fok tels ә`baʊt ðә mun fɛstәvl̩ sʌtʃ æz tʃɑŋә flaɪɪŋ tә ðә mun]

關於中秋節的民間傳說有很多，如嫦娥奔月。

3 How about coming to my barbecue party next week?

[haʊ ә`baʊt kʌmɪŋ tә maɪ bɑrbɪkju pɑrtɪ nɛkst wik]

下星期想來參加我的烤肉派對嗎？

4 It is said that Chang-Er took the pills for immortality and flew into the sky.

[ɪt ɪz sɛd ðæt tʃɑŋә tʊk ðә pɪls fɚ ɪmɔr`tælәtɪ ænd flu ɪntu ðә skaɪ]

傳說嫦娥吃了長生不老之藥後，便飛上天空。

5 What kind of moon cake do you like the best?

[hwɑt kaɪnd әv mun kek du ju laɪk ðә bɛst]

你最喜歡哪種月餅呢？

6 The full moon on Moon Festival symbolizes the reunion of family members.

[ðə fʊl mun ɑn mun fɛstəvḷ sɪmbḷaɪz ðə rɪ`junjən əv fæməlɪ mɛmbɚs]

中秋節的滿月象徵著一家團聚。

7 According to the folktale, there is a hare pounding medicine with Chang-Er on the moon.

[ə`kɔrdɪŋ tə ðə foktel ðɛr ɪz ə hɛr paʊndɪŋ mɛdəsṇ wɪð tʃɑŋə ɑn ðə mun]

根據民間傳說，月亮上有隻搗藥的玉兔和嫦娥在一起。

8 The rebels against Mongol rule hid messages in moon cakes.

[ðə rɛbḷs ə`gɛnst mɑngəl rul hɪd mɛsɪdʒɪs ɪn mun keks]

對抗蒙古統治的反叛軍，將訊息藏在月餅裡。

9 Where is the Moon Festival barbecue?

[hwɛr ɪz ðə mun fɛstəvḷ bɑrbɪkju]

中秋節烤肉派對在哪裡舉辦呢？

10 Jenny cut the pomelo peel into a hat and put it on Jack's head, which was hilarious.

[dʒɛnɪ kʌt ðə pɑməlo pil ɪntu ə hæt ænd put ɪt ɑn dʒæks hɛd hwɪtʃ wɑz hɪ`lɛrɪəs]

珍妮把柚子皮切成帽子狀，戴在傑克頭上，真的很好笑。

Reality conversation practice

實境對話練習

MP3 093

It's so nice to see you here. Wow, you've got a lot of meat in the cart!

[ɪts so naɪs tə si ju hɪr] [waʊ juv gɑt ə lɑt əv mit ɪn ðə kɑrt]

能在這裡見到你真好。哇，你的推車裡有好多肉喔！

Ha-ha. It's for the party tomorrow!

[hɑ hɑ] [ɪts fɚ ðə pɑrtɪ tə`mɔro]

哈哈。這些是為了明天的派對而準備的。

Meat for party? I didn't know you can cook!

[mit fɚ pɑrtɪ] [aɪ dɪdn̩t no ju kæn kʊk]

為了派對準備肉啊？我不知道你會烹飪呢！

Don't worry. It's a Mid-Autumn Festival barbecue party.

[dont wɝɪ] [ɪts ə mɪdɔtəm fɛstəvl̩ bɑrbɪkju pɑrtɪ]

別緊張。是個中秋節烤肉派對。

Do people in Taiwan always have a barbecue on Mid-Autumn Festival?

[du pipl̩ ɪn taɪwɑn ɔlwez hæv ə bɑrbɪkju ɑn mɪdɔtəm fɛstəvl̩]

台灣人都會在中秋節烤肉嗎？

凱文
Kevin

Yes, we will have a barbecue and pomelo, while watching the bright moon.

[jɛs wi wɪl hæv ə bɑrbɪkju ænd pɑməlo hwaɪl wɑtʃɪŋ ðə braɪt mun]

是的，我們會一邊烤肉、吃柚子，一邊賞月。

夏洛特
Charlotte

It sounds like so much fun.

[ɪt saʊnds laɪk so mʌtʃ fʌn]

聽起來好像很好玩。

凱文
Kevin

You are very welcome to join us. Do you want to come?

[ju ɑr vɛrɪ wɛlkʌm tə dʒɔɪn ʌs] [du ju wɑnt tə kʌm]

很歡迎你也一起來玩。你想來嗎？

夏洛特
Charlotte

Absolutely! Thank you for inviting me.

[æbsə`lutlɪ ] [ θæŋk ju fɚ ɪn`vaɪtɪŋ mi]

當然想囉！謝謝你邀請我。

凱文
Kevin

Then see you at six tomorrow!

[ðɛn si ju æt sɪks tə`mɔro]

那就明天六點見了！

今年的中秋節想去哪裡賞月呢？

哥倫布節小常識 All about Columbus Day

克里斯多福哥倫布（Christopher Columbus）堪稱歷史上最重要的人物之一。他是位偉大的**航海家（navigator）**，同時也是位**探險家（explorer）**。在**西班牙天主教廷（Catholic Monarchs of Spain）**的支持下，他率領船隊，完成了四次橫跨大西洋的**航海遠征（voyage）**。

哥倫布向西航行，以盛產**香料（spice）**與**黃金（gold）**，還有其他**貴重物品（valuables）**的**中國（China）**、**印度（India）**和**日本（Japan）**為目標，希望能發現縮短東西方貿易的黃金航線。在經過兩個多月的艱苦遠航，哥倫布一行人發現了中美洲**巴哈馬群島（Bahamas archipelago）**中的一個島，以及古巴和海地。這樣的發現讓一直隱埋在地圖另一角的**新大陸（New World）**，也就是美洲大陸，正式浮上檯面。雖然**雷夫艾瑞克生（Leif Ericson）**在十一世紀時就先於哥倫布登上美洲，但是哥倫布的遠航將歐洲與美洲聯結在一起，並且造成往後歐洲在美洲長達

數世紀的**殖民政權（colonization）**，這也是為何稱哥倫布為影響美洲重大人物的原因。

為了紀念這一刻，美國在西元一七九二年，哥倫布發現美洲大陸三百週年的紀念日，開始了**「哥倫布節」（Columbus Day）**的慶祝儀式，而這天也叫做**「發現日」（Discovery Day）**。哥倫布登上美洲大陸的日期為西元一四九二年的十月十二日，因此，將哥倫布節定在每年十月的第二個星期一慶祝。

每年的這天，在美國大多數的州，以及北美洲、南美洲及加勒比海地區，都會舉行慶祝儀式。但是，也因為在美洲長達數世紀的歐洲殖民政權是因哥倫布而起，哥倫布日不免引發些許爭議。在某些地區，這一天又被叫做「原住民日」，甚至是「原住民抵抗日」。

雖說對於美洲原住民而言，「哥倫布發現新大陸」不見得算是一樁美事；然而，若單就哥倫布本身四次長征遠航的堅定**決心（determination）**與**毅力（persistence）**，以及他優秀的航海技術來看，哥倫布的精神毫無疑問地，絕對值得現在的我們學習與效法。

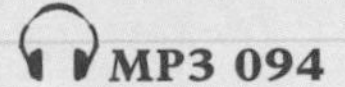

1 arrival [əˋraɪvḷ] 名 **抵達、到達**

例句 **You'd better book a hotel before your arrival.**

中譯 你最好在抵達前先預訂旅館。

2 continent [ˋkɑntənənt] 名 **大陸、大洲**

例句 **The trade among continents has made the world smaller.**

中譯 洲際貿易讓世界變小了。

3 discover [dɪsˋkʌvɚ] 動 **發現**

例句 **Columbus is given credit for discovering the New World, namely America.**

中譯 哥倫布的功勞在於發現新大陸，也就是美洲大陸。

4 voyage [ˋvɔɪɪdʒ] 名 **旅程、航海**

例句 **Columbus completed four voyages across the Atlantic Ocean.**

中譯 哥倫布完成了四次橫跨大西洋的遠航。

5 trade [tred] 名 / 動 **貿易**

例句 **It is said that Columbus forced the natives to trade gold with him.**

中譯 據說哥倫布強迫原住民和他交易金子。

6 navigational skill 片 航行技術

例句 Columbus' navigational skill contributed a lot to his great voyages.

中譯 哥倫布的航行技術對於他的偉大遠航貢獻良多。

7 crew [kru] 名 船組員

例句 How many voyages did Columbus and his crew have?

中譯 哥倫布和他的船組員進行了幾次航行呢？

8 sail [sel] 名 / 動 航行、航海

例句 Do you fancy taking a sail with us this Saturday?

中譯 你這週六想和我們一起航海嗎？

9 in order to 片 為了…目的

例句 In order to pass the exam, Andy studied hard.

中譯 為了要通過考試，安迪認真念書。

10 route [rut] 名 路程、路線

例句 Columbus' sailing routes are still much used today.

中譯 哥倫布的航海路線至今仍被頻繁地使用著。

11 explore [ɪk`splor] 動 探索、探險

例句 Columbus was the one who had the ambition to explore the unknown territory.

中譯 哥倫布是那個具有探索未知領土野心的人。

萬用表達句 Useful Expressions

MP3 095

1 Columbus Day is celebrated in the U.S.A on the second Monday in October.

[kə`lʌmbəs de ɪz sɛləbretɪd ɪn ðə `ju`ɛs`e ɑn ðə sɛkənd mʌnde ɪn ɑktobɚ]

在美國，哥倫布節在十月的第二個星期一慶祝。

2 He was looking for a faster route to Asia in order to trade for valuable spices.

[hi wɑz lʊkɪŋ fɚ ə fæstɚ rut tə `eʃə ɪn ɔrdɚ tu tred fɚ væljʊəbl̩ spaɪsɪs]

他為了要貿易珍貴的香料，尋找前往亞洲更快速的路線。

3 What do you know about Columbus and his great journeys?

[hwɑt du ju no ə`baʊt kə`lʌmbəs ænd hɪz gret dʒɝnɪs]

關於哥倫布和他的偉大遠征，你知道些什麼呢？

4 He knocked on the door to America, and thus the trade between the two worlds prospered.

[hi nɑkt ɑn ðə dor tu ə`mɛrɪkə ænd ðʌs ðə tred bɪtwin ðə tu wɝldz prɑspɚd]

他敲開了通往美洲之門，也因此讓兩個世界的貿易昌盛。

5 In search of a route to Asia, he found America.

[ɪn sɝtʃ əv ə rut tə eʃə hi faʊd ə`mɛrɪkə]

在尋找通往亞洲的航線時，他發現了美洲。

6 Columbus' voyages undeniably contributed to the exchange of goods between continents.

[kə`lʌmbəsɪs vɔɪɪdʒɪs ʌndɪ`naɪəblɪ kən`trɪbjutɪd tu ðɪ ɪkstʃendʒ əv gudz bɪtwin kantənənts]

不可否認地，哥倫布的遠航對於洲際貿易往來貢獻良多。

7 Columbus' voyages were definitely unparalleled historic events.

[kə`lʌmbəsɪs vɔɪɪdʒɪs wɝ dɛfənɪtlɪ ʌn`pærəlɛld hɪs`tɔrɪk ɪ`vɛnts]

哥倫布的遠航絕對是前所未有的歷史事件。

8 Even today, the routes discovered by Columbus are still used.

[ivən tə`de ðə ruts dɪs`kʌvɚd baɪ kə`lʌmbəs ar stɪl just]

甚至到今天，哥倫布發現的航線仍被使用著。

9 Being a man of powerful will, Columbus tried for almost a decade to convince European rulers to approve his plan.

[biɪŋ ə mæn əv pauɚfəl wɪl kə`lʌmbəs traɪd fɚ ɔlmost ə `dɛked tə kən`vɪns jurə`piən rulɚs tə apruv hɪz plæn]

意志堅強的哥倫布用近十年的時間說服歐洲統治者同意他的計劃。

10 Columbus accidentally found America on his quest to the East.

[kə`lʌmbəs æksə`dɛntḷɪ faund ə`mɛrɪkə an hɪz kwɛst tu ðɪ ist]

哥倫布在遠征東方的過程中，意外地發現了美洲。

Reality conversation practice

實境對話練習

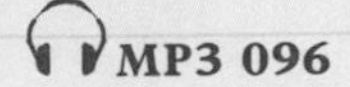

瑪姬
Maggie

Do you have a minute, Dad?

[du ju hæv ə mɪnɪt dæd]

爸，你有空嗎？

爸
Dad

Yes. What is it, Honey?

[jɛs] [hwɑt ɪz ɪt hʌnɪ]

有啊。親愛的，怎麼了嗎？

瑪姬
Maggie

I need your help with my report.

[aɪ nid jʊɚ hɛlp wɪð maɪ rɪ`port]

我的報告需要你幫忙。

爸
Dad

Sure. I'd love to help. What is it about?

[ʃur] [aɪd lʌv tə hɛlp] [hwɑt ɪz ɪt ə`baut]

好的。我很樂意幫忙。是什麼報告呢？

瑪姬
Maggie

Columbus Day is next week, and Ms. Lin asked us to do a play.

[kə`lʌmbəs de ɪz nɛkst wik ænd mɪz lɪn æskt ʌs tə du ə ple]

下星期就是哥倫布節了，林老師要我們演齣戲。

爸 Dad

That's a fantastic idea. You can surely learn a lot by role-playing.

[ðæts ə fæn`tæstɪk aɪ`diə] [ju kæn ʃʊrlɪ lɜn ə lɑt baɪ `rol͵ pleɪŋ]

這個主意非常棒。藉由角色扮演，你一定可以學到很多。

瑪姬 Maggie

But we don't know which part of his life we should perform.

[bʌt wi dont no hwɪtʃ pɑrt əv hɪz laɪf wi ʃʊd pɚ`fɔrm]

但是我們不知道該演他人生中的哪個部分。

爸 Dad

How about when he first landed on America? That's definitely something important.

[haʊ ə`baʊt hwɛn hi fɜst lændɪd ɑn ə`mɛrɪkə] [ðæts dɛfənɪtlɪ sʌmθɪŋ ɪm`pɔrtn̩t]

他初登美洲大陸的那刻如何呢？那絕對是件重要的大事。

瑪姬 Maggie

That's a great idea! Thank you, Dad.

[ðæts ə gret aɪ`diə] [θæŋk ju dæd]

這真是個好主意！爸，謝謝你。

爸 Dad

You're welcome.

[juɚ wɛlkʌm]

不客氣。

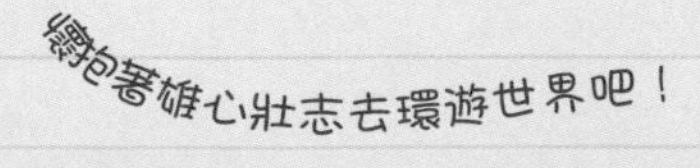

萬聖節小常識 All about Halloween

萬聖節的英文原名為**Halloween**，又叫做**Hallowe'en**或是**All Hallow's Eve**，正確翻譯應該為「萬聖節前一夜」。這個節日起源於愛爾蘭的古老傳說，相傳每年到了十月三十一日，也就是**諸聖節**（**All Saints' Day**）的前一晚，陰陽兩界的界線會變得模糊，許多鬼魂可藉此機會來到人間。而這一天，也是這些鬼魂在**轉世**（**come into the next life**）前最後一次找生前**敵人**（**enemy**）復仇的機會。人們為了不被鬼魂認出報復，或是沒來由地**被遊魂攻擊**（**be attacked by wandering ghosts**），許多人便開始打扮成妖怪的模樣上街，讓欲尋仇的鬼魂認不出來，以致無法成功報仇。

萬聖節又被稱作西洋鬼節，許多和萬聖節相關的傳說也都壟罩著與鬼魂相關的神秘色彩，如**傑克南瓜燈**（**jack-o'-lantern**）的由來。傳說傑克是個**吝嗇**（**stingy**）的人，有一天他邀請惡魔喝酒，因為傑克不想出錢買單，便說服惡魔變成**六便士**（**six pence**）來

付帳。待惡魔變身完成後，傑克卻用一枚銀色的十字架把惡魔鎮住，讓它無法變回原形，一直以六便士的狀態存在著。可憐的惡魔苦苦哀求後，傑克才停止了這樣的玩笑。然而，傑克與惡魔間的樑子也因此結下。

等到傑克死後，地獄的惡魔因舊怨而不收他，而他又因為生性吝嗇，也被天堂拒於門外。無處可去的傑克，只能提著**白蘿蔔（radish）**，點著惡魔給的炭火沿街遊蕩。人們覺得他很可憐，便雕刻**蕪菁（turnip）**製成燈，沿路為他照明。後來，隨著愛爾蘭新移民到了美洲後，發現**南瓜（pumpkin）**的質地更適合被雕刻，便改用南瓜製作成燈。

「不給糖就搗蛋」（Trick or Treat）可說是萬聖節的必備遊戲。這天晚上，孩子們會變裝打扮，沿著住家附近的街道，挨家挨戶按門鈴要糖果，大叫「**Trick or Treat!**」。每個受到拜訪的家戶往往會分送大量的糖果給孩子們，讓他們豐收而歸。也因為可以獲得免費的糖果，使得萬聖節成為除了聖誕節以外，孩子們每年最期待的一個節日。

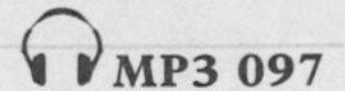

1 costume [`kastjum] 名 戲服、扮裝

例句 **Kids wear all kinds of costumes on Halloween.**

中譯 孩子們會在萬聖節扮裝穿戲服。

2 creepy [`kripɪ] 形 令人毛骨悚然的

例句 **John had a creepy spider on his Halloween costume.**

中譯 約翰在他的萬聖節服裝上放了一隻令人毛骨悚然的蜘蛛。

3 doorbell [`dor͵bɛl] 名 門鈴

例句 **Ed rang Mr. Watson's doorbell and asked for candy on Halloween.**

中譯 萬聖節時，艾德按了華生先生的門鈴要糖果。

4 spooky [`spukɪ] 形 幽靈般的、恐怖的

例句 **Janie and Jack planned to have a spooky Halloween party for all their friends.**

中譯 珍妮和傑克計劃在萬聖節為朋友們辦一場恐怖的萬聖節派對。

5 bat [bæt] 名 蝙蝠

例句 **Jack had several bats on his head and won the prize for best costume this year.**

中譯 傑克在頭上放了幾隻蝙蝠，贏得了今年的最佳服裝獎。

❻ candy [kændɪ] 名 糖果

例句 We'd better prepare a lot of candy for Halloween next week.

中譯 我們最好為下週的萬聖節準備很多糖果。

❼ trick or treat 片 不給糖，就搗蛋！

例句 "Trick or treat," Karen and Jimmy shouted out when the door opened.

中譯 凱倫和吉米在門打開時大叫「不給糖，就搗蛋」。

❽ pumpkin [`pʌmpkɪn] 名 南瓜

例句 Mom always makes delicious pumpkin pies on Halloween.

中譯 媽媽總是在萬聖節做好吃的南瓜派。

❾ face paint 片 臉部彩繪

例句 Where did you buy the face paint?

中譯 你是在哪裡購買臉部彩繪的呢？

❿ skeleton [`skɛlətn̩] 名 骷髏、骸骨

例句 Peggy decided to dress up as a skeleton to the Halloween party.

中譯 佩姬決定裝扮成骷髏參加萬聖節派對。

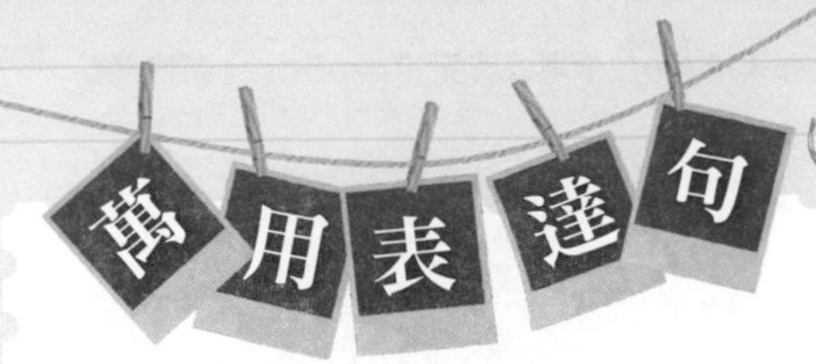

Useful Expressions MP3 098

1 Do you know anywhere to rent Halloween costumes?

[du ju no ɛnɪhwɛr tə rɛnt hælo`in kastjums]

你知道哪裡可以租借萬聖節服裝嗎？

2 Folklore has it that Jack was trapped because of cheating the Devil.

[foklor hæz ɪt ðæt dʒæk waz træpt bɪ`kɔz əv tʃitɪŋ ðə dɛvl̩]

傳說傑克因為欺騙魔鬼而陷入困境。

3 People put out jack-o'-lanterns as yard decorations on Halloween.

[pipl̩ put aut dʒæk o læntɚns æz jard dɛkəreʃəns an hælo`in]

萬聖節時，人們會在院子裡擺設南瓜燈做為裝飾。

4 Trick or treating is one of the most popular festive Halloween activities.

[trɪk ɔr tritɪŋ ɪz wʌn əv ðə most papjəlɚ fɛstɪv hælo`in æk`tɪvətɪz]

「不給糖，就搗蛋！」是萬聖節最受歡迎的慶祝活動之一。

5 Jack dressed up as Iron Man for the Halloween party.

[dʒæk drɛsd ʌp əz aɪɚn mæn fɚ ðə hælo`in partɪ]

傑克在萬聖節派對上裝扮成鋼鐵人。

6 What do you want to dress up as for the Halloween party?

[hwɑt du ju wɑnt tə drɛs ʌp æz fɚ ðə hælo`in pɑrtɪ]

萬聖節派對你想做什麼樣的打扮呢？

7 There are many kids asking for candy from houses along the street on Halloween.

[ðɛr ɑr mɛnɪ kɪds æskɪŋ fɚ kændɪ frɑm haʊsɪs ə`lɔŋ ðə strit ɑn hælo`in]

萬聖節當天，沿街有很多孩童向住戶要糖果。

8 Mrs. Liu will teach us how to carve a pumpkin lantern for Halloween.

[mɪsɪz lju wɪl titʃ ʌs haʊ tə kɑrv ə pʌmpkɪn læntən fɚ hælo`in]

劉老師會教我們如何雕刻萬聖節南瓜燈。

9 Halloween is the night before All Saints' Day.

[hælo`in ɪz ðə naɪt bɪ`for ɔl sents de]

萬聖節是諸聖節的前一晚。

10 Jason and his friends played a prank and changed some of the house numbers on the street.

[dʒesn̩ ænd hɪz frɛnds pled ə præŋk ænd tʃendʒt sʌm əv ðə haʊs nʌmbəz ɑn ðə strit]

傑森和朋友們玩惡作劇，調換了街上一些門牌的位置。

Reality conversation practice

MP3 099

實境對話練習

曼蒂
Mandy

What are you going to dress up as for the Halloween party?

[hwɑt ɑr ju ɡoɪŋ tə drɛs ʌp æz fɚ ðə hælo`in pɑrtɪ]

萬聖節派對你要怎麼打扮呢？

彼得
Peter

I haven't decided yet. How about you?

[aɪ hævn̩t dɪ`saɪdɪd jɛt ] [ haʊ ə`baʊt ju]

我還沒決定好。你呢？

曼蒂
Mandy

I am thinking about being a Supergirl or a Batgirl.

[aɪ æm θɪŋkɪŋ ə`baʊt biɪŋ ə supɚɡɝl ɔr ə bætɡɝl]

我正在考慮要扮成女超人還是女蝙蝠俠。

彼得
Peter

Come on. That's so cliché.

[kʌm ɑn] [ðæts so kli`ʃe]

拜託。那太老套了。

曼蒂
Mandy

Then do you have any suggestions?

[ðɛn du ju hæv ɛnɪ sə`dʒɛstʃəns]

那麼，你有什麼好建議嗎？

How about Black Widow? She is super hot right now.

[haʊ ə`baʊt blæk wɪdo] [ʃi ɪz supɚ hɑt raɪt naʊ]

黑寡婦怎麼樣？她現在超夯的。

彼得 Peter

曼蒂 Mandy

Do you mean Black Widow from Avengers?

[du ju min blæk wɪdo frɑm ə`vɛndʒɚs]

你說的是復仇者聯盟裡的黑寡婦嗎？

Exactly. This will definitely make you stand out from the crowd.

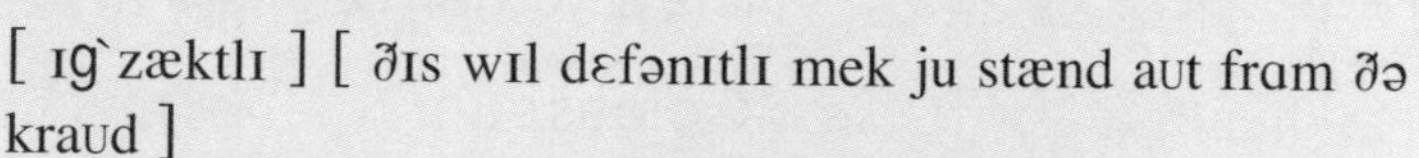

[ɪg`zæktlɪ] [ðɪs wɪl dɛfənɪtlɪ mek ju stænd aʊt frɑm ðə kraʊd]

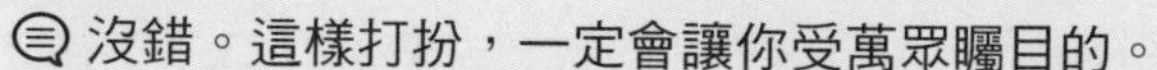

沒錯。這樣打扮，一定會讓你受萬眾矚目的。

彼得 Peter

曼蒂 Mandy

Great idea! Maybe I can even win the best costume award.

[gret aɪ`diə ] [ mebɪ aɪ kæn ivən wɪn ðə bɛst kɑstjum ə`wɔrd]

好主意！我說不定還能贏得最佳服裝獎。

Don't forget to buy me a drink when you win!

[dont fɚ`gɛt tə baɪ mi ə drɪŋk hwɛn ju wɪn]

得獎時，別忘了請我喝一杯！

彼得 Peter

今年的萬聖節想做什麼打扮呢？

十月度假BEST去處

義大利，羅馬

Rome, Italy

義大利共和國（Italian Republic）位於南歐的義大利半島，又稱亞平寧半島（Apennine Peninsula），為文藝復興（Renaissance）的發源地，也是知名藝術家李奧納多達文西（Leonardo da Vinci）、米開朗基羅（Michelangelo di Lodovico）和拉斐爾（Raffaello Sanzio）的故鄉。

義大利的首都羅馬（Rome），是古羅馬帝國的發祥地，因其悠久的歷史而被譽為「永恆之城」（The Eternal City）。市區內景點眾多，包含知名的羅馬鬥獸場（Colosseum），又稱羅馬競技場；萬神廟（Pantheon），又名聖母與諸殉道者教堂（Santa Maria and Martyers）。位於羅馬西北角高地的天主教城市國家梵蒂岡（Vatican City），其梵蒂岡博物館內蒐藏了為數眾多的宗教藝術作品。

米蘭（Milan）為義大利共和國的第二大城，位於國家西北方，是個以時尚、觀光和建築之美聞名於世的國際都市。揉合巴洛克、文藝復興及哥德式三種風格的米蘭大教堂（Milan Cathedral）宏偉建築，以及主座教堂廣場（Piazza del Duomo）周邊的建築物也值得瞧瞧。達文西的著名壁畫《最後的晚餐》，則可在米蘭的聖瑪利亞感恩修道院一睹真跡。

Italy

BENVENUTO CALOROSO

1 退伍軍人日～翻開人生新頁的退役假期 Veterans Day

2 感恩假期～懷抱著感恩的心去度假 Thanksgiving

十一月度假BEST去處～埃及，開羅 Cairo, Egypt

退伍軍人紀念日小常識 All about Veterans Day

退伍軍人紀念日（Veterans Day）在每年的十一月一日，也是美國國定假日之一。這一天，屬於曾為美國**獨立（independence）**和**民主（democracy）**奮鬥的所有士兵們。這個節日又叫做**停戰紀念日（Armistice Day）**，用以紀念**第一次世界大戰（World War I）**的停戰，因為這天同時也是戰敗國德國在一九一八年正式簽署停戰協定的日子。

退伍軍人紀念日，起源於一九一九年由美國威爾森總統創立的停戰紀念日，同年有三十個州將這天定為假日。一直到一九三八年，這天才成為全國性的國定假日。而又一直到了一九五四年，這天才被正式更名為退伍軍人紀念日。

二十世紀以來，美國在多場國際型的戰役中皆不曾缺席，包含第一次世界大戰、**第二次世界大戰（World War II）**以及**越戰（Vietnam War）**等，都能看到美國大兵為國奮鬥的身影。然而戰爭是殘酷的，有人活了下來，有人不幸往生，但也是因為有這些士

兵們熱血、無私地付出，才造就了現今的美國。

這個節日與**亡兵紀念日（Memorial Day）**紀念為國家犧牲生命的士兵們的不同點在於，退伍軍人紀念日是紀念每一位曾經披上軍服，為這個國家辛苦奮鬥的士兵。每年的這天，美國許多公司和學校都會停止上班上課；如果這天碰巧是週六或週日，則會擇日補假一天。在這天，許多**連鎖餐廳（chain restaurant）**和**速食店（fast food restaurant）**會提供退伍軍人們**免費用餐（free meal）**或是**額外折扣（additional discount）**，以感謝他們為這個國家的付出。

另外，每年在**紐約市（New York City）**的**曼哈頓社區（Manhattan borough）**，會舉行長達三小時的退伍軍人日遊行活動，包括**總統（president）**、**國防部長（United States Secretary of Defense）**等重要的政治人物都會出席致詞，一起向偉大的退伍軍人致上最高敬意。

退伍軍人日向老兵致敬，也含有停戰、和平等象徵意義，提醒著我們戰爭的殘酷，以及和平的難能可貴。

1 monument [`mɑnjəmənt] 名 紀念碑

例句 There is a monument in the park that honors the great veterans.

中譯 公園裡有座紀念偉大退伍軍人的紀念碑。

2 war [wɔr] 名 戰爭

例句 War is said to be the most terrible thing in the world.

中譯 戰爭被認為是世界上最恐怖的事。

3 serve the country 片 從軍

例句 John decided to serve the country right after his graduation from university.

中譯 約翰決定在大學畢業後，立刻從軍為國效力。

4 military service 片 兵役役期

例句 How long is the military service now?

中譯 現在的兵役役期是多長呢？

5 veteran [`vɛtərən] 名 退伍軍人、老兵

例句 Mr. Jones is a veteran of two world wars.

中譯 瓊斯先生是參加過兩次世界大戰的退伍軍人。

❻ peace [pis] 名 和平

例句 Millions of men have died in wars fighting for peace throughout the centuries.

中譯 幾世紀以來，數百萬人為了和平而戰死沙場。

❼ armistice [`ɑrməstɪs] 名 停戰

例句 Veterans Day was also referred to as Armistice Day.

中譯 退伍軍人紀念日又叫做停戰紀念日。

❽ thank for 片 感謝、感恩

例句 Thanks for your great support; the project was done on schedule.

中譯 感謝你的大力支持，計畫已如期完成。

❾ during [`djʊrɪŋ] 副 在…期間

例句 It is estimated that thousands of civilians died during the war.

中譯 估計有數千位平民在戰爭期間死亡。

❿ fight [faɪt] 動 打仗、奮戰

例句 The U.N. has been fighting to maintain peace for many decades.

中譯 聯合國已經為維繫世界和平奮戰數十年了。

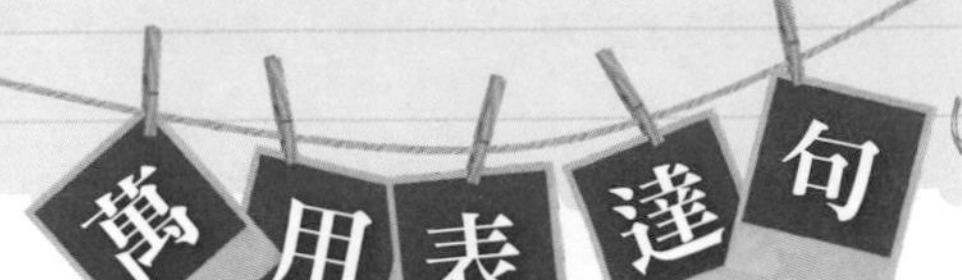

Useful Expressions MP3 101

1 Veterans Day is to honor all military personnel who served their country with all their hearts.

[`vɛtərəns de ɪz tu ɑnɚ ɔl mɪlətɛrɪ pɝsn̩`ɛl hu sɝvd ðɛr kʌntrɪ wɪð ɔl ðɛr hɑrts]

退伍軍人紀念日是為了向所有全心為國付出的軍人致敬。

2 Veterans are thanked for their service and sacrifice to the country on Veterans Day.

[vɛtərəns ɑr θæŋkt fɚ ðɛr sɝvɪs ænd sækrəfaɪs tə ðə kʌntrɪ ɑn vɛtərəns de]

退伍軍人紀念日當天，人們向退役軍人為國從軍和犧牲表達感謝。

3 The American flag is hung at half-mast in many places on Veterans Day.

[ðɪ ə`mɛrɪkən flæg ɪz hʌŋ æt `hæfmæst ɪn mɛnɪ plesɪs ɑn vɛtərəns de]

退伍軍人紀念日當天，許多地區會降半旗。

4 Some schools may have special assemblies or other activities on Veterans Day.

[sʌm skuls me hæv `spɛʃəl ə`sɛmbl̩ɪs ɔr ʌðɚ æk`tɪvətɪs ɑn vɛtərəns de]

有些學校在退伍軍人紀念日當天，會舉辦特別集會或其他活動。

5 Mr. Lee asked us to do a report on Veterans Day.

[mɪstɚ li æskt ʌs tə du ə rɪ`port ɑn vɛtərəns de]

李老師要我們寫一篇關於退伍軍人紀念日的報告。

⑥ Ceremonies are held in honor of veterans and their devotion in time of war.

[`sɛrəmonɪs ɑr hɛld ɪn ɑnɚ əv vɛtərəns ænd ðɛr dɪ`voʃən ɪn taɪm əv wɔr]

舉辦典禮以紀念退伍軍人在戰爭期間對國家的貢獻。

⑦ Free meals are given to all veterans on Veterans Day at Johnny's Café.

[fri mils ɑr gɪvən tu ɔl vɛtərəns ɑn vɛtərəns de æt dʒɑnɪs kə`fe]

強尼咖啡館在退伍軍人紀念日當天，提供退役軍人免費餐點。

⑧ What time will the Veterans Day National Ceremony commence?

[hwɑt taɪm wɪl ðə vɛtərəns de næʃənl̩ sɛrəmonɪ kə`mɛns]

退伍軍人紀念典禮幾點開始呢？

⑨ President Obama and many officers took part in the Veterans Day National Ceremony.

[prɛzədənt o`bɑmɑ ænd mɛnɪ `ɔfəsɚs tʊk pɑrt ɪn ðə vɛtərəns de næʃənl̩ sɛrəmonɪ]

歐巴馬總統和許多官員都會參加退伍軍人紀念典禮。

⑩ On Veterans Day, there will be many activities to honor veterans and their devotion.

[ɑn vɛtərəns de ðɛr wɪl bi mɛnɪ æk`tɪvətɪs tu ɑnɚ vɛtərəns ænd ðɛr dɪ`voʃən]

退伍軍人紀念日當天，會有許多紀念和表揚退伍軍人貢獻的活動。

Reality conversation practice

實境對話練習

MP3 102

賴瑞
Larry

Wow! Your grandfather had a picture taken with President Obama?

[waʊ] [jʊɚ grændfɑðɚ hæd ə pɪktʃɚ tekən wɪð prɛzədənt oˋbɑmɑ]

哇！你爺爺和歐巴馬總統一起合照啊？

佩姬
Peggy

Yes, he did.

[jɛs hi dɪd]

是的，沒錯。

賴瑞
Larry

That is huge! What did he do to have a chance like that?

[ðæt ɪz hjudʒ] [hwɑt dɪd hi du tə hæv ə tʃæns laɪk ðæt]

這可是件大事！他做了什麼事，才獲得這種機會呢？

佩姬
Peggy

They took this picture at the Veterans Day National Ceremony.

[ðe tʊk ðɪs pɪktʃɚ æt ðə vɛtərəns de næʃənḷ sɛrəmonɪ]

他們是在退伍軍人紀念典禮上合照的。

賴瑞
Larry

Is your grandfather a retired veteran?

[ɪz jʊr grændfɑðɚ ə rɪtaɪrd vɛtərən]

你爺爺是位退伍軍人啊？

佩姬
Peggy

Yes, he is. He fought in the Vietnam War.

[jɛs hi ɪz] [hi fɔt ɪn ðə vjɛt`næm wɔr]

是的。他曾經參加過越戰。

賴瑞
Larry

I really look up to those veterans who dedicated their lives for our country.

[aɪ rɪəlɪ lʊk ʌp tə ðoz vɛtərəns hu dɛdəketɪd ðɛr `laɪvs fɚ aʊr kʌntrɪ]

我真的很尊敬那些為國家奉獻人生的退伍軍人們。

佩姬
Peggy

Thank you. I think my grandfather is a great man.

[θæŋk ju] [aɪ θɪŋk maɪ grændfɑðɚ ɪz ə gret mæn]

謝謝。我覺得，我的爺爺是個很偉大的人。

賴瑞
Larry

I believe President Obama thinks so, too. That's why he gave him the medal.

[aɪ bə`liv prɛzədənt o`bɑmɑ θɪŋks so tu] [ðæts hwaɪ hi gev hɪm ðə mɛdḷ]

我相信歐巴馬總統也這樣認為。所以才會頒獎牌給他。

佩姬
Peggy

Thank you. My grandfather will be thrilled that people like you think so.

[θæŋk ju] [maɪ grændfɑðɚ wɪl bi θrɪld ðæt pipḷ laɪk ju θɪŋks so]

謝謝你。我爺爺知道有人這麼想，一定會很開心的。

退役後的人生想要如何規劃呢？

感恩節小常識 All about Thanksgiving

感恩節(Thanksgiving),顧名思義是個感謝**恩典**(blessing)的日子。每逢十一月的第四個週四,美國人民便懷著感恩的心,迎接這一年中最重要的傳統節日之一的來臨。

感恩節始於西元一六二一年。那年的秋天,遠從英國來到美洲開拓新生活的新移民們,為了感謝上帝的恩賜以及**印第安原住民**(native Indians)的熱心幫助,在**豐收**(harvest)過後,一連舉行了三天三夜的慶祝活動,準備各式美味的料理宴請當地原住民,狂歡慶豐收。到了西元一八六三年美國**南北戰爭**(Civil War)期間,由當時的美國總統林肯正式宣佈感恩節為**國定假日**(national holiday),一直延續至今。

然而,為何新移民欲遠離故土,另覓他處展開新生活呢?原來,在十七世紀中葉,英國**清教徒**(Pilgrims)遭到政府以及教會勢力的殘酷迫害,許多人為此逃往荷蘭,但卻時時感受到寄人籬下的苦楚,因此萌生了大遷徙的念頭。一些清教徒將目光投向了美

洲，這塊由**哥倫布（Columbus）**在一百年前發現的新大陸。清教徒們搭上**五月花號（Mayflower）**，經歷艱辛並通過隨時可能船毀人亡的考驗，在航行了近三個月後，抵達了美洲。

然而，這群滿懷夢想的新移民，面對的並不是陽光燦爛的快樂新人生。由於缺乏在這片土地上生活的經驗，新移民們種植的作物收成並不理想；在嚴寒的氣候以及生存考驗下，有些人累倒了；而雪上加霜的傳染病更是奪走許多人的性命。所幸，在印第安原住民的指導與幫助下，這些新移民終於在次年獲得了大豐收，闖過了生活難關，漸漸安定下來。因此，當時的總督**威廉布萊福（William Bradford）**決定舉辦盛宴，感謝上帝的眷顧和印第安人的協助，這就是歷史上的第一個感恩節。

每年的感恩節都會從週四起連放四天假。人們無論多忙碌，都會像中國新年一樣返鄉與家人團聚，共享**感恩節大餐（Thanksgiving Feast）**。另外，由於感恩節正好約略在**耶誕節（Christmas）**的一個月前，因此也被認為是耶誕節的倒數計時前哨站。為因應準備耶誕禮物的人潮，許多商家會在感恩節起開始耶誕節特賣，這也讓許多愛血拼一族由衷地感謝感恩節的到來。

MP3 103

1 turkey [`tɝkɪ] 名 火雞

例句 Turkey is the highlight of the Thanksgiving dinner.

中譯 火雞是感恩節晚餐的重頭戲。

2 settle down 片 定居、安頓下來

例句 After years of moving from place to place, Ben finally got married and settled down in California.

中譯 在多年的顛沛流離後，班終於成婚並在加州安頓下來。

3 give thanks to 片 感謝…

例句 Thanksgiving is a time to give thanks to God and all the people who have helped us.

中譯 感恩節是個向上帝和所有幫助過我們的人表達感謝的時刻。

4 tradition [trə`dɪʃən] 名 傳統

例句 It is our family tradition to play soccer on Thanksgiving.

中譯 我們的家族傳統是在感恩節踢足球。

5 Indian [`ɪndɪən] 名 印第安人 / 形 印第安的

例句 Friendly Indians helped the colonists out by teaching them how to grow corn and other crops.

中譯 友善的印第安人幫助殖民者，教導他們如何種植玉米和其他農作物。

6. bake [bek] 動 烘烤

例句 It took Mrs. Liu more than five hours to bake a cranberry pie for Thanksgiving dinner.

中譯 劉太太花了超過五個小時的時間，為感恩節晚餐烤了個蔓越莓派。

7. feast [fist] 名 大餐、盛宴

例句 The pilgrims invited the Native Indians to a feast in thanks for their help.

中譯 為了感謝印第安原住民的幫助，清教徒邀請他們享用大餐。

8. Mayflower [`me͵flaʊɚ] 名 五月花號

例句 The pilgrims took the Mayflower to America and began their new lives there.

中譯 清教徒乘坐五月花號到美洲，開始了他們的新生活。

9. pilgrim [`pɪlgrɪm] 名 清教徒

例句 The pilgrims came to America and escaped from the religious persecution in England.

中譯 清教徒來到美洲，躲避在英國的宗教迫害。

10. harvest [`hɑrvɪst] 名 / 動 收穫

例句 Thanksgiving played an important role as a harvest festival back in the old days.

中譯 在過去，感恩節是個重要的豐收節慶。

Useful Expressions

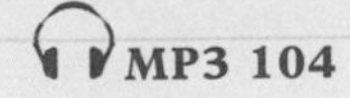

1 In the U.S., Thanksgiving is celebrated on the fourth Thursday in November.

[ɪn ðə ju`ɛs θæŋksgɪvɪŋ ɪz `sɛləbretɪd ɑn ðə forθ θɝzde ɪn no`vɛmbɚ]

在美國，感恩節在十一月的第四個週四慶祝。

2 Thanksgiving is one of the major holidays of the year.

[θæŋksgɪvɪŋ ɪz wʌn əv ðə medʒɚ hɑlədez əv ðə jɪr]

感恩節是一年中的主要節日之一。

3 Tradition calls for families to gather together and have Thanksgiving dinner.

[trə`dɪʃən kɔls fɚ fæməlɪs tə gæðɚ tə`gɛðɚ ænd hæv θæŋksgɪvɪŋ dɪnɚ]

根據傳統，全家人會團聚，共享感恩節晚餐。

4 The first Thanksgiving was celebrated by the Pilgrims to give thanks to God.

[ðə fɝst θæŋksgɪvɪŋ wɑz sɛləbretɪd baɪ ðə pɪlgrɪms tu gɪv θæŋks tə gɑd]

為了對上帝表達感謝，清教徒慶祝了第一個感恩節。

5 What filling did you use in the pie?

[hwɑt fɪlɪŋ dɪd ju juz ɪn ðə paɪ]

這個派裡有哪些餡料呢？

❻ The first Thanksgiving feast lasted for three days, providing food for both pilgrims and Native Americans.

[ðə fɝst θæŋksgɪvɪŋ fist læstɪd fɚ θri dez prəvaɪdɪŋ fud fɚ boθ pɪlgrɪms ænd netɪv ə`mɛrɪkəns]

第一個感恩節盛宴持續了三天，讓清教徒和美洲原住民共享美食。

❼ It wasn't until the Civil War that Thanksgiving was proclaimed as a national holiday.

[ɪt wɑzn̩t ʌn`tɪl ðə sɪvl̩ wɔr ðæt θæŋksgɪvɪŋ wɑz prə`klemd æz ə næʃənl̩ hɑləde]

直到南北戰爭時，感恩節才被定為國定假日。

❽ Who else is coming for Thanksgiving dinner tonight?

[hu ɛls ɪz kʌmɪŋ fɚ θæŋksgɪvɪŋ dɪnɚ tə`naɪt]

還有誰會來吃今晚的感恩節大餐呢？

❾ Thanksgiving is always a wonderful time to be together.

[θæŋksgɪvɪŋ ɪz ɔlwez ə wʌndɚfəl taɪm tu bi tə`gɛðɚ]

感恩節一向是個歡聚的好時光。

❿ My mom makes the most delicious turkey with cranberry sauce in the world.

[maɪ mʌm meks ðə most dɪ`lɪʃəs tɝkɪ wɪð krænbɛrɪ sɔs ɪn ðə wɝld]

我媽媽做的蔓越莓醬火雞，是全世界最好吃的。

Reality conversation practice

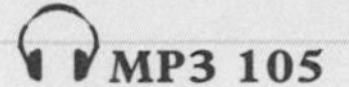

實境對話練習

凱倫
Karen

Do you want to come to my place next Thursday?

[du ju wɑnt tə kʌm tu maɪ ples nɛkst θɝzde]

你下週四想來我家嗎？

約翰
John

Sure, it would be my pleasure.

[ʃur ɪt wud bi maɪ plɛʒɚ]

當然想，這是我的榮幸。

凱倫
Karen

Great! My mom will make turkey and traditional apple pie.

[gret] [maɪ mɑm wɪl mek tɝkɪ ænd trə`dɪʃənḷ `æpḷ paɪ]

太棒了！我媽媽會準備火雞，和傳統的蘋果派。

約翰
John

Sounds great! Is it a special day?

[saunds gret] [ɪz ɪt ə spɛʃəl de]

聽起來很棒！是什麼特別的日子嗎？

凱倫
Karen

It's Thanksgiving, a holiday and a time for family reunions.

[ɪts θæŋksgɪvɪŋ ə hɑləde ænd ə taɪm fɚ fæməlɪ ri`junjəns]

是感恩節，家庭團聚的節日。

約翰 John

But I'm not a family member. Can I come?

[bʌt aɪm nɑt ə fæməlɪ mɛmbɚ] [kæn aɪ kʌm]

但我不是你的家人，我可以去嗎？

凱倫 Karen

Being my best friend and alone in the country, you are welcome to join us.

[biɪŋ maɪ bɛst frɛnd ænd əˋlon ɪn ðə kʌntrɪ ju ɑr wɛlkʌm tə dʒɔɪn ʌs]

你是我最好的朋友，又一個人在這個國家，我們很歡迎你一起來。

約翰 John

Thank you so much for your invitation.

[θæŋk ju so mʌtʃ fɚ juɚ ɪnvəˋteʃən]

真的很感謝你的邀請。

凱倫 Karen

You're welcome. Thanksgiving is a time to spend with the family and best friends.

[juɚ ˋwɛlkʌm] [θæŋksgɪvɪŋ ɪz ə taɪm tə spɛnd wɪð ðə ˋfæməlɪ ænd bɛst frɛnds]

不客氣。感恩節就是和家人還有好朋友共度的日子。

約翰 John

Thank you. I am looking forward to the feast.

[θæŋk ju] [aɪ æm lʊkɪŋ fɔrwɚd tə ðə fist]

謝謝你。我很期待這次的大餐。

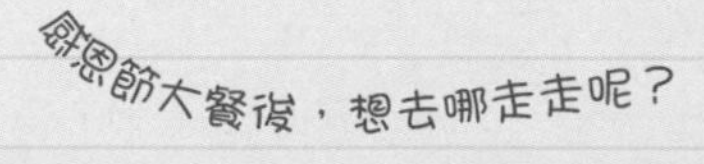

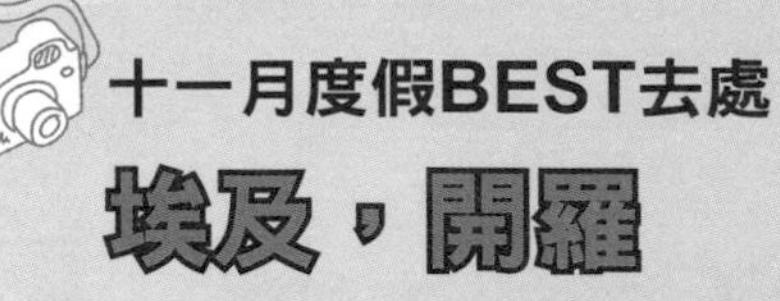

十一月度假BEST去處

埃及，開羅

Cairo, Egypt

埃及（Egypt）地處非洲與亞洲的交接處，以蘇伊士運河（Suez Canal）為亞非分界，位於亞洲的為西奈半島（Senai Peninsula），非洲區則主要分為三大地理區，以尼羅河谷區（Nile River Valley）為界，分隔西部沙漠區與東部沙漠區。

埃及的官方語言為阿拉伯語，絕大多數人口信仰伊斯蘭教，一般將埃及視為阿拉伯國家。國境內觀光景點眾多，舉凡金字塔（Egyptian Pyramid）、人面獅身像（Great Sphinx of Giza）、阿布辛貝神殿（Temple of Abu Simbel）、老鷹神殿、孟農巨像、盧克索神廟（Luxor Temple）等，盡是不容錯過的壯觀景點。

開羅（Cairo）為埃及首都，位於尼羅河三角洲頂點以南數公里處，是全非洲最大的都市。十一月份來到埃及，可參觀位於開羅市區的開羅國家博物館（Egyptian Museum）、開羅塔（Cairo Tower）和薩拉丁大城堡（The Saladin Citadel of Cairo）等。若想參觀宏偉的金字塔，可以開羅為據點，朝西前往約十幾公里處的基沙（Giza）逛逛。孟菲斯（Memphis）位於開羅西南方約三十公里處，是埃及舊王國時代的首都。當地孟菲斯博物館（Mit Rahina Museum）內的拉姆西斯二世巨型殘像令人嘆為觀止，值得一看。

1 聖誕假期～和耶誕老公公一起度假 Christmas

2 禮節日～我用血拼歡度購物假期 Boxing Day

3 跨年假期～我用狂歡跟今年說再見 New Year's Eve

十二月度假BEST去處～美國，紐約 New York, USA

聖誕節小常識 All about Christmas

聖誕節（Christmas），又名耶誕節，是西方文化裡非常重要的一個節日。這個慶祝**耶穌基督誕生（the birth of Jesus Christ）**的重要節日，不管對**天主教（Catholicism）**或**基督教（Christianity）**而言，都具重大意義。因此，每年到了十二月，整個西洋世界便充滿著聖誕節歡欣的氣氛，處處可見**聖誕樹（Christmas tree）**、**聖誕燈（Christmas lights）**等華麗的節慶裝飾。

聖經（Bible）裡提到，在耶穌誕生的那晚，**東方三博士（The Three Kings）**夜觀星象，看見**伯利恆（Bethlehem）**有顆奇亮無比的星星；而在野外放牧的**牧羊人（Shepherds from the fields）**也看見天上放出光華，**天使（angel）**向牧羊人報佳音，預告慶祝耶穌的誕生。因此，在**聖誕節的前一晚（Christmas Eve）**，也就是俗稱的平安夜，為了慶祝耶穌的誕生，基督教的教徒們會上教堂**做禮拜（go to church）**、沿街**報佳音（carol singing）**。

除了聖誕節及前夕的慶祝活動外，家家戶戶其實從十二月初就開始準備這個重大節日的來臨。在聖誕樹、聖誕燈、**槲寄生**（**mistletoe**）、**聖誕花圈**（**Christmas wreath**）等固有的節慶裝飾以外，各地舉辦**聖誕市集**（**Christmas market**）和**聖誕節遊行**（**Christmas parade**）活動。全世界的第一個聖誕市集於一五四五年的德國舉辦。在聖誕市集，除了可以買到許多聖誕節擺飾品外，要是逛得累了、渴了，還可以來些小點心，喝杯暖暖的**香料熱飲酒**（**mulled wine**）。另外，也有專為孩子們準備的**旋轉木馬**（**merry-go-around**）等遊樂設施。這類市集在歐洲尤其盛行，如德國的**史騰斯堡**（**Strasbourg**）的聖誕市集就十分有名。

傳說**聖誕老人**（**Santa Clause**）會在聖誕前夕，駕著**馴鹿**（**reindeer**）拉著的**雪橇**（**sleigh**），送禮到一年中表現良好的孩子們家中。**「聖誕老人進城來」**（**Santa Clause is coming to town.**），就是一首描述這種溫馨情景的歡樂歌曲。孩子們會在床緣掛上**襪子**（**stocking**），滿心期待著聖誕老人送禮來。

要是你在歐洲或美洲，看見滿街閃亮的燈泡、裝飾著七彩耀眼的美麗聖誕樹、甚至是聖誕老人娃娃躺在屋頂上，別懷疑，你馬上就能感受到西洋世界裡最溫馨、最迷人的節慶氣氛！

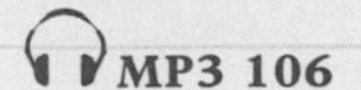

1 candle [`kændḷ] 名 蠟燭

例句 **Mom lit a candle and lit up the room.**

中譯 媽媽點燃了蠟燭，照亮整個房間。

---

2 angel [`endʒḷ] 名 天使

例句 **It is said that angels sang in celebration of Jesus's birth.**

中譯 據說天使歌唱慶祝耶穌誕生。

---

3 carol [`kærəl] 動 唱（耶誕）福音歌曲

例句 **Jane caroled along the street with the rest of the church members.**

中譯 珍和其他教友們一起沿街唱福音歌曲。

---

4 chimney [`tʃɪmnɪ] 名 煙囪

例句 **Kevin waited by the chimney for Santa Claus for the whole night.**

中譯 凱文在煙囪旁等了耶誕老公公一整晚。

---

5 Christian [`krɪstʃən] 名 基督徒

例句 **Christmas is one of the most important holidays for every Christian.**

中譯 對每個基督徒而言，耶誕節是最重要的節日之一。

6 Christmas Eve 片 耶誕夜

例句 Many people go to church on Christmas Eve.

中譯 許多人會在耶誕夜上教堂做禮拜。

7 decorate [ˋdɛkəˏret] 動 裝飾、佈置

例句 We will decorate the Christmas tree all together on Christmas Eve.

中譯 我們會在耶誕夜一起裝飾耶誕樹。

8 mistletoe [ˋmɪsl̩ˏto] 名 槲寄生

例句 Every man and woman standing under the mistletoe should kiss for good luck.

中譯 為了求好運，站在槲寄生下的男女應該要接吻。

9 Santa Claus 片 耶誕老人

例句 Santa Claus visits every good kid and gives him or her gifts on Christmas Eve.

中譯 耶誕老人會在耶誕夜拜訪每個好孩子，並送他們禮物。

10 Christmas tree 耶誕樹

例句 There is a beautiful Christmas tree in the center of the room.

中譯 房間的中央有一棵美麗的耶誕樹。

11 sleigh [sle] 名 雪橇 / 動 駕雪橇

例句 Reindeer are said to be the best sleigh pullers.

中譯 據說馴鹿最適合拉雪橇。

Useful Expressions MP3 107

1 Our family always has a feast to celebrate Christmas.

[aʊr fæməlɪ ɔlwez hæz ə fist tə `sɛləbret krɪsməs]

我們家總是吃大餐慶祝耶誕節。

2 How are you going to celebrate Christmas?

[haʊ ɑr ju goɪŋ tə `sɛləbret krɪsməs]

你要怎麼慶祝耶誕節呢？

3 Do you believe in Santa Claus?

[du ju bə`liv ɪn sæntə klɔs]

你相信有耶誕老人嗎？

4 The Christmas season is celebrated differently all around the world.

[ðə krɪsməs sizn̩ ɪz sɛləbretɪd dɪfərəntlɪ ɔl ə`raʊnd ðə wɝld]

耶誕節在世界各地以不同的方式被慶祝著。

5 The traditional Christmas dinner features roasted turkey and cranberry sauce.

[ðə trə`dɪʃənl̩ krɪsməs dɪnɚ fitʃɚz rostɪd tɝkɪ ænd krænbɛrɪ sɔs]

傳統的耶誕大餐以烤雞和蔓越莓醬為特色。

6 Betty sent to all her friends a Christmas card with her picture on it.

[bɛtɪ sɛnt tu ɔl hɝ frɛnds ə krɪsməs kɑrd wɪð hɝ pɪktʃɚ ɑn ɪt]

貝蒂送朋友們附上她個人照的耶誕卡。

7 It is so romantic that Jack and Jill kissed under the mistletoe.

[ɪt ɪz so rə`mæntɪk ðæt dʒæk ænd dʒɪl kɪst ʌndɚ ðə `mɪsl̩to]

傑克和吉兒在槲寄生下接吻，十分浪漫。

8 Kids will hang their socks on the fireplace and wait for Santa Claus and his gifts.

[kɪds wɪl hæŋ ðɛr sɑks ɑn ðə faɪrples ænd wet fɚ sæntə klɔs ænd hɪz gɪfts]

孩子們會把襪子吊在壁爐上，等待耶誕老人和他的禮物。

9 Rudolph the red-nosed reindeer is Santa Claus's best companion in giving away the gifts.

[`rudɔlf ðə rɛdnost rendir ɪz sæntə klɔzɪs bɛst kʌm`pænjən ɪn gɪvɪŋ ə`we ðə gɪfts]

馴鹿魯道夫是聖誕老公公最棒的送禮夥伴。

10 Ms. Lin gave away candy canes in class last Thursday.

[mɪz lɪn gev ə`we kændɪ kens ɪn klæs læst θɝzde]

林老師上週四在課堂上發送拐杖糖。

Reality conversation practice

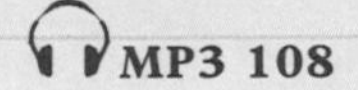

實境對話練習

Merry Christmas!

[mɛrɪ krɪsməs]

耶誕快樂！

Merry Christmas! Nice to see you here!

[mɛrɪ krɪsməs] [naɪs tə si ju hɪr]

耶誕快樂！很高興在這裡見到你！

You, too. I didn't know you were coming to this party, too.

[ju tu] [aɪ dɪdn̩t no ju wɝ kʌmɪŋ tə ðɪs partɪ tu]

我也是。我不知道你也會來這場派對。

I didn't know you would be here, either. How do you know Linda?

[aɪ dɪdn̩t no ju wʊd bi hɪr iðɚ] [haʊ du ju no ˋlɪndə]

我也不知道你會來。你怎麼認識琳達的呢？

We went to the same elementary school.

[wi wɛnt tə ðə sem ɛləˋmɛntərɪ skul]

我們是國小同學。

Oh, I see. Look over there! She has a great Christmas tree.

[o aɪ si] [lʊk ovɚ ðɛr] [ʃi hæz ə gret krɪsməs tri]

原來如此。你看！她的耶誕樹好漂亮。

Indeed it is. Is that mistletoe above us?

[ɪn`did ɪt ɪz] [ɪz ðæt mɪsl̩to əbʌv ʌs]

的確是。在我們頭頂上的是槲寄生嗎？

Yes, it is. Looks like we have to kiss under the mistletoe for good luck.

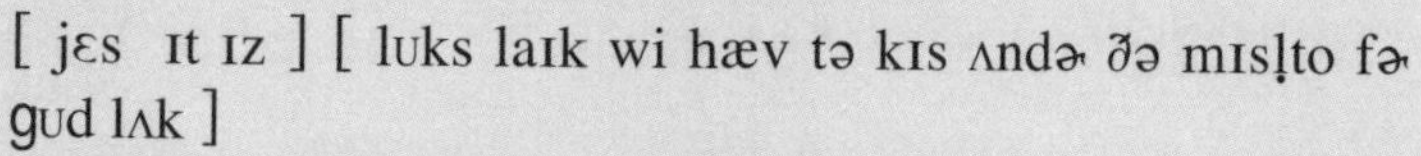

[jɛs ɪt ɪz] [lʊks laɪk wi hæv tə kɪs ʌndɚ ðə mɪsl̩to fɚ gʊd lʌk]

沒錯。看來我們得為了求好運而接吻了。

Yes, for good luck. Merry Christmas.

[jɛs fɚ gʊd lʌk] [mɛrɪ krɪsməs]

沒錯，為了好運。耶誕節快樂。

Merry Christmas.

[mɛrɪ krɪsməs]

耶誕節快樂。

真想搭乘聖誕馴鹿雪橇度假去…

禮節日小常識 All about Boxing Day

禮節日（Boxing Day）是耶誕節的次日，也就是十二月二十六日。關於這個節日的由來，有許多不同的說法。其一是在傳統上，人們會整理耶誕節的禮物、將它們**打包裝箱（box up）**，也會將不需要的禮物**與貧困的人分享（share with the poor）**。另外還有一種說法是，在中世紀期間，每間英國教堂的後面都有一個專門讓大家捐錢給貧窮者的捐獻箱，而這個捐獻箱會在每年的十二月二十六日這天打開，將累積一年的捐獻分送給窮人們。

這一天在美國、加拿大等許多西方文化國家，都是公定的節日，這也讓人們能夠在歡慶耶誕節後好好休息，享受與家人共度的悠閒美好時光。

在英國，依照傳統，**貴族們（the noble）**會在這天進行**獵狐狸（Fox Hunting）**的活動，但是這項活動自從二〇〇四年，在許多**動物保護團體（Animal Protection Group）**的陳情下，政府便於隔年立法禁止，自此，獵狐狸活動便很少見了。取而代之的，

是各式各樣的體育活動，像是足球和賽馬等。**英格蘭超級足球聯賽（Premier League）**讓球迷熱血沸騰，著名的「聖誕快車」（從禮節日至新年過後，十天內安排四場比賽），也是從禮節日這天開始。

時至今日，在禮節日最具代表性的活動，則是令購物迷為之瘋狂的折扣品搶購活動。大部分的百貨賣場、購物中心，會在這天開始**大特價（sale）**，而**折扣（discount）**往往十分吸引人，造成許多想**搶便宜（bargain）**的顧客，一大早就到賣場門前排隊，等著進場搶購第一手的好康。倫敦的知名購物區——**牛津街（Oxford Street）**，每年在這天都會擠滿購物人潮、甚至引發搶購**暴動（riot）**，但是驚人的折扣與優惠，還是讓血拼愛好者不顧一切，年復一年拼命擠進這一級戰區。

雖然禮節日從傳統上分享禮物的恩惠，演變至現今以瘋狂血拼購物活動為主要特色，但是這個節日最重要的概念——**分享歡樂（sharing of the joy）**，自古至今則從沒變過。

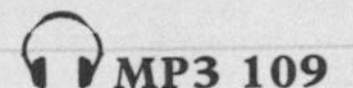

1 box up 片 打包

例句 Boxing Day is the time for people to box up presents for the poor.

中譯 禮節日是人們為貧苦者打包禮物的日子。

2 present [ˋprɛzn̩t] 名 禮物

例句 Little Jack is overjoyed to see the piles of presents for him.

中譯 看到送給他的成堆禮物，小傑克很高興。

3 receive [rɪˋsiv] 動 接受

例句 Linda was happy to receive a new doll from her father.

中譯 收到爸爸送的新洋娃娃，琳達很高興。

4 joyfully [ˋdʒɔɪfəlɪ] 副 歡欣地

例句 A lot of people go shopping joyfully with families on Boxing Day.

中譯 很多人會在禮節日歡欣地和家人去購物。

5 be known as 片 被認為是

例句 Boxing Day is also known as the best time for bargains.

中譯 禮節日也被認為是搶折扣的最佳時機。

❻ shopping [ˋʃɑpɪŋ] 名 購物

例句 Do you want to go shopping with Jessie and me tomorrow?

中譯 你明天想和潔西還有我一起去購物嗎？

❼ price reduction 片 降價

例句 The dramatic price reductions on Boxing Day always attract many shoppers.

中譯 禮節日的大幅度降價總是吸引很多購物愛好者。

❽ sale [sel] 名 拍賣、廉價出售

例句 Macy's Department Store will have a big sale starting next Tuesday.

中譯 梅西百貨下週二會開始打折。

❾ bargain [ˋbɑrgɪn] 名 特價商品、便宜貨

例句 This camera was a real bargain at just 5,000 dollars.

中譯 這台相機只賣五千元，真是划算。

❿ discounted [ˋdɪskaʊntɪd] 形 打折的、折扣的

例句 The discounted motorcycle costs only ten thousand dollars.

中譯 這台打折的摩托車只要一萬元。

⓫ mince pie 片 碎肉派

例句 We're having mince pies as lunch on Boxing Day.

中譯 禮節日當天，我們的午餐吃碎肉派。

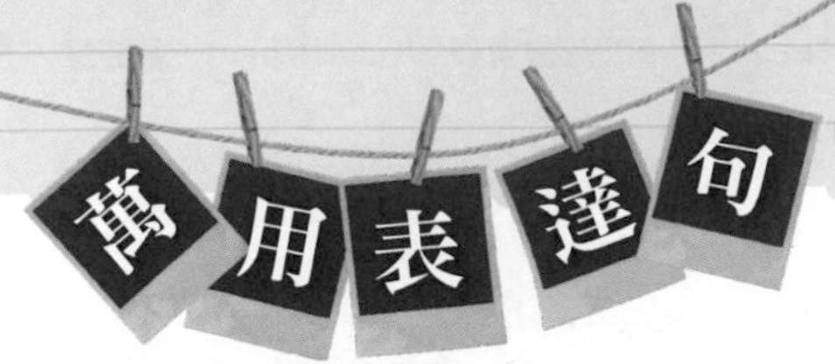

Useful Expressions MP3 110

1 Boxing Day is celebrated on December 26, the day after Christmas.

[baksɪŋ de ɪz sɛləbretɪd an dɪ`sɛmbɚ twɛntɪ sɪksθ ðə de æftɚ krɪsməs]

十二月二十六日是禮節日，是聖誕節的隔天。

2 There will be great sales in most shopping centers on Boxing Day.

[ðɛr wɪl bi gret selz ɪn most ʃapɪŋ sɛntɚs an baksɪŋ de]

禮節日當天，大部分的購物中心都會下殺大優惠。

3 On Boxing Day, most shops have sales with dramatic price reductions.

[an baksɪŋ de most ʃaps hæv selz wɪð drə`mætɪk praɪs rɪ`dʌkʃəns]

很多商店會在禮節日祭出驚人的降價折扣。

4 Do you want to go to Oxford Street with me on Boxing Day for great bargains?

[du ju want tə go tu aksfɚd strit wɪð mi an baksɪŋ de fɚ gret bargɪns]

禮節日當天，你想和我一起去牛津街搶折扣嗎？

5 There are always shoulder-to-shoulder crowds in shopping centers on Boxing Day.

[ðɛr ar ɔlwez ʃoldɚtəʃoldɚ krauds ɪn ʃapɪŋ sɛntɚs an baksɪŋ de]

禮節日當天，購物中心總是擠滿摩肩擦踵的人潮。

❻ Traditionally, December 26 was the day to open the Christmas Box to share with the poor.

[trə`dɪʃənḷɪ dɪ`sɛmbɚ twɛntɪ sɪksθ waz ðə de tə opən ðə krɪsməs baks tu ʃɛr wɪð ðə pur]

傳統上，十二月二十六日是打開聖誕禮物箱和貧者分享的日子。

❼ After all the food and drink on Christmas, we all enjoy slouching on the sofa with our family.

[æftɚ ɔl ðə fud ænd drɪŋk an krɪsməs wi ɔl ɪndʒɔɪ `slautʃɪŋ an ðə sofə wɪð aur fæməlɪ]

在聖誕大餐後，我們喜歡和家人一起窩在沙發上。

❽ It is always a festive moment when kids open their gift boxes on Boxing Day.

[ɪt ɪz ɔlwez ə fɛstɪv momənt hwɛn kɪds opən ðɛr gɪft baksɪs an baksɪŋ de]

禮節日一向是個歡欣的時刻，孩子們可以打開他們的禮物箱。

❾ Johnny hopped down the stairs to open the gifts right after he opened his eyes.

[dʒanɪ hapt daun ðə stɛrs tu opən ðə gɪfts raɪt æftɚ hi opənd hɪz aɪz]

強尼一睡醒就跳下樓梯，去拆他的禮物。

❿ Mom always makes delicious mince pies from Christmas leftovers for us.

[mam ɔlwez meks dɪ`lɪʃəs mɪns paɪs fram krɪsməs lɛftovəz fɚ ʌs]

媽媽總是用聖誕節剩下的食物為我們做好吃的碎肉派。

Reality conversation practice

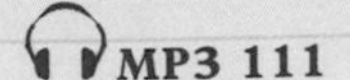

實境對話練習

潔米
Jamie

Daddy, Happy Boxing Day!

[dædɪ hæpɪ bɑksɪŋ de]

爹地，禮節日快樂！

爸爸
Dad

Sweet pea, Happy Boxing Day!

[swit pi hæpɪ bɑksɪŋ de]

親愛的，禮節日快樂！

潔米
Jamie

Can I go check my gifts?

[kæn aɪ go tʃɛk maɪ gɪfts]

我可以去看看我的禮物嗎？

爸爸
Dad

Sure, but you have to get changed first.

[ʃur bʌt ju hæv tə gɛt tʃendʒd fɝst]

當然可以，但是你得先換衣服。

潔米
Jamie

OK. Where is Mommy?

[o`ke] [hwɛr ɪz mɑmɪ]

好的。媽咪在哪裡呢？

She is in the kitchen, preparing our lunchboxes for today.

[ʃi ɪz ɪn ðə kɪtʃɪn prɪpɛrɪŋ aʊr lʌntʃbɑksɪs fɚ tə`de]

她在廚房，幫我們準備中午的便當。

爸爸
Dad

潔米
Jamie

Are we going out?

[ɑr wi goɪŋ aʊt]

我們要出門嗎？

Yes, we are going shopping and then picnicking in the park.

[jɛs wi ɑr goɪŋ ʃɑpɪŋ ænd ðɛn pɪknɪkɪŋ ɪn ðə pɑrk]

沒錯，我們要去逛街，然後去公園野餐。

爸爸
Dad

潔米
Jamie

Yeah!

[jɛə]

耶！

Now go get changed and brush your teeth so that we can go as soon as possible.

[naʊ go gɛt tʃendʒd ænd brʌʃ jʊɚ tiθ so ðæt wi kæn go əz sun əz pɑsəbl̩]

現在快去換衣服和刷牙，這樣我們就可以趕快出門囉。

爸爸
Dad

懷抱著期待的心情拆開禮物吧！

跨年夜小常識 All about New Year's Eve

十二月三十一日是**每一年的最後一天（the last day of the year）**，世界各地的人們透過慶祝為這過往的一年劃下句點，並且**喜悅地迎接新的一年（greet the New Year joyfully）**。

跨年派對（New Year Party）是最常見的跨年夜慶祝活動。世界各地的主要城市，從雪梨、東京、香港、杜拜，到巴黎、倫敦、紐約、洛杉磯，都會在進入新年的前一天，先後舉辦別開生面的跨年派對。跨年派對上通常會有璀璨的煙火，人們會跳舞、唱歌、飲酒作樂，狂歡到一年的最後一刻，等待著齊聲**倒數計時（New Year Countdown）**，迎接新年的到來。在倒數計時後，人們會熱情地給彼此**新年擁抱（New Year hug）**以及**新年親吻（New Year kiss）**，祝福對方在新的一年裡，能夠事事平安順利。

美國**紐約時代廣場（Times Square, New York）**舉行的跨年派對，每年都吸引近百萬的人潮。自一九〇七年起，時代廣場的

「掉球儀式」（ball-drop）一直是跨年夜最重要的慶祝活動之一。每年都會從時代廣場的上空掉落一顆水晶球來慶祝新年。水晶球會在跨年慶祝活動開始時，緩緩上升到至高點。到了十一點五十九分，水晶球會落下，象徵著丟掉過往一年的陋習，迎接新的一年。球的設計主題年年不同，例如二〇〇七年的主題為**希望和平（Hope for Peace）**，由五〇四片水晶三角片組成球。其中七十二片拼湊出該年的和平主題，剩下的四百三十二片則折射出往年的主題，如**希望友誼（Hope for Fellowship）**、**希望智慧（Hope for Wisdom）**和**希望和諧（Unity）**等。

在台灣，台北一〇一大樓就好比紐約的時代廣場，每年都會吸引大量的人潮，一同觀賞亞洲最美麗的跨年煙火，與世界共同迎接新的開始。而在鄰近台灣的日本，跨年夜會由**日本放送協會（NHK）**舉辦紅白歌唱大賽，藉由現場直播的競賽性音樂表演，陪伴觀眾迎接新年。

度過跨年夜的方式有很多，目的不外乎是希望能和過往的一年好好道別，並祈求來年事事順利。然而，若能藉此機會檢視自己一年來的成長、從而設立新年度的目標，也算是在狂歡外，別具一番意義的跨年活動。

MP3 112

1 countdown [`kaʊnt,daʊn] 名 倒數計時

例句 As the countdown continues, the crowd got more and more excited.

中譯 隨著倒數計時持續，人群變得越來越興奮。

2 hug [hʌg] 名 / 動 擁抱

例句 Maria gave Jason a New Year's hug, which made him overjoyed.

中譯 瑪麗亞給了傑森一個新年擁抱，讓他非常開心。

3 celebration [,sɛlə`breʃən] 名 慶祝

例句 There will be a great celebration for the coming New Year.

中譯 為了迎接即將來臨的新年，會舉辦盛大的慶祝活動。

4 midnight [`mɪd,naɪt] 名 半夜

例句 The New Year celebration is in its prime at midnight.

中譯 到了半夜，新年的慶祝活動最為熱鬧。

5 alcoholic beverage 片 含酒精飲料

例句 Teenagers are not allowed to drink alcoholic beverages.

中譯 青少年不能飲用含酒精飲料。

❻ gather [`gæðɚ] 動 聚集、聚會

例句 Friends and families will gather together to celebrate the New Year.

中譯 朋友和家人們會齊聚一堂慶祝新年。

❼ plaza [`plæzə] 名 廣場

例句 Are you going to the celebration in the plaza as well?

中譯 你也會去參加廣場上的慶祝活動嗎？

❽ dance [dæns] 動 跳舞

例句 Jessica was more than happy to be able to dance New Year's Eve away with Ken.

中譯 潔西卡非常樂意和肯一起用跳舞度過跨年夜。

❾ party [`pɑrtɪ] 名 派對

例句 Larry decided to throw a birthday party for his sister.

中譯 賴瑞決定幫他的姐姐舉辦生日派對。

❿ past [pæst] 形 過去的

例句 May the past year give us the courage to move into the next one.

中譯 希望過去的一年能賦予我們面對來年的勇氣。

⓫ coming [`kʌmɪŋ] 形 即將到來的

例句 We wish you all the best for the coming year.

中譯 我們祝福你來年一切順利。

Useful Expressions

MP3 113

1. **The New Year's Eve celebrations usually go on past midnight into January 1.**

[ðə nju jɪrz iv sɛlə`breʃəns juʒuəlɪ go ɑn pæst mɪdnaɪt ɪntu dʒænjuɛrɪ fɝst]

跨年夜的慶祝活動通常會超過半夜，持續到一月一日。

2. **New Year's Eve, the last day of the year, is on December 31.**

[nju jɪrz iv ðə læst de əv ðə jɪr ɪz ɑn dɪ`sɛmbɚ θɝtɪ fɝst]

跨年夜在一年的最後一天，也就是十二月三十一日。

3. **Are you going to the New Year's Eve party at Molly's place?**

[ɑr ju goɪŋ tu ðə nju jɪrz iv pɑrtɪ æt mɑlɪs ples]

你要去參加茉莉家的跨年派對嗎？

4. **People will drink, dance, and have a lot of fun with friends on New Year's Eve.**

[pipl̩ wɪl drɪŋk dæns ænd hæv ə lɑt əv fʌn wɪð frɛnds ɑn nju jɪrz iv]

在跨年夜，人們會喝酒、跳舞，和朋友同歡。

5. **The "ball-drop" in Times Square is a major celebration on New Year's Eve.**

[ðɛ bɔl drɑp ɪn taɪms skwɛr ɪz ə medʒɚ sɛlə`breʃən ɑn nju jɪrz iv]

時代廣場的「掉球儀式」是跨年夜的重大慶祝活動。

6 It is estimated that there are millions of people in Times Square on New Year's Eve.

[ɪt ɪz `ɛstəmetɪd ðæt ðɛr ɑr `mɪljənz əv pipḷ ɪn taɪms skwɛr ɑn nju jɪrz iv]

跨年夜的時代廣場上，預計會有超過百萬人潮。

7 How are you going to celebrate New Year's Eve?

[haʊ ɑr ju goɪŋ tə sɛləbret nju jɪrz iv]

你要怎麼慶祝跨年夜呢？

8 Who are you going to kiss during the countdown?

[hu ɑr ju goɪŋ tə kɪs djʊrɪŋ ðə kaʊntdaʊn]

你在倒數時打算親吻誰呢？

9 New Year's Eve is said to be the second most romantic night after Valentine's Day evening.

[nju jɪrz iv ɪz sɛd tə bi ðə sɛkənd most rə`mæntɪk naɪt æftɚ vælənta ɪns de ivṇɪŋ]

跨年夜被認為是僅次於情人夜，第二浪漫的夜晚。

10 Taipei 101 features fireworks beyond description on New Year's Eve.

[taɪpe wʌnowʌn fitʃɚs faɪrwɝks bɪ`jɑnd dɪ`skrɪpʃən ɑn nju jɪrz iv]

在跨年夜，台北一〇一會有美麗絕倫的煙火。

Reality conversation practice

實境對話練習

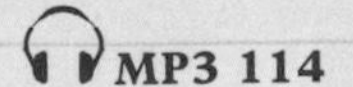

妮可 Nicole

What is your plan for New Year's Eve?

[hwɑt ɪz juɚ plæn fɚ nju jɪrz iv]

你的跨年夜有什麼計劃嗎？

彼得 Peter

No clue yet. How about you?

[no klu jɛt] [haʊ əbaʊt ju]

還沒想好。你呢？

妮可 Nicole

I might go to Taipei 101. Do you want to go with me?

[aɪ maɪt go tə taɪpe wʌnowʌn] [du ju wɑnt tə go wɪð mi]

我也許會去台北一〇一。你想和我一起去嗎？

彼得 Peter

Taipei 101 sounds great, but I think I'll say no.

[taɪpe wʌnowʌn saʊnds gret bʌt aɪ θɪŋk aɪl se no]

台北一〇一聽起來很棒，但是我應該不會去。

妮可 Nicole

Why?

[hwaɪ]

為什麼呢？

There are always too many people. Crowds make me nervous.

[ðɛr ɑr ɔlwez tu mɛnɪ pipḷ] [kraʊds mek mi nɝvəs]

那裡總是有太多人。人潮讓我緊張。

彼得
Peter

妮可
Nicole

Chill out. It will be fun, and they said there will be the greatest fireworks show.

[tʃɪl aʊt] [ɪt wɪl bi fʌn ænd ðe sɛd ðɛr wɪl bi ðə gretɪst faɪrwɝks ʃo]

別緊張。會很好玩的，聽說會有非常棒的煙火秀。

It is tempting.

[ɪt ɪz tɛmptɪŋ]

是蠻吸引人的。

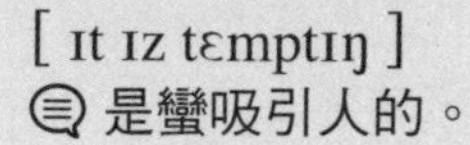

彼得
Peter

妮可
Nicole

Come on! I really hope that you can go with me.

[`kʌm͵ ɑn] [aɪ rɪəlɪ hop ðæt ju kæn go wɪð mi]

走啦！我真的希望你能跟我一起去。

OK. I'll go if you really want me to.

[oke] [aɪl go ɪf ju rɪəlɪ wɑnt mi tu]

好吧。如果你真的想要我去的話，我就去。

彼得
Peter

今年想在哪個國家歡度跨年呢？

十二月度假BEST去處

美國，紐約

New York, USA

紐約（New York）是美國最大的城市，簡稱NYC（New York City），常見暱稱為大蘋果（The Big Apple），數百年前為荷蘭人所建，舊稱新阿姆斯特丹（New Amsterdam）。哈德遜河（Hudson River）流經市區，由曼哈頓（Manhattan）、皇后區（Queens）、布魯克林區（Brooklyn）、布朗士區（Bronx）和史泰登島區（Staten Island）共同組成。

紐約的知名景點多集中在曼哈頓區，舉凡時代廣場（Times Square）、帝國大廈（Empire State Building）、中央公園（Central Park）、華爾街（Wall Street）等，以及大都會博物館（Metropolitan Museum of Art）、古根漢美術館（Soloman R. Guggenheim Museum）、美國自然史博物館（American Museum of Natural History）等，還有百老匯（Broadway）的音樂劇表演、第五大道（Fifth Avenue）上的名牌旗艦店，足以讓人逛上好幾天。

若你喜愛籃球運動，絕對不能錯過紐約尼克隊（Knicks）在麥迪遜花園廣場（Madison Square Garden）的主場球賽；若你喜歡網球，則可在每年的八月底、九月初前往皇后區欣賞網球大滿貫賽事的最後一站——美國網球公開賽（US Open）。

救急脫困168英文金句

字字關鍵，句句救急，出外旅遊，隨時應用，永保平安。

行前準備英文金句 MP3 115

機票與劃位

001 我想訂一月三十日飛往洛杉磯的機票。

I'd like to book a flight ticket to Los Angeles on January 30.

[aɪd laɪk tə bʊk ə flaɪt tɪkɪt tə lɔs `ændʒələs ɑn dʒænjʊɛrɪ θɜtɪɪθ]

002 機票多少錢？

How much is the flight ticket?

[haʊ mʌtʃ ɪz ðə flaɪt tɪkɪt]

飛行資訊

003 中華航空435號班機何時起飛？

When is the departure time for CI-435?

[hwɛn ɪz ðə dɪ`pɑrtʃɚ taɪm fɚ si aɪ for θɜtɪ faɪv]

004 需要轉機嗎？

Do I need to transfer?

[du aɪ nid tə trænsfɜ]

確定航班

005 我想再確認下週五去舊金山的機位。

I want to reconfirm my flight to San Francisco for next Friday.

[aɪ wɑnt tə rikən`fɜm maɪ flaɪt tə sæn fræn`sɪsko fɚ nɛkst fraɪde]

006 您的機位確認已完成無誤。

Your ticket is confirmed.

[jʊr tɪkɪt ɪz kən`fɜmd]

變更預約

007 我想把出發日延到下週三。

I'd like to postpone my departure until next Wednesday.

[aɪd laɪk tə post`pon maɪ dɪ`pɑrtʃɚ ʌn`tɪl nɛkst wɛnzde]

008 我要取消機位。

I would like to cancel my flight.

[aɪ wʊd laɪk tə kænsl̩ maɪ flaɪt]

在機場英文金句 MP3 116

詢問機場內的場所

009 長榮航空的登機櫃台在哪裡？

Where's the check-in counter for EVA Airways?

[hwɛrz ðə `tʃɛkɪn kaʊntɚ fɚ ivie ɛrwez]

010 8號登機門在哪裡？

Where is Gate 8?

[hwɛr ɪz get et]

說明座位喜好及行李托運

011 請給我一個靠窗的位子。

Please give me a window seat.

[pliz gɪv mi ə wɪndo sit]

012 我的行李麻煩直掛東京。

Please check my luggage all the way through to Tokyo.

[pliz tʃɛk maɪ lʌgɪdʒ ɔl ðə we θru tə `tokɪo]

詢問其他飛行資訊

013 登機時間是幾點？

What is the boarding time?

[hwɑt ɪz ðə bordɪŋ taɪm]

014 我要轉港龍航空的908號班機。

I'm connecting with KA-908.

[aɪm kə`nɛktɪŋ wɪð `ke`e naɪn zɪro et]

免稅商店

015 我要買一條七星淡菸。

I'd like to buy a carton of Mild Seven.

[aɪd laɪk tə baɪ ə kɑrtn̩ əv maɪld sɛvn̩]

016 請問你們有香奈兒五號香水嗎？

Do you have Chanel No. 5?

[du ju hæv ʃə`nɛl nʌmbɚ faɪv]

登 機

017 請年長的旅客先登機。

We'll invite elderly passengers to board first.

[wil ɪn`vaɪt ɛldɚlɪ pæsn̩dʒɚs tə bord fɝst]

018 現在請持有經濟艙機票的旅客登機。

We'll invite passengers in economy class to board now.

[wil ɪn`vaɪt pæsn̩dʒɚs ɪn ɪ`kɑnəmɪ klæs tə bord naʊ]

在飛機上英文金句 MP3 117

座 位

019 56D的座位在哪裡？

Where's seat 56D?

[hwɛrz sit fɪftɪ sɪks di]

020 我可以把座位往後傾斜嗎？

May I recline my seat?

[me aɪ rɪ`klaɪn maɪ sit]

行 李

021 可以幫我把包包放上去嗎？

Could you help me to put my bag up?

[kʊd ju hɛlp mi tə put maɪ bæg ʌp]

022 可否移一下你的手提箱？

Could you move your suitcase a little?

[kʊd ju muv jʊr sutkes ə lɪtl̩]

飲 料

023 請給我們兩杯咖啡好嗎？

May we have two cups of coffee, please?

[me wi hæv tu kʌps əv kɑfɪ pliz]

024 可以給我糖和奶精嗎？

May I have some sugar and cream?

[me aɪ hæv sʌm ʃʊgɚ ænd krim]

機內用餐

025 請給我雞肉。

I'll have the chicken, please.

[aɪl hæv ðə ʃɪkɪn pliz]

026 你們有泡麵嗎？

Do you have any instant noodles?

[du ju hæv ɛnɪ ɪnstənt nudl̩s]

詢問其他服務

027 要怎麼打開閱讀燈啊？

How do I turn this overhead light on?

[haʊ du aɪ tɝn ðɪs ovɚhɛd laɪt ɑn]

028 請給我撲克牌好嗎？

May I have some playing cards?

[me aɪ hæv sʌm pleɪŋ kɑrds]

機內購物

029 給我一份免稅商品目錄好嗎？

May I have a catalogue of duty-free goods?

[me aɪ hæv ə kætəlɔg əv djutɪ fri gʊds]

030 這瓶香水多少錢？

How much is this bottle of perfume?

[hau mʌtʃ ɪz ðɪs bɑtḷ əv pɝfjum]

不舒服時

031 可以給我一個嘔吐袋嗎？

Could I have an airsickness bag?

[kud aɪ hæv æn ɛrsɪknɪs bæg]

032 我不太舒服，請問有地方讓我躺一下嗎？

I don't feel very good. Is there a place where I could lie down?

[aɪ dont fil vɛrɪ gud] [ɪz ðɛr ə ples hwɛr aɪ kud laɪ daun]

與鄰座應對

033 不好意思，我想去上廁所。

Excuse me. I'd like to go to the lavatory.

[ɪk`skjuz mi ] [ aɪd laɪk tə go tu ðə `lævətorɪ]

034 如果你要起來的話，我不介意你把我叫醒。

I don't mind if you wake me up when you want to stand up.

[aɪ dont maɪnd ɪf ju wek mi ʌp hwɛn ju wɑnt tə stænd ʌp]

飛機抵達前

035 請給我一張入境登記表好嗎？

May I have a disembarkation form?

[me aɪ hæv ə dɪsɪmbɑr`keʃən fɔrm]

036 需要海關申報單嗎？

Do you need a Customs declaration form?

[du ju nid ə kʌstəmz dɛklə`reʃən fɔrm]

入境時英文金句 MP3 118

入境審查：說明目的

037 我是來度假的。

I'm enjoying a vacation.

[aɪm ɪn`dʒɔɪɪŋ ə vekeʃən]

038 我來參加我朋友的婚禮。

I have come to attend my friend's wedding.

[aɪ hæv kʌm tə ə`tɛnd maɪ frɛnds wɛdɪŋ]

入境審查：說明住宿

039 我會住在表哥家。

I'm going to stay at my cousin's place.

[aɪm goɪŋ tə ste æt maɪ kʌzṇs ples]

040 我會住在青年旅館。

I'm going to stay at the hostel.

[aɪm goɪŋ tə ste æt ðə hɑstḷ]

入境審查：機票和攜帶的錢財

041 我有四千元英鎊。

I have 4,000 Pounds.

[aɪ hæv for θauzṇd paunds]

042 我有回程的機票，可是還沒有訂位。

I have a return ticket but I haven't made a reservation yet.

[aɪ hæv ə rɪ`tɝn tɪkɪt bʌt aɪ hævṇt med ə rɛzɚ`veʃən jɛt]

行李提領

043 我要到哪裡提領行李呢？

Where can I pick up my luggage?

[hwɛr kæn aɪ pɪk ʌp maɪ lʌgɪdʒ]

044 聯合航空752號班機的行李在哪裡？

Where is the luggage from UA-752?

[hwɛr ɪz ðə lʌgɪdʒ frɑm ju e sɛvṇ fɪftɪ tu]

行李遺失

045 請問中國國際航空613號班機的行李全都出來了嗎？

Excuse me. Has all the baggage from CA-613 come out?

[ɪk`skjuz mi] [hæz ɔl ðə bægɪdʒ frɑm si e sɪks wʌn θri kʌm aʊt]

046 行李遺失中心在哪裡呢？

Where's the lost luggage office?

[hwɛrz ðə lɔst lʌgɪdʒ ɔfɪs]

海關

047 這些是要送朋友的禮物。

These're gifts for my friends.

[ðiz ɚ gɪfts fɚ maɪ frɛnds]

048 你有任何東西需要申報嗎？

Do you have anything to declare?

[du ju hæv ɛnɪθɪŋ tə dɪ`klɛr]

旅客服務英文金句 MP3 119

詢問銀行服務

049 請問機場內的銀行在哪裡？

Where's the bank in the airport?

[hwɛrz ðə bæŋk ɪn ðɪ ɛrport]

050 這裡可以買加幣嗎？

Can I buy Canadian dollars here?

[kæn aɪ baɪ kə`nedɪən dɑləs hɪr]

詢問匯率與貨幣

051 請問英鎊的匯率是多少？

What's the exchange rate for Pounds?

[hwɑts ðɪ ɪk`stʃendʒ ret fɚ paunds]

052 手續費是多少錢呢？

How much is the commission?

[haʊ mʌtʃ ɪz ðə kʌ`mɪʃən]

旅客服務中心

053 請問有附價格和詳細說明的簡介嗎？

May I get a brochure with prices and details?

[me aɪ gɛt ə bro`ʃur wɪð praɪsɪs ænd ditels]

054 到市區最快的方式是什麼？

What's the fastest way to go to downtown?

[hwɑts ðə fæstɪst we tə go tu daʊntaʊn]

住宿英文金句 MP3 120

預約訂房

055 我想預訂兩間單人房。

I'd like to reserve two single rooms.

[aɪd laɪk tə rɪ`zɝv tu sɪŋgḷ rums]

056 住一個晚上要多少錢呢？

How much does it cost for one night?

[haʊ mʌtʃ dʌz ɪt kɔst fɚ wʌn naɪt]

登記住宿：有預約

057 我用李艾咪的名字訂了一間家庭房。

I should have a reservation for a family room under the name Amy Lee.

[aɪ ʃʊd hæv ə rɛzɚ`veʃən fɚ ə fæməlɪ rum ʌndɚ ðə nem emɪ li]

058 我透過網路預約的。

I made a reservation through the Internet.

[aɪ med ə rɛzɚ`veʃən θru ðɪ ɪntɚnɛt]

登記住宿：未預約

059 你們有空房嗎？

Do you have any vacant rooms?

[du ju hæv ɛnɪ vekənt rumz]

060 我要有一對單人床的房間。

I'd like to have a twin room.

[aɪd laɪk tə hæv ə twɪn rum]

詢問住宿費用

061 一間豪華客房要多少錢？

How much is a luxury room?

[haʊ mʌtʃ ɪz ə lʌkʃərɪ rum]

062 單人房的價格是多少錢？

How much is the rate for a single room?

[haʊ mʌtʃ ɪz ðə ret fɚ ə sɪŋl̩ rum]

詢問房間設備

063 所有房間都有空調嗎？

Are all the rooms air-conditioned?

[ɑr ɔl ðə rums ɛr kən`dɪʃənd]

064 房裡有網路線嗎？

Is there any cable to connect the Internet in the room?

[ɪz ðɛr ɛnɪ kebl̩ tə kə`nɛkt ðɪ ɪntɚnɛt ɪn ðə rum]

預定住宿天數

065 我要續住一週。

I'd like to continue to stay for a week.

[aɪd laɪk tə kən`tɪnjʊ tə ste fɚ ə wik]

066 我會在週四下午離開。

I'm leaving on Thursday afternoon.

[aɪm livɪŋ ɑn θɝzde æftɚnun]

詢問飯店設施

067 溫泉浴場在哪裡？

Where's the spa?

[hwɛrz ðə spɑ]

068 餐廳在哪裡？

Where's the dining room?

[hwɛrz ðə daɪnɪŋ rum]

詢問飯店設施的營業時間

069 早餐幾點開始供應？

What time do you serve breakfast?

[hwɑt taɪm du ju sɝv brɛkfəst]

070 三溫暖幾點營業？

What time does the sauna open?

[hwɑt taɪm dʌz ðə saʊnə opən]

寄放行李

071 我想寄放行李。

I'd like to check in luggage.

[aɪd laɪk tə tʃɛk ɪn lʌgɪdʒ]

072 我可以寄放行李嗎？

May I park my luggage here?

[me aɪ pɑrk maɪ lʌgɪdʒ hɪr]

在飯店英文金句 MP3 121

客房服務：餐飲與叫醒

073 八點請幫我送早餐來。

Please bring my breakfast at 8:00.

[pliz brɪŋ maɪ brɛkfəst æt et ə`klɑk]

074 請明天早上五點半叫醒我。

Please wake me up at 5:30 a.m. tomorrow.

[pliz wek mi ʌp æt faɪv θɝtɪ e æm tə`mɔro]

客房服務：送洗

075 請幫我洗襯衫。

I'd like to get these shirts laundered.

[aɪd laɪk tə gɛt ðiz ʃɝts lɔndɚd]

076 我要送洗衣物。

I'd like to have laundry service.

[aɪd laɪk tə hæv lɔndrɪ sɝvɪs]

住宿抱怨

077 沒有熱水。

There's no hot water.

[ðɛrz no hɑt wɔtɚ]

078 我隔壁房間太吵了。

The room next to mine is too noisy.
[ðə rum nɛkst tə maɪn ɪz tu nɔɪzɪ]

留言

079 請問112號房有沒有任何留言？
Is there any message for Room 112?
[ɪz ðɛr ɛnɪ mɛsɪdʒ fɚ rum wʌn twɛlv]

080 有沒有給王傑克的信件？
Is there any letter for Jack Wang?
[ɪz ðɛr ɛnɪ lɛtɚ fɚ dʒæk waŋ]

使用飯店設施

081 請問健身房在哪裡？
Excuse me. Where's the gym?
[ɪk`skjuz mi] [hwɛrz ðə dʒɪm]

082 房客可以免費使用游泳池嗎？
Is the pool free for guests?
[ɪz ðə pul fri fɚ gɛsts]

退 房

083 我要退房。
I'd like to check out.
[aɪd laɪk tə tʃɛk aut]

084 我可以寄放行李到五點嗎？
May I leave my luggage here until 5 o'clock?
[me aɪ liv maɪ lʌgɪdʒ hɪr ʌn`tɪl faɪv ə`klɑk]

異地用餐英文金句 MP3 122

詢問餐廳

085 你能否推薦這附近不錯的餐廳呢？
Could you recommend a nice restaurant near here?
[kud ju rɛkə`mɛnd ə naɪs rɛstərənt nɪr hɪr]

086 這附近有中國餐廳嗎？
Is there a Chinese restaurant nearby?
[ɪz ðɛr ə tʃaɪ`niz rɛstərənt nɪrbaɪ]

預約餐廳

087 我要訂位，晚上八點，四個人。
I'd like to book a table for four people at 8:00 in the evening.
[aɪd laɪk tə buk ə tebl̩ fɚ for pipl̩ æt et ə`klɑk ɪn ðɪ `ivnɪŋ]

088 請問你們幾點開始供應晚餐？
When do you start to serve dinner?
[hwɛn du ju stɑrt tə sɝv dɪnɚ]

進入餐廳

089 請問有五個人的位子嗎？
Do you have a table for five people?
[du ju hæv ə tebl̩ fɚ faɪv pipl̩]

090 我要一份當日午餐。
I'd like to have a lunch of the day.
[aɪd laɪk tə hæv ə lʌntʃ əv ðə de]

點 菜

091 請給我菜單好嗎？
May I have a menu, please?
[me aɪ hæv ə mɛnju pliz]

092 麻煩您再等一下。
Please wait for one more moment.
[pliz wet fɚ wʌn mor momənt]

點 酒

093 給我酒單好嗎？
May I have the wine list?
[me aɪ hæv ðə waɪn lɪst]

094 你會推薦什麼酒來搭配牛排？
What do you recommend with the steak?

[hwɑt du ju rɛkəmɛnd wɪð ðə stek]

用餐

095 我可以把薯條換成洋蔥圈嗎？

Can I have onion rings instead of French fries?

[kæn aɪ hæv `ʌnjən rɪŋs ɪn`stɛd əv frɛntʃ fraɪs]

096 這樣就可以了。

That's all for me.

[ðæts ɔl fɚ mi]

談論菜色

097 你能告訴我怎麼吃這道菜嗎？

Could you tell me how to eat this?

[kʊd ju tɛl mi haʊ tə it ðɪs]

098 這不是我點的東西。

This is not what I ordered.

[ðɪs ɪz nɑt hwɑt aɪ ɔrdɚd]

餐後

099 請給我濕紙巾好嗎？

Would you bring me some wet towels, please?

[wʊd ju brɪŋ mi sʌm wɛt taʊəlz pliz]

100 請給我帳單好嗎？

Would you show me the bill, please?

[wʊd ju ʃo mi ðə bɪl pliz]

速食店

101 請給我二號餐。

Meal number two, please.

[mil nʌmbɚ tu pliz]

102 可以多給我幾包胡椒粉嗎？

May I have more pepper?

[me aɪ hæv mor pɛpɚ]

逛街英文金句 MP3 123

營業場所和營業時間

103 那家店在哪裡？

Where is the store located?

[hwɛr ɪz ðə stor lo`ketɪd]

104 星期日有營業嗎？

Are you open on Sundays?

[ɑr ju opən ɑn sʌndes]

樓層詢問

105 哪裡有賣化妝品？

Where do you sell cosmetics?

[hwɛr du ju sɛl kɑz`mɛtɪks]

106 男裝部在幾樓？

Which floor is the men's wear department on?

[hwɪtʃ flor ɪz ðə mɛnz wɛr dɪ`pɑrtmənt ɑn]

顧客服務中心：店內服務

107 能告訴我哪裡有手推車嗎？

Can you tell me where the trolley is?

[kæn ju tɛl mi hwɛr ðə trɑlɪ ɪz]

108 服務台在哪裡？

Where's the information counter?

[hwɛrz ðɪ ɪnfɚ`meʃən kauntɚ]

顧客服務中心：店內設施

109 寄物區在哪裡？

Where is the storage area?

[hwɛr ɪz ðə storɪdʒ ɛrɪə]

110 兒童遊戲區在哪裡？

Where is the children's playground?

[hwɛr ɪz ðə tʃɪldrəns `plegraʊnd]

詢問尺寸

111 這件毛衣有大一點的尺寸嗎？
Do you have this sweater in a bigger size?
[du ju hæv ðɪs swɛtɚ ɪn ə bɪgɚ saɪz]

112 可以幫我量一下尺寸嗎？
Could you take my measurements?
[kʊd ju tek maɪ mɛʒɚmənts]

詢問顏色

113 有紅色的嗎？
Do you have a red one?
[du ju hæv ə rɛd wʌn]

114 我較喜歡暖色系。
I prefer warm colors.
[aɪ prɪfɚ wɔrm kʌlɚz]

詢問商品

115 有絲巾嗎？
Do you have silk scarves?
[du ju hæv sɪlk skɑrvz]

116 這可以用洗衣機洗嗎？
Is it machine-washable?
[ɪz ɪt məʃin wɑʃəbl̩]

詢問店員意見

117 我可以照一下鏡子嗎？
May I look in a mirror?
[me aɪ lʊk ɪn ə mɪrɚ]

118 你建議哪一個牌子？
Which brand do you recommend?
[hwɪtʃ brænd du ju rɛkə`mɛnd]

修 改

119 你可以幫我把長度改短嗎？
Can you make the length shorter?
[kæn ju mek ðə lɛŋθ ʃɔrtɚ]

120 改這個要多久時間？
How long will it take to do that?
[haʊ lɔŋ wɪl ɪt tek tə du ðæt]

詢問價格

121 這個多少錢？
How much is this one?
[haʊ mʌtʃ ɪz ðɪs wʌn]

122 如果我買五個，可不可以打折？
If I buy five, can I have a discount?
[ɪf aɪ baɪ faɪv kæn aɪ hæv ə dɪskaʊnt]

決定購買

123 請給我這個。
I'll take this.
[aɪl tek ðɪs]

124 請給我兩件紅色和一件黑色的毛衣。
I'll take two red sweaters and a black one, please.
[aɪl tek tu rɛd swɛtɚs ænd ə blæk wʌn pliz]

決定不買

125 我考慮一下。
I'll think it over.
[aɪl θɪŋk ɪt ovɚ]

126 我只是看看。
I'm just looking.
[aɪm dʒʌst lʊkɪŋ]

詢問維修

127 我要修理這個。
I'd like to have this fixed.
[aɪd laɪk tə hæv ðɪs fɪkst]

128 我的電腦無法開機，請幫我維修。

My PC cannot boot up, please fix it for me.
[maɪ pi si kænɑt but ʌp pliz fɪks ɪt fɔr mi]

換退貨

129 這不能使用。
This doesn't work.
[ðɪs dʌzn̩t wɝk]

130 麻煩你，我想換另外一個。
I'd like to have another one, please.
[aɪd laɪk tə hæv ə`nʌðɚ wʌn pliz]

觀光時英文金句 MP3 124

詢問遊覽行程

131 請問有觀光手冊嗎？
Do you have a pamphlet on sightseeing?
[du ju hæv ə pæmflɪt ɑn saɪtsiɪŋ]

132 請問有潛水之旅嗎？
Do you have any diving tours?
[du ju hæv ɛnɪ daɪvɪŋ turz]

詢問遊覽內容

133 可以告訴我這趟行程的路線嗎？
Would you tell me the route of this tour?
[wʊd ju tɛl mi ðə rut əv ðɪs tur]

134 有會說中文的導遊嗎？
Is there a Chinese-speaking guide?
[ɪz ðɛr ə tʃaɪ`niz spikɪŋ gaɪd]

詢問遊覽費用

135 費用全包含在內嗎？
Is everything included?
[ɪz ɛvrɪθɪŋ ɪn`kludɪd]

136 小孩有折扣嗎？
Is there any discount for children?
[ɪz ðɛr ɛnɪ dɪskaunt fɚ tʃɪldrən]

變更行程

137 我們可以改期嗎？
Can we change the date?
[kæn wi tʃendʒ ðə det]

138 我可以退票嗎？
Can I have a refund for this ticket?
[kæn aɪ hæv ə `rifʌnd fɚ ðɪs tɪkɪt]

交通英文金句 MP3 125

問路

139 最近的地鐵站在哪裡？
Where's the closest subway station?
[hwɛrz ðə klosɪst sʌbwe steʃən]

140 可否指出我在地圖的哪裡？
Could you show me where I am now on the map?
[kʊd ju ʃo mi hwɛr aɪ æm naʊ ɑn ðə mæp]

搭計程車

141 請載我到這個地址。
Please drive me to this address.
[pliz draɪv mi tə ðɪs ə`drɛs]

142 請在下一個紅綠燈右轉。
Please turn right at the next traffic light.
[pliz tɝn raɪt æt ðə nɛkst træfɪk laɪt]

搭公車

143 請問你有公車路線圖嗎？
Do you have a bus route map?
[du ju hæv ə bʌs rut mæp]

144 請問下一站是火車站嗎？

Excuse me. Is the next stop the train station?
[ɪk`skjuz mi] [ɪz ðə nɛkst stɑp ðə tren steʃən]

搭地鐵

145 請問售票亭在哪裡？
Where's the ticket office?
[hwɛrz ðə tɪkɪt ɔfɪs]

146 這是要往百老匯的車嗎？
Is this bound for Broadway?
[ɪz ðɪs baʊnd fɚ brɔdwe]

搭火車

147 可以給我兩張到米蘭的車票嗎？
Would you give me two tickets to Milan, please?
[wʊd ju gɪv mi tu tɪkɪts tə mɪ`læn pliz]

148 可以給我一張時刻表嗎？
May I have a time table?
[me aɪ hæv ə taɪm tebl̩]

租車

149 我要租三天的車。
I want to rent a car for three days.
[aɪ wɑnt tə rɛnt ə kɑr fɚ θri dez]

150 你們有道路救援服務嗎？
Do you have roadside assistance?
[du ju hæv rodsaɪd ə`sɪstəns]

加油

151 一般無鉛汽油，請加滿。
Please fill it up with regular unleaded.
[pliz fɪl ɪt ʌp wɪð rɛgjəlɚ ʌn`lɛdɪd]

152 請幫我檢查一下冷卻水好嗎？
Would you check the water, please?
[wʊd ju tʃɛk ðə wɑtɚ pliz]

汽車故障

153 我的車沒辦法發動。
I can't get my car started.
[aɪ kænt gɛt maɪ kɑr stɑrtɪd]

154 我的油門踏板有問題。
There's something wrong with my gas pedal.
[ðɛrz sʌmθɪŋ rɔŋ wɪð maɪ gæs pɛdl̩]

電信聯絡英文金句 MP3 126

國際電話

155 我想打國際電話到台灣。
I'd like to make an international phone call to Taiwan.
[aɪd laɪk tə mek æn ɪntɚ`næʃənl̩ fon kɔl tə `taɪwɑn]

156 我想打對方付費的電話。
I'd like to make a collect phone call.
[aɪd laɪk tə mek ə kə`lɛkt fon kɔl]

國內電話

157 請幫我轉分機112。
Please transfer this call to extension 112.
[pliz trænsfɝ ðɪs kɔl tə ɪk`stɛnʃən wʌn wʌn tu]

158 喂，我可以和傑克說話嗎？
Hello, may I speak to Jack?
[hɛlo me aɪ spik tə dʒæk]

郵局

159 我想寄這個包裹到台灣。
I'd like to mail this parcel to Taiwan.
[aɪd laɪk tə mel ðɪs pɑrsl̩ tə `taɪwɑn]

160 寄明信片到台灣要多少錢？
How much to send a postcard to Taiwan?

[haʊ mʌtʃ tə sɛnd ə postkɑrd tə `taɪwɑn]

意外狀況英文金句 MP3 127

遺 失

161 我的護照不見了。

My passport is missing.
[maɪ pæsport ɪz mɪsɪŋ]

162 請問有失物招領處嗎？

Do you have a lost-and-found department?
[du ju hæv ə lɔstənd`faʊnd dɪ`pɑrtmənt]

遭 竊

163 不好意思，請問警察局在哪裡？

Excuse me. Where's the police station?
[ɪk`skjuz mi] [hwɛrz ðə pəlis steʃən]

164 我要報失我的護照。

I'd like to report a stolen passport.
[aɪd laɪk tə rɪ`port ə stolən pæsport]

交通事故

165 請叫救護車來。

Please call the ambulance.
[pliz kɔl ðɪ `æmbjələns]

166 我出車禍了。

I've had a car accident.
[aɪv hæd ə kɑr æksədənt]

生病受傷

167 我想預約看診。

I'd like to make an appointment to see a doctor.
[aɪd laɪk tə mek æn ə`pɔɪntmənt tə si ə dɑktɚ]

168 我覺得頭暈。

I feel dizzy.
[aɪ fil dɪzɪ]

國家圖書館出版品預行編目資料

愛玩咖一定要會的度假英語 / 張翔 、薛詩怡 編著. --
初版: --新北市：華文網, 2015.01 面；公分· --
(Excellent ；74)
ISBN 978-986-271-572-7(平裝)

1. 英語 2. 旅遊 3. 會話

805.188 103025345

知識工場・Excellent 74

愛玩咖一定要會的度假英語

出 版 者／全球華文聯合出版平台・知識工場
作　　者／張翔、薛詩怡
出版總監／王寶玲
總 編 輯／歐綾纖
英文編輯／陸勁蓉
印 行 者／知識工場
美術設計／蔡億盈
審 定 者／Brian Foden
校　　對／張若眉

郵撥帳號／50017206 采舍國際有限公司（郵撥購買，請另付一成郵資）
台灣出版中心／新北市中和區中山路2段366巷10號10樓
電話／（02）2248-7896
傳真／（02）2248-7758
ISBN-13／978-986-271-572-7
出版日期／2015年元月初版

全球華文國際市場總代理／采舍國際
地址／新北市中和區中山路2段366巷10號3樓
電話／（02）8245-8786
傳真／（02）8245-8718

港澳地區總經銷／和平圖書
地址／香港柴灣嘉業街12號百樂門大廈17樓
電話／（852）2804-6687
傳真／（852）2804-6409

全系列書系特約展示
新絲路網路書店
地址／新北市中和區中山路2段366巷10號10樓
電話／（02）8245-9896
網址／www.silkbook.com

本書全程採減碳印製流程並使用優質中性紙（Acid & Alkali Free）最符環保需求。

本書爲名師張翔等及出版社編輯小組精心編著覆核，如仍有疏漏，請各位先進不吝指正。來函請寄jenna@mail.book4u.com.tw，若經查證無誤，我們將有精美小禮物贈送！

nowledge. 知識工場
Knowledge is everything！